## 《国学经典藏书》丛书编委会

**顾　问**
　　许嘉璐

**主　编**
　　陈　虎

**编委会成员**

| | | | | | |
|---|---|---|---|---|---|
| 陆天华 | 李先耕 | 骈宇骞 | 曹书杰 | 郝润华 | 潘守皎 |
| 刘冬颖 | 李忠良 | 许　琰 | 赵晨昕 | 杜　羽 | 李勤合 |
| 金久红 | 原　昊 | 宋　娟 | 郑红翠 | 赵　薇 | 杨　栋 |
| 李如冰 | 王兴芬 | 李春燕 | 王红娟 | 王守青 | 房　伟 |
| 孙永娟 | 米晓燕 | 张　弓 | 赵玉敏 | 高　方 | 陈树千 |
| 邱　锋 | 周晶晶 | 何　洋 | 李振峰 | 薛冬梅 | 黄　益 |
| 何　昆 | 李　宝 | 付振华 | 刘　娜 | 张　婷 | 王东峰 |
| 余　康 | 安　静 | 刘晓萱 | 邵颖涛 | 张　安 | 朱　添 |
| 杨　刚 | 卜音安子 | | | | |

国学经典藏书

# 玉台新咏

许琰　宋芬芬　选注

中国出版集团有限公司
研究出版社

图书在版编目（CIP）数据

玉台新咏 / 许琰，宋芬芬选注. —— 北京：研究出版社，2024.1

（国学经典藏书）

ISBN 978-7-5199-1495-0

Ⅰ.①玉… Ⅱ.①许…②宋… Ⅲ.①古典诗歌—诗集—中国 Ⅳ.①I222

中国国家版本馆 CIP 数据核字（2023）第 087611 号

出 品 人：赵卜慧
出版统筹：丁　波
责任编辑：谭晓龙

国学经典藏书：玉台新咏
GUOXUE JINGDIAN CANGSHU：YUTAI XINYONG

许　琰　宋芬芬　选注

研究出版社 出版发行

（100006　北京市东城区灯市口大街 100 号华腾商务楼）

河北松源印刷有限公司　新华书店经销

2024 年 1 月第 1 版　2024 年 1 月第 1 次印刷

开本：880 毫米 ×1230 毫米　1/32　印张：10

字数：207 千字

ISBN 978-7-5199-1495-0　定价：40.00 元

电话：（010）64217619　64217652（发行部）

版权所有·侵权必究

凡购买本社图书，如有印制质量问题，我社负责调换。

# 编者的话

经典是人类知识体系的根基,是人类的精神家园,是我们走向未来的起点。莎士比亚说过:"生活里没有书籍,就好像没有阳光;智慧里没有书籍,就好像鸟儿没有翅膀。"21世纪中国国民的阅读生活中最迫切的事情是什么?我们的回答是阅读经典!

中国有数千年一脉相传、光辉灿烂的文化,并长期处于世界文化发展的前列,尤其是在近代以前,曾长期引领亚洲乃至世界文化的发展方向。长期超稳定的社会发展形态和以小农生产为基础的、悠闲的宗法农业社会,塑造了中华民族注重实际、偏重经验、重视历史的文化心理特征。从殷商时代的"古训是式"(《诗经·大雅·烝民》),到孔子的"述而不作,信而好古"(《论语·述而》),可以清楚地看出这种文化心理不断强化的轨迹。于是,历史就被赋予了神圣的光环,它既是人们获得知识的源泉,也是人们价值标准的出处。它不再是僵死的、过去的东西,而是生动活泼、富有生命力,并对现世仍有巨大指导作用的事实。因而就形成了这样一种固定的文化思维方式,也就是"以铜为鉴,可正衣冠;以古为鉴,可知兴替;以人为鉴,可明得失"(《新唐书·魏徵传》)。中国的文化人世代相承,均从历史中寻求真理,寻求"修身、齐家、治国、平天下"的崇高理想模式。这种对于历史所怀有的深沉强烈的认同感,正是历史典籍赖以发展、繁荣的文化心理基础。历史上最初给历史典籍的研究和整理工作涂上政治、道德和伦理色彩的是春秋时期的孔子。当时的孔子因感"周室微而礼乐废、《诗》《书》缺",于是删订了《诗》《书》《礼》《乐》《易》《春秋》等"六经"(见《史记·孔子世家》),寄托了自己在政治上"复礼"和道德上"归仁"的最高理想。孔子以后,历史典籍的编撰无不遵循着这一最高原则。所以《隋书·经籍志》总序中就说:"夫经籍也者,机神之妙旨,圣哲之能事。所以经天地,纬阴阳,正纲纪,弘道德,显仁足以利物,藏用足以独善……其王者之所以树风声,流显号,美教化,移风俗,何莫由乎斯道?……其教有适,其用无穷,实仁义之陶钧,诚道德之橐籥也。……夫仁义礼智,所以治国也;方技数术,所以治身也。诸子为经籍之鼓吹,文章乃政化之黼黻,皆为治国之具也。"(《隋书·经籍志一》)由此可见,历史典籍的编撰整理工作,已不仅仅是文化技术问题,更重要的是它还负有"正纲纪,弘道德"的政治和道德使命。于是,在两千多年的历史发展过程中,先人们为我们留下了汗牛充栋的文化典籍。这些宝贵的精神财富,不仅是我们中华民族的骄傲,也是全人类的骄傲,并已成为世界文化宝藏的重要组成部分。

中国的先哲们一向对古代典籍充满崇敬之情,他们认为,先王之道、历史经验、人伦道德以及治国安邦之术、读书治学之法等等,都蕴藏于典籍之中。文献典籍是先王之道、历史经验、人伦道德等赖以传递后世的重要手段。离开书籍,后人将无法从前朝吸取历史经验,无法传承先王之道。在日新月异的当代,如何对待这份优秀的文化遗产?毛泽东同志早就指出:"中国的长期封建社会中,创造了灿烂的古代文化。清理古代文化的发展过程,剔除其封建性的糟粕,吸取其民主性的精华,是发展民族新文化、提高民族自信心的必要条件。……中国现时的新文化也是从古代的旧文化发展而来,因此,我们必须尊重自己的历史,决不能割断历史。但是,这种尊重是给历史以一定的科学地位,是尊重历史的辩证法的发展,而不是颂古非今。"(毛泽东《新民主主义论》)古代典籍,不仅对中华民族的形成与发展历史地发挥了巨大的凝聚力作用,而且在当今中华民族伟大复兴中,依然会发挥无可替代的重要作用。

在科学技术迅猛发展的当代社会,人们的生活、观念正在发生着巨大而深刻的变革,面对蓬勃发展的现代科技和汹涌而至的各种思潮,人们依然能深切地感受到中华传统文化无所不在的巨大力量。人们渴望了解这种无形的力量源泉,于是绚丽多姿的中华典籍就成了人们首要的选择。它能够使我们在精神上成为坚强、忠诚和有理智的人,成为能够真正爱人类、尊重人类劳动、衷心地欣赏人类的伟大劳动所产生的美好果实的人。所以,在今天,我们要阅读经典;当数字化、网络化带来的"信息爆炸"占领人们的头脑、占用人们的时间时,我们要阅读经典;当中华民族迈向和平崛起和民族复兴的伟大征程时,我们更要阅读经典。因此,读经典,这个我们习以为常的平凡过程,实际上就成了人的心灵和上下古今一切民族的伟大智慧相结合的过程。但由于时代的变迁,这些经典对现代人来说已仿佛谜一样的存在。为继承这份优秀的文化遗产,帮助人们更好地利用这些经典,在全国学术界诸多专家学者的支持下,我们策划了这套"国学经典藏书"丛书。

丛书以弘扬传统、推陈出新、汇聚英华为宗旨,以具有中等以上文化程度的广大读者为对象,从我国古代经、史、子、集四个部类的典籍中精选50种,以全注全译或节选的形式结集出版。在书目的选择上,重点选取我国古代哲学、历史、地理、文学、科技、教育、生活等领域历经岁月洗礼、汇聚人类最重要的精神创造和知识积累的不朽之作。既注重选取历史上脍炙人口、深入人心的经典名著,又注重其适应现代社会的人文价值趋向。丛书不仅精校原文,而且从前言、题解,到注释、译文,均在吸收历代学者研究成果的基础上精心编撰。在注重学术性标准的基础上,尽量做到通俗易懂。我们相信,本丛书的出版,对提高人们的古代典籍认知水平,阅读和利用中华传统经典,传播中华优秀文化,提高人们的民族自信心和文化自豪感,进而为中华民族伟大复兴作贡献,均将起到应有的作用。高尔基说:"书籍是人类进步的阶梯。""要热爱读书,它会使你的生活轻松,它会友爱地帮助你了解纷繁复杂的思想、感情和事件;它会教导你尊重别人和你自己;它以热爱世界、热爱人类的情感,来鼓舞智慧和心灵。""当书本给我讲到闻所未闻、见所未见的人物、感情、思想和态度时,似乎是每一本书都在我面前打开一扇窗户,并让我看到一个不可思议的新世界。"(《高尔基论青年》,中国青年出版社,1956年版)。流传千年的文化经典,让我们受益匪浅,使我们懂得更多。正如德国著名作家歌德所说:"读一本好书,就是和一位品德高尚的人谈话。"的确,读一本好书,就像是结交了一位良师益友。我们真诚希望,这套经典丛书能够真正进入您的生活,成为人人应读、必读和常读的名著。

陈　虎<br>庚子岁孟秋

# 前　言

《玉台新咏》又名《玉台集》，是我国古代继《诗经》《楚辞》之后的又一部诗歌总集，也是魏晋南北朝时期编纂的诗歌总集中目前存世的唯一一部。全书十卷，主要选录了自汉代到梁代六百六十八首诗歌①。这部诗歌总集无论从它的编选标准与方法，还是从它的编选体例与内容等方面都对后世诗歌及其选本产生了深远影响，是我们研习六朝文学以及古典诗歌必读的一部文学要籍。

## 一

《隋书·经籍志》著录："《玉台新咏》十卷，徐陵撰。"自此之后，历代公私目录如《旧唐书·经籍志》《新唐书·艺文志》《郡斋读书志》《直斋书录解题》等均将《玉台新咏》著录为徐陵撰。现存的《玉台新咏》版本，如赵均小宛堂覆宋本、郑玄抚刊本、五云溪活字本等亦标明为徐陵撰。唐李康成《〈玉台后集〉

---

① 据崇祯寒山赵均小宛堂覆宋本统计。曹道衡、沈玉成编著的《南北朝文学史》云："卷九录《越人歌》一首，见《说苑·善说篇》，当是春秋、战国间作品。吴兆宜序说'孝穆所选凡八百七十章'，'宋刻不收者一百七十有九'，今据吴注本实际统计的数字是全书八四三首，宋刻不收者一七九首。吴兆宜的统计疑有误。吴注本中宋刻所收的诗应是六六四首。但宋刻已有增补的诗，所以徐陵原来选录多少，已难确定。"

序》、唐刘肃《大唐新语》均记载《玉台新咏》的编者是徐陵。虽然今人也提出一些新的说法,主要有张丽华说①、梁元帝徐妃说②等,但都只是怀疑与推断,未能成为定论。因此,学界还是公认徐陵编撰的《玉台新咏》。

徐陵(507—583),字孝穆,东海郯(今山东郯城)人。其父徐摛,曾为晋安王萧纲侍读、咨议参军,梁中大通三年(531)萧纲被立为太子,转家令,后出为新安太守,官至太子左卫率。徐陵为徐摛长子,幼时聪慧过人。据《陈书·徐陵传》载,其母臧氏梦五色云化而为凤,集左肩上而诞陵。徐陵五岁时,释宝志和尚曾盛夸徐陵谓之"天上石麒麟"。光宅寺惠云法师也"谓之颜回"。徐陵八岁能属文,而且为人称道。十二岁时能通《庄》《老》义。既长,博涉史籍,纵横有口辩。梁普通二年(521),参晋安王宁蛮府军事。中大通三年(531),王立为皇太子,东宫置学士,陵充其选。迁尚书度支郎,出为上虞令,后任通直散骑常侍。梁武帝太清二年(548)奉命出使东魏。次年,侯景寇京师,其父徐摛因感气疾而卒。徐陵滞留邺城,不得南归。直至梁元帝承圣三年(554)西魏攻克江陵,杀元帝,北齐才放徐陵随梁贞阳侯萧渊明返回建康,任尚书吏部郎,掌诏诰。梁绍泰二年(556),又出使北齐,返回后任给事黄门侍郎、秘书监。梁太平二年(557)陈霸先受禅,徐陵仕陈,历任太府卿、五兵尚书、散骑常侍、御史中丞、吏部尚书,领大著作、中书监、左光禄大夫、太子少傅等职。陈至德元年(583)卒,年七十七。陈后主下诏曰:"慎终有典,抑乃旧章,令德可甄,谅宜追远。侍中、

---

① 章培恒:《〈玉台新咏〉为张丽华所"撰录"考》,《文学评论》2004年第2期。
② 胡大雷:《〈玉台新咏〉为梁元帝徐妃所"撰录"考》,《文学评论》2005年第2期。

安右将军、左光禄大夫、太子少傅、南徐州大中正、建昌县开国侯陵,弱龄学尚,登朝秀颖,业高名辈,文曰词宗。朕近岁承华,特相引狎,虽多卧疾,方期克壮,奄然殒逝,震悼于怀。可赠镇右将军、特进,其侍中、左光禄、鼓吹、侯如故,并出举哀,丧事所须,量加资给。谥曰章。"①其生平事迹见《陈书》《南史》本传。

徐陵是我国梁陈之际的一位重要作家,其诗文与其父徐摛,以及庾肩吾、庾信父子齐名,世称"徐庾体"。《陈书·徐陵传》云:"自有陈创业,文檄军书及禅授诏策,皆陵所制,而九锡尤美。为一代文宗,亦不以此矜物,未尝诋诃作者。其于后进之徒,接引无倦。世祖、高宗之世,国家有大手笔,皆陵草之。其文颇变旧体,缉裁巧密,多有新意。每一文出手,好事者已传写成诵。遂被之华夷,家藏其本。后逢丧乱,多散失,存者三十卷。"②《隋书·经籍志》著录:"《陈尚书左仆射徐陵集》,三十卷。"但此集到宋代已散佚。今天所见的徐陵别集是明清两代的辑本。其中清吴兆宜笺注、徐文炳撰备考的《徐孝穆集》六卷备受推崇。

## 二

徐陵的另一贡献就是编选了《玉台新咏》。关于此集的编纂,徐陵在《玉台新咏集序》中云,居住在深宫中的女子,长日无聊,所以"无怡神于暇景,惟属意于新诗。庶得代彼皋苏,微蠲愁疾。但往世名篇,当今巧制,分诸麟阁,散在鸿都。不籍篇章,

---

① [唐]姚思廉:《陈书·徐陵传》,中华书局1972年版,第334页。
② 同上,第335页。

无由披览。于是燃脂暝写,弄笔晨书,撰录艳歌,凡为十卷。曾无忝于雅颂,亦靡滥于风人,泾渭之间,若斯而已"。唐代刘肃《大唐新语》则认为"梁简文帝为太子,好作艳诗,境内化之,浸以成俗,谓之'宫体'。晚年改作,追之不及,乃令徐陵撰《玉台集》,以大其体"①。可见,徐陵编选《玉台新咏》不仅在于给后宫妃嫔们提供一个宫教读本,"以备讽览";而且希望宣扬萧纲的文学主张,为宫体诗张目,"以大其体"。

纵观《玉台新咏》全书,徐陵在编纂体例上有不少创新之处。首先,《玉台新咏》打破了按文体分类这一传统的总集体例,从主题、题材归类的角度来编纂成书。建安以来,随着"辞赋转繁,众家之集,日以滋广",总集的编纂提上了日程。先是晋代挚虞的《文章流别论》,虽已散佚,但从佚文来看,所论文体有颂、赋、诗、七、箴、铭、诔、哀辞、哀策等。可见,《文章流别论》是一本集诸体文章为一编的总集。《文选》更是以文体为纲,全书按赋、诗、骚、七、诏、册、令、教、文、表、上书、启等三十多种体裁进行编排。而《玉台新咏》编选的作品正如徐陵所言"撰录艳歌,凡为十卷",这里的"艳歌"主要是指描写女性或者表达男女相思爱恋的诗歌,风格上则以婉转绮靡为主。可见,收录女性题材的诗歌正是《玉台新咏》编选上的一大特色。它折射出徐陵及其所处时代重轻艳、尚绮靡的审美与风尚。

其次,《玉台新咏》为选本,其编排方式具有不拘一格、灵活实用的特色。《诗经》是以风、雅、颂来分类编排的,《楚辞》是按作家作品来编排的,《文选》所选录的诗文是根据体裁分类编排

---

① [唐]刘肃撰,许德楠、李鼎点校:《大唐新语》卷三《公直第五》,中华书局1984年版,第42页。

的。而《玉台新咏》的编排方式也别具特色,它并不是以同一标准来编排的。具体来说,卷一至卷六的作家大多都是按卒年先后编排的,只有少数例外;卷七为梁武帝父子的作品;卷八大致是按官职大小编排的;卷九、卷十大体是按诗体编排的。从"往事名篇"到"当今巧制",对所录作品按历史时间的先后排列,这是《玉台新咏》在编纂体例上的一个突出特点。这种编排方式在文学史观上可谓前进了一步。此外,徐陵在编选《玉台新咏》时,还注意到了各种诗体的不同。《玉台新咏》所收诗篇,体裁多样,有古乐府诗、五言绝句、七言歌行等等,形式较为完备。卷一至卷八为五言诗;卷九主要选录了七言歌行;卷十编选了五言二韵的古绝句。徐陵不落窠臼的编排方式是为了更好地为其编纂目的服务的。前面已说,徐陵编纂此书的目的有二:"以备讽览"和"以大其体"。他这种不以同一标准排列的编选方式,不仅给读者提供了方便,"以备讽览";更清晰地表明这种文风自古有之,从纵向(由古至今)和横向(自君王至臣下)追溯了渊源,"以大其体"。

最后,《玉台新咏》在编选中还体现了古今并重特色。徐陵有意选录了存者之作。《文选》不录存者之作,《玉台新咏》却打破惯例,大量收录存者的作品,这种做法在当时是比较大胆的。徐陵以卷七、卷八所选的皇太子萧纲文学集团的诗作为中心,在这个基础上选取历代与"艳歌"有关的作品,从而构成了全书。此外,徐陵在卷八和卷九中选录了自己的诗歌。可见,他不仅选录当时存者的作品,就连自己的作品也大胆选录其中,毫不避嫌,这在文学总集的编选史上是比较罕见的。

《玉台新咏》还具有较高的文献价值。唐以前流传下来的总集、别集很少,所以唐以前的很多诗歌都已失传了。《玉台新咏》是继《诗经》《楚辞》之后出现的现存的最古老的一部诗歌总集，为我们保存了许多珍贵的诗歌资料。例如《古诗为焦仲卿妻作》、曹植《弃妇诗》、庾信《七夕诗》等，正是由于《玉台新咏》的选录才得以保存。其中还收录了不少女性作家的作品和民间歌谣，具有很高的存世价值。同时，由于《玉台新咏》编选于梁、陈两代，距我们已很遥远，当时徐陵能够见到的古书，后来大部分都散佚丢失了。即使今天能见到的一小部分也不一定是原书的全貌，所以，我们可以根据《玉台新咏》来校订考证古籍。例如苏伯玉的《盘中诗》，冯惟讷在《古诗纪》中将它定为汉诗，徐陵在《玉台新咏》中则列在晋代；《玉台新咏》列于枚乘名下的九首杂诗，在《文选》中均无作者姓名。再如，《饮马长城窟行》在《文选》中亦无作者姓名，而《玉台新咏》将其归于蔡邕。诸如此类，均可供学者参考研究。

## 三

《玉台新咏》目前能见到的最早版本是敦煌石室所藏唐写本，但为残卷。罗振玉《雪堂校刊群书叙录》著录："起张华《情诗》第五篇，讫《王明君辞》，存五十一行。前后尚有残字七行。"该书宋代已有刻本，但未能流传至今，只存明代翻刻本。明清时期《玉台新咏》版本较多，具体可以参见刘跃进先生的《〈玉台新咏〉研究》（中华书局2000年版）和傅刚先生的《〈玉台新咏〉与南朝文学》（中华书局2018年版），这两部书对此做过深入、系统的研究。

在诸多的明清版本中，以崇祯寒山赵均小宛堂覆宋本最受学者推崇。梁启超《〈玉台新咏〉跋》云："赵氏小宛堂本据宋刻审校，汰其羼续，积余重刻，更并雠诸本，附以札记，盖人间最善本矣。"①傅刚《〈玉台新咏〉与南朝文学》亦云："结合我们关于《玉台新咏》编纂体例、时间、目的以及版本的讨论，提供的证据，明确可以判定赵氏覆宋本最合于徐陵原貌。"②此次整理以崇祯寒山赵均小宛堂覆宋本为底本，参校了嘉靖十九年郑玄抚本及《文选》《乐府诗集》等书。因篇幅所限，本书为选本，选录的皆为精彩篇章，且能体现原著特色的作者作品。

笔者学力有限，书中难免有讹误之处，敬请方家读者教正。

许 琰

2023 年 10 月于西昆玉斋

---

① 梁启超：《饮冰室文集》，中华书局 2015 年版，第 15 页。
② 傅刚：《〈玉台新咏〉与南朝文学》，中华书局 2018 年版，第 206 页。

# 目　录

## 卷　一

**古诗** 八首

上山采蘼芜 ………………………………………… 1
凛凛岁云暮 ………………………………………… 2
冉冉孤生竹 ………………………………………… 3
孟冬寒气至 ………………………………………… 4
客从远方来 ………………………………………… 4
四坐且莫喧 ………………………………………… 5
悲与亲友别 ………………………………………… 6
穆穆清风至 ………………………………………… 6

**古乐府诗** 六首

日出东南隅行 ……………………………………… 7
相逢狭路间 ………………………………………… 9
陇西行 ……………………………………………… 10
艳歌行 ……………………………………………… 11
皑如山上雪 ………………………………………… 12
双白鹄 ……………………………………………… 12

## 枚乘
杂诗九首 ············································································· 13
## 李延年
歌诗并序 ············································································· 19
## 苏武
留别妻 ················································································ 20
## 辛延年
羽林郎诗 ············································································· 21
## 班婕妤
怨诗并序 ············································································· 23
## 宋子侯
董娇娆诗 ············································································· 24
## 汉时童谣歌一首
城中好高髻 ········································································· 25
## 张衡
同声歌 ················································································ 25
## 秦嘉
赠妇诗三首并序 ····································································· 27
## 秦嘉妻徐淑
答诗 ···················································································· 29
## 蔡邕
饮马长城窟行 ······································································ 31
## 陈琳
饮马长城窟行 ······································································ 32
## 徐幹
室思一首 ············································································· 33

**无名氏**
 古诗为焦仲卿妻作并序 ································ 36

## 卷 二

**魏文帝**
 于清河见挽船士新婚与妻别 ······················· 45
 又清河作一首 ··············································· 46
**甄皇后**
 塘上行 ··························································· 47
**曹植**
 杂诗五首 ······················································· 48
 乐府三首 ······················································· 52
**魏明帝**
 乐府诗一首 ··················································· 56
**阮籍**
 咏怀诗二首 ··················································· 57
**傅玄**
 乐府诗四首 ··················································· 60
**张华**
 情诗五首 ······················································· 64
**潘岳**
 内顾诗一首 ··················································· 68
 悼亡诗二首 ··················································· 69
**石崇**
 王昭君辞并序 ··············································· 72

**左思**
 娇女诗 ·················· 73

## 卷 三

**陆机**
 拟古七首 ················ 77
 乐府三首 ················ 82
**张协**
 杂诗 ··················· 87
**杨方**
 合欢诗三首 ··············· 88
**王鉴**
 七夕观织女 ··············· 90
**李充**
 嘲友人 ················· 92
**曹毗**
 夜听捣衣 ················ 93
**陶潜**
 拟古一首 ················ 94
**荀昶**
 拟相逢狭路间 ·············· 95
**王微**
 杂诗一首 ················ 97
**谢惠连**
 七月七日咏牛女 ············· 98
 捣衣 ··················· 99

## 刘铄
代行行重行行 …………………………………… 101

## 卷　四

## 王僧达
七夕月下 ……………………………………… 102
## 颜延之
秋胡诗 一首 …………………………………… 103
## 鲍照
玩月城西门 …………………………………… 108
采桑诗 ………………………………………… 109
拟古 …………………………………………… 111
赠故人 二首 …………………………………… 111
## 王素
学阮步兵体 …………………………………… 113
## 吴迈远
拟乐府 四首 …………………………………… 114
## 鲍令晖
拟青青河畔草 ………………………………… 118
题书后寄行人 ………………………………… 119
古意赠今人 …………………………………… 120
## 丘巨源
咏七宝扇 ……………………………………… 121
## 王融
古意 一首 ……………………………………… 122
巫山高 ………………………………………… 123

目录 | 5

**谢朓**
    同王主簿怨情 …………………………………… *124*
    秋夜 ……………………………………………… *125*

**陆厥**
    中山王孺子妾歌 ………………………………… *126*

<h2 style="text-align:center">卷　五</h2>

**江淹**
    古体三首 ………………………………………… *127*

**丘迟**
    敬酬柳仆射征怨 ………………………………… *130*
    答徐侍中为人赠妇 ……………………………… *130*

**沈约**
    登高望春 ………………………………………… *132*
    昭君辞 …………………………………………… *133*
    杂曲三首 ………………………………………… *133*
    咏月 ……………………………………………… *135*
    六忆诗四首 ……………………………………… *136*
    古意 ……………………………………………… *137*
    悼亡 ……………………………………………… *138*

**柳恽**
    捣衣诗一首 ……………………………………… *139*
    鼓吹曲二首 ……………………………………… *142*
    长门怨 …………………………………………… *143*
    江南曲 …………………………………………… *144*

## 江洪
咏歌姬 ······ *145*

## 高爽
咏镜 ······ *146*

## 鲍子卿
咏画扇 ······ *146*

## 何子朗
学谢体 ······ *147*

## 范靖妇
咏步摇花 ······ *148*
咏灯 ······ *149*

## 何逊
日夕望江赠鱼司马 ······ *150*
闺怨 ······ *151*
咏七夕 ······ *151*

## 王枢
古意应萧信武教 ······ *152*
徐尚书座赋得可怜 ······ *153*

## 庾丹
秋闺有望 ······ *154*

# 卷 六

## 吴均
和萧洗马子显古意三首 ······ *155*
与柳恽相赠答三首 ······ *157*
拟古三首 ······ *158*

咏少年 ································································ *160*
**王僧孺**
　　春怨 ································································ *161*
　　夜愁 ································································ *162*
　　捣衣 ································································ *162*
　　鼓瑟曲　有所思 ···················································· *163*
**张率**
　　拟乐府三首 ························································ *164*
**费昶**
　　华观省中夜闻城外捣衣 ············································ *168*
　　采菱 ································································ *169*
　　长门后怨 ··························································· *170*
　　鼓吹曲二首 ························································ *171*
**姚翻**
　　同郭侍郎采桑 ······················································ *172*
**孔翁归**
　　奉和湘东王教班婕妤 ··············································· *173*
**何思澄**
　　奉和湘东王教班婕妤 ··············································· *174*

## 卷　七

**梁武帝**
　　捣衣 ································································ *175*
　　拟长安有狭邪十韵 ················································· *177*
　　芳树 ································································ *178*

## 皇太子
 圣制乐府 三首 ········· 179
 代乐府 三首 ········· 184
 和湘东王横吹曲 三首 ········· 186
 秋闺夜思 ········· 188
 艳歌曲 ········· 189
 怨 ········· 190
 赋乐府得大垂手 ········· 190
 咏舞 ········· 191
 赋得咏当垆 ········· 192

## 邵陵王纶
 代秋胡妇闺怨 ········· 193

## 湘东王绎
 登颜园故阁 ········· 194

# 卷 八

## 萧子显
 乐府 二首 ········· 195

## 王筠
 和吴主簿 四首 ········· 199

## 刘孝绰
 夜听妓赋得乌夜啼 ········· 202
 赋得遗所思 ········· 202

## 刘遵
 繁华应令 ········· 203

## 王训
奉和率尔有咏 ………………………… *204*

## 庾肩吾
咏得有所思 …………………………… *205*
赋得横吹曲长安道 …………………… *206*

## 刘孝威
侍宴赋得龙沙宵月明 ………………… *207*

## 徐君蒨
共内人夜坐守岁 ……………………… *208*

## 鲍泉
南苑看游者 …………………………… *209*

## 刘缓
敬酬刘长史咏名士悦倾城 …………… *210*

## 邓铿
和阴梁州杂怨 ………………………… *211*

## 甄固
奉和世子春情 ………………………… *212*

## 庾信
奉和咏舞 ……………………………… *213*
七夕 …………………………………… *214*

## 刘逸
万山见采桑人 ………………………… *215*

## 纪少瑜
建兴苑 ………………………………… *216*

## 闻人倩
春日 …………………………………… *217*

**徐孝穆**
 和王舍人送客未还闺中有望 …………………… 218
 为羊兖州家人答饷镜 …………………………… 218
**吴孜**
 春闺怨 …………………………………………… 219
**汤僧济**
 咏渫井得金钗 …………………………………… 220
**徐悱妻刘氏**
 和婕妤怨 ………………………………………… 221
**王叔英妻刘氏**
 和昭君怨 ………………………………………… 222

## 卷 九

**歌辞**二首
**越人歌**一首并序
**司马相如**
 琴歌二首并序 …………………………………… 226
**乌孙公主**
 歌诗一首并序 …………………………………… 228
**汉成帝时童谣歌**二首并序
**汉桓帝时童谣歌**二首
**张衡**
 四愁诗四首 ……………………………………… 232
**秦嘉**
 赠妇诗一首四言 ………………………………… 235

**魏文帝**
　乐府燕歌行二首 …………………………………… *236*

**曹植**
　乐府妾薄命行一首 ………………………………… *237*

**傅玄**
　拟北乐府二首 ……………………………………… *239*

**苏伯玉妻**
　盘中诗一首 ………………………………………… *241*

**张载**
　拟四愁诗四首 ……………………………………… *242*

**鲍照**
　行路难四首 ………………………………………… *243*

**释宝月**
　行路难一首 ………………………………………… *246*

**沈约**
　八咏一首 …………………………………………… *247*

**吴均**
　行路难二首 ………………………………………… *249*

**皇太子**
　乌栖曲四首 ………………………………………… *252*

**湘东王**
　春别应令四首 ……………………………………… *254*

**萧子显**
　春别四首 …………………………………………… *256*

**刘孝绰**
　元广州景仲座见故姬一首 ………………………… *258*

# 卷　十

**古绝句**四首
**贾充**
　　与妻李夫人连句诗三首 ················· *261*
**孙绰**
　　情人碧玉歌二首 ····················· *263*
**王献之**
　　情人桃叶歌二首 ····················· *264*
**桃叶**
　　答王团扇歌三首 ····················· *265*
**谢灵运**
　　东阳溪中赠答二首 ··················· *266*
**宋孝武帝**
　　丁督护歌二首 ······················· *267*
**许瑶**
　　咏楠榴枕 ··························· *269*
**近代西曲歌**二首
　　石城乐 ····························· *269*
　　杨叛儿 ····························· *270*
**近代吴歌**七首
　　春歌 ······························· *271*
　　夏歌 ······························· *271*
　　秋歌 ······························· *272*
　　冬歌 ······························· *272*
　　前溪 ······························· *273*

上声 ································· 273
　　长乐佳 ······························· 274
**近代杂歌**—首
　　青阳歌曲 ····························· 274
**丹阳孟珠歌**—首
**钱唐苏小歌**—首
**王融**
　　拟古 ································· 276
**谢朓**
　　玉阶怨 ······························· 277
　　金谷聚 ······························· 277
　　王孙游 ······························· 278
　　同王主簿有所思 ······················· 278
**虞炎**
　　有所思 ······························· 279
**沈约**
　　襄阳白铜鞮 ··························· 280
**施荣泰**
　　咏王昭君 ····························· 280
**高爽**
　　咏酌酒人 ····························· 281
**何逊**
　　南苑 ································· 282
　　闺怨 ································· 282
**吴均**
　　杂绝句四首 ··························· 282

14　玉台新咏

**王僧孺**
　　春思 …………………………………… *284*
**梁武帝**
　　咏烛 …………………………………… *284*
　　咏笛 …………………………………… *285*
**皇太子**
　　杂题三首 ……………………………… *285*
**萧子显**
　　春闺思 ………………………………… *287*
**刘孝绰**
　　遥见美人采荷 ………………………… *287*
**庾肩吾**
　　咏舞曲应令 …………………………… *288*
**王台卿**
　　同萧治中十咏二首 …………………… *289*
**江伯摇**
　　和定襄侯八绝楚越衫 ………………… *290*
**刘泓**
　　咏繁华 ………………………………… *290*
**何曼才**
　　为徐陵伤妾 …………………………… *291*
**萧骥**
　　咏袘複 ………………………………… *291*
**戴暠**
　　咏欲眠诗 ……………………………… *292*

# 卷 一

## 古诗八首

古诗之名,本是后人对前代诗歌的泛称。就六朝而言,多指东汉时期流传下来的一些无名氏的诗歌。相较于乐府诗,古诗一般是不入乐的徒诗。但其中也有一些诗,本来或许入乐,后乐调脱去,也称之为古诗。这些诗歌即事而发,不事雕琢,在中国诗歌史上得到很高的评价。刘勰《文心雕龙》认为这些诗"观其结体散文,直而不野,婉转附物,怊怅切情,实五言之冠冕也"。钟嵘《诗品》也说:"文温以丽,意悲而远,惊心动魄,可谓几乎一字千金。"

### 上山采蘼芜①

上山采蘼芜②,下山逢故夫。长跪问故夫③:"新人复何如?""新人虽言好,未若故人姝④。颜色类相似⑤,手爪不相如⑥。""新人从门入,故人从阁去。""新人工织缣⑦,故人工织素⑧。织缣日一匹⑨,织素五丈余。将缣来比素,新人不如故。"

〔注释〕

①这是一首弃妇诗,描写了弃妇与故夫相遇的情景。诗歌以对话的形式结构全篇,巧妙而简洁地表现了弃妇的不幸遭遇。清王夫之《唐诗评选》评曰:"诗则即事生情,即语绘状,一用史法,则相感不在永言和声中,诗道废矣。此《上山采蘼芜》一诗所以妙夺天工也。"

②蘪(mí)芜:亦名"蕲茝""江蓠",芎藭的苗,叶有香气。
③长跪:直身而跪。两膝据地,以臀部着足跟,伸直腰股时表示庄敬。
④姝(shū):美好。
⑤颜色:面容,面色。
⑥手爪:手艺,技艺。
⑦缣(jiān):双丝织的浅黄色细绢。
⑧素:白色的生绢。
⑨一匹:四丈长。

## 凛凛岁云暮①

凛凛岁云暮,蝼蛄多鸣悲②。凉风率已厉,游子寒无衣。锦衾遗洛浦③,同袍与我违④。独宿累长夜,梦想见容晖。良人惟古欢⑤,枉驾惠前绥⑥。愿得常巧笑⑦,携手同车归。既来不须臾⑧,又不处重闱⑨。亮无晨风翼⑩,焉能凌风飞?眄睐以适意⑪,引领遥相睎⑫。徙倚怀感伤⑬,垂涕沾双扉。

〔注释〕

①此诗亦收录在《文选》卷二十九中,为《古诗十九首》之第十六首。诗歌描写了女子对远方丈夫的思念,虚实相生,情致凄婉。清沈德潜《古诗源》评曰:"此相见无期,托之于梦也。'既来不须臾'二语,恍恍惚惚,写梦境入神。"

②蝼(lóu)蛄(gū):昆虫名,茶褐色,有尾须,生活在泥土中,昼伏夜出,吃农作物嫩茎。

③洛浦(pǔ):洛水之滨。

④同袍:犹同衾。夫妻间的互称。违:不见面,离别。

⑤古欢:往日的欢爱或情谊。

⑥惠前绥：即惠绥，古婚礼的一部分，男子迎娶时，将绥放在女子手里的一种仪式。绥，用以挽之上车的绳索。
⑦巧笑：美好的笑。
⑧须臾：片刻，短时间。
⑨重闱：闺门。
⑩鷐(chén)风：一作"晨风"，鸟名，即鹯，鹯类猛禽。
⑪眄(miǎn)睐(lài)：顾盼。
⑫睎：眺望。
⑬徙倚：徘徊。

# 冉冉孤生竹①

冉冉孤生竹②，结根泰山阿③。与君为新婚，菟丝附女萝④。菟丝生有时，夫妇会有宜。千里远结婚，悠悠隔山陂⑤。思君令人老，轩车来何迟⑥？伤彼蕙兰花⑦，含英扬光辉⑧。过时而不采，将随秋草萎。君亮执高节，贱妾亦何为？

〔注释〕

①此诗亦收录在《文选》卷二十九中，为《古诗十九首》之第八首。又收录在宋郭茂倩《乐府诗集》之《杂曲歌辞》中，题作"古辞"。刘勰《文心雕龙·明诗》认为此篇为傅毅之辞。诗歌多处运用比喻，表现了新婚后久别的哀怨。
②冉冉：柔弱下垂貌。
③泰山阿：大山的曲折处，即大山坳。"泰山"即"太山""大山"。
④菟(tù)丝：俗称菟丝子，蔓生，茎细长，缠络于其他植物上。女萝：亦作"女罗""松萝"，多附生在松树上，成丝状下垂。
⑤山陂(bēi)：山坡。

⑥轩车:有屏障的车。
⑦蕙兰:多年生草本植物,初夏开花,色黄绿,有香味。
⑧含英:花含苞而未放。

# 孟冬寒气至①

孟冬寒气至②,北风何惨栗③。愁多知夜长,仰观众星列。三五明月满,四五蟾兔缺④。客从远方来,遗我一书札。上言长相思,下言久离别。置书怀袖中,三岁字不灭。一心抱区区⑤,惧君不识察。

〔注释〕

①此诗亦收录在《文选》卷二十九中,为《古诗十九首》之第十七首。诗歌通过长夜不寐、珍藏书信等细节表现了思妇怀人的感伤。清金圣叹在《唱经堂古诗解》评曰:"自表置书珍重,是一句;而其字不灭,手札依然,我不敢忘君,君岂反自忘也?望其亦将书珍重,又是一句。夫古人用笔而有意中之言,言外之意,如宾主、旁正之间,贵细察良工苦心也。"
②孟冬:冬季的第一个月,农历十月。
③惨栗:寒极貌。
④蟾(chán)兔:蟾蜍与玉兔。旧说两物为月中之精,因作月的代称。
⑤区区:真情挚意。

# 客从远方来①

客从远方来,遗我一端绮②。相去万余里,故人心尚尔③。文彩双鸳鸯④,裁为合欢被。著以长相思⑤,缘以结不解⑥。以胶投漆中⑦,谁能别离此。

〔注释〕

①此诗亦收录在《文选》卷二十九,为《古诗十九首》之第十八首。诗歌叙写了思妇收到丈夫托人送来的一端绮,将其制成合欢被之事,表达了期盼与丈夫团聚的愿望和对幸福生活的憧憬。明陆时雍《古诗镜》评云:"极缠绵之致。"

②遗(wèi):赠送。一端:古代布帛二端相向卷,合为一匹,一端为半匹,其长度相当于二丈。绮(qǐ):有文彩的丝织品。

③尚尔:仍然。

④文彩:华美的纺织品。

⑤著:往衣被中填装丝绵。

⑥缘:饰边,镶边。这里指镶边使被子不易散开。

⑦以胶投漆:把胶放入漆中,则不可分离。形容感情深厚,难解难分。

## 四坐且莫喧①

四坐且莫喧,愿听歌一言。请说铜炉器②,崔嵬象南山③。上枝以松柏④,下根据铜盘⑤。雕文各异类,离娄自相联⑥。谁能为此器?公输与鲁班⑦。朱火然其中,青烟扬其间。从风入君怀,四坐莫不叹。香风难久居,空令蕙草残⑧。

〔注释〕

①此诗是一首咏物诗。诗歌借咏香炉表达了"香风难久居,空令蕙草残"的失落与感伤。清陈祚明《采菽堂古诗选》评曰:"以比己有才能,而君不录用。河清难俟,冉冉将老。通首但于闲处铺张,惟末二句,是正旨。"

②铜炉器:香炉。

③崔嵬(wéi):高大。

④上枝以松柏:香炉上面雕刻的松柏纹路。
⑤据:盘踞。
⑥离娄:雕镂交错分明貌。
⑦公输与鲁班:春秋时有公输班,或称鲁班,为鲁国巧匠。
⑧蕙草:又名熏草、零陵香,香草名。

## 悲与亲友别①

悲与亲友别,气结不能言。赠子以自爱,道远会见难。人生无几时,颠沛在其间②。念子弃我去,新心有所欢。结志青云上,何时复来还。

〔注释〕

①这是一首送别诗。诗歌描绘了妻子送别丈夫的情景,表现了离别时的感伤和害怕丈夫另结新欢的忧惧。清陈祚明《采菽堂古诗选》评曰:"赠以自爱,望以来还,忠厚之至。"
②颠沛:困顿挫折。

## 穆穆清风至①

穆穆清风至②,吹我罗裳裾③。青袍似春草,长条随风舒。朝登津梁山④,褰裳望所思⑤。安得抱柱信⑥,皎日以为期⑦?

〔注释〕

①诗歌叙写女子春日怀人的情景,表达了期盼意中人信守承诺,得到真挚爱情的愿望。清陈祚明《采菽堂古诗选》评曰:"此言怨尽矣!所思之不可信,可知矣!然但曰'安得抱柱信',不遽责以不信也。若决绝言,其

不信,则不必思矣。"

②穆穆:宁静。

③裾(jū):衣襟。

④津梁:桥梁。

⑤褰(qiān)裳:撩起下裳。

⑥抱柱信:相传古时尾生与一女子相会于桥下,女逾时未到,潮水至,尾生为坚守信约,遂抱着桥柱,被水淹死。事见《庄子·盗跖》。后喻以坚守信约。

⑦皎日:明亮的太阳。出自《诗经·大车》"谓予不信,有如皎日"。后多用于誓辞。

# 古乐府诗六首

六朝人称汉乐府为古乐府。乐府是汉武帝时设立的掌管音乐的官署,其职能是采集编纂各地民间歌谣、整理改编与创作音乐、进行演唱及演奏等。乐府诗就是乐府从民间采集的或创作的可供演唱的诗歌。这些诗歌皆是"感于哀乐,缘事而发",表现了广阔的社会生活,语言质朴,叙事性较强,对后世诗歌产生了深远的影响。

## 日出东南隅行①

日出东南隅②,照我秦氏楼。秦氏有好女,自言名罗敷。罗敷善蚕桑,采桑城南隅。青丝为笼绳,桂枝为笼钩。头上倭堕髻③,耳中明月珠④。绮绮为下裙⑤,紫绮为上襦⑥。观者见罗敷,下担捋髭须⑦。少年见罗敷,脱巾著帩头⑧。耕者忘其耕,锄者忘其锄。来归相喜怒,但坐观罗敷。使君从南来⑨,五马立踟蹰。使君遣吏往,问此谁家姝⑩?秦氏有好女,自名为罗敷。罗敷年几何?二十尚未满,十五颇有余。使君谢罗敷:"宁可共载不?"罗敷前置辞:"使君一何愚!使君自有妇,罗敷自有夫。""东方千余骑,夫婿居上头。何以识夫婿?白马从骊驹⑪。青丝系马尾,黄金络马头⑫。腰间鹿卢剑⑬,可直千万余。十五府小吏,二十朝大夫⑭。三十侍中郎⑮,四十专城居⑯。为人洁白皙,鬑鬑颇有须⑰。盈盈公府步⑱,冉冉府中趋⑲。坐中数千人,皆言夫婿殊⑳。"

〔注释〕

①《日出东南隅行》始见于《宋书·乐志》,题作《艳歌罗敷行》;亦收录在宋郭茂倩《乐府诗集》之《相和歌辞·相和曲》中,题作《陌上桑》。《乐府诗集》引崔豹《古今注》曰:"《陌上桑》者,出秦氏女子。秦氏,邯郸人有女名罗敷,为邑人千乘王仁妻。王仁后为赵王家令。罗敷出采桑于陌上,赵王登台见而悦之,因置酒欲夺焉。罗敷巧弹筝,乃作《陌上桑》之歌以自明,赵王乃止。"诗歌以幽默诙谐的风格塑造了一个坚贞、美丽、勇敢又富于智慧的罗敷形象,同时也揭露了贵族官僚仗势调戏民女的社会现实。行(xíng):古诗的一种体裁。

②隅(yú):角落。
③倭(wō)堕髻(jì):古代妇女的一种发式,发髻向额前俯偃。
④明月珠:即夜光珠。因珠光晶莹似月光,故名。
⑤裾(jū):一作"裙",衣襟。
⑥襦(rú):短衣。
⑦捋(lǚ):抚摸。髭(zī)须:胡子。唇上曰髭,唇下为须。
⑧著:显明,显出。这里指摘掉头巾露出帩头。帩(qiào)头:古代男子包头发的纱巾。即帕头。

⑨使君:汉时对太守、刺史的称呼。
⑩姝:美女。
⑪骊驹:纯黑色的马。
⑫黄金络:黄金做的马笼头。
⑬鹿卢剑:古代彝族先民铸造的一种名贵宝剑。
⑭朝大夫:泛指朝中大夫。大夫在秦汉时是掌谏议、顾问之官。
⑮中郎:汉代中郎担任宫中护卫、侍从,属郎中令。
⑯专城居:专管一城,当为郡守之类的官职。
⑰髯(rán)髯:须发长貌。
⑱盈盈:踱步缓慢,仪态美好貌。公府:宅第的尊称。
⑲冉冉:缓慢美好的样子。
⑳殊:特别,与众不同。

## 相逢狭路间①

相逢狭路间,道隘不容车②。如何两少年,挟毂问君家③。君家诚易知,易知复难忘。黄金为君门,白玉为君堂。堂上置樽酒,使作邯郸倡④。中庭生桂树,华灯何煌煌⑤。兄弟两三人,中子为侍郎⑥。五日一来归,道上自生光。黄金络马头,观者满路傍。入门时左顾,但见双鸳鸯。鸳鸯七十二,罗列自成行。音声何噰噰⑦,鹤鸣东西厢。大妇织罗绮,中妇织流黄⑧。小妇无所作,挟瑟上高堂。丈人且安坐,调丝未遽央⑨。

〔注释〕

①此诗亦收录《乐府诗集》之《相和歌辞·清调曲》中,题作《相逢行》。《乐府诗集》题解云:"一曰《相逢狭路间行》,亦曰《长安有狭斜

行》。"诗歌以铺陈的手法描绘了富贵人家的生活。清陈祚明《采菽堂古诗选》评曰:"写繁华甚盛,变宕百出,古雅纷披。"

②隘:狭窄。

③挟毂(gǔ):隔着马车。挟,通"夹"。毂,车轮中心,有洞可以插轴的部分。

④邯郸:战国时赵国都城,今河北邯郸。倡:歌伎。

⑤煌煌:明亮辉耀。

⑥侍郎:西汉武帝以后置,为侍奉皇帝守卫宫禁的郎官之一。东汉设为固定官职,隶属尚书台。

⑦雍(yōng)雍:鸟和鸣声。

⑧流黄:黄色的绢。

⑨遽(jù)央:完毕。

# 陇西行①

天上何所有?历历种白榆②。桂树夹道生③,青龙对道隅④。凤皇鸣啾啾⑤,一母将九雏⑥。顾视世间人,为乐甚独殊。好妇出迎客,颜色正敷愉⑦。伸腰再拜跪⑧,问客平安不。请客北堂上,坐客毡氍毹⑨。清白各异樽⑩,酒上正华疏。酌酒持与客,客言主人持。却略再拜跪,然后持一杯。谈笑未及竟,左顾敕中厨⑪。促令办粗饭,慎莫使稽留⑫。废礼送客出⑬,盈盈府中趋。送客亦不远,足不过门枢⑭。取妇得如此,齐姜亦不如。健妇持门户⑮,胜一大丈夫。

〔注释〕

①此诗亦收录在《乐府诗集》之《相和歌辞·瑟调曲》中。《乐府诗

集》题解云:"一曰《步出夏门行》。"诗歌塑造了一位善于持门户的健妇形象。唐吴兢《乐府古题要解》云:"始言妇有容色,能应门承宾。次言善于主馈,终言送迎皆合于礼。"

②历历:排列成行。白榆:星宿名。

③桂树:星宿名。

④青龙:星宿名。隅:路边。

⑤凤皇:星宿名。

⑥一母将九雏:古人将凤凰星及尾宿九星称为"凤将九子"。将,率领,带领。

⑦敷愉:和悦貌。

⑧拜跪:两膝跪地而拜,是古时的最敬礼。

⑨氍(qú)毹(shū):一种毛织或毛与其他材料混织的毯子。

⑩清白:清酒和白酒。

⑪敕中厨:命令内厨房。

⑫稽留:停留。

⑬废礼:礼罢。

⑭门枢:借指门户。

⑮健妇:健壮精干的妇女。

## 艳歌行①

翩翩堂前燕,冬藏夏来见。兄弟两三人,流荡在他县。故衣谁当补,新衣谁当绽②。赖得贤主人,览取为吾绽。夫婿从门来,斜柯西北眄③。语卿且勿眄,水清石自见。石见何累累④,远行不如归。

〔注释〕

①此诗亦收录在《乐府诗集》之《相和歌辞·瑟调曲》中。诗歌叙写漂

泊在外的游子先遭困顿,又遇猜疑,从而引发思归之意。清陈祚明《采菽堂古诗选》评曰:"客子情事曲笔写出,甚新异。"
②绽:缝补。
③斜柯:歪斜。眄(miǎn):斜着眼看。
④累累:堆积貌,众多貌。

## 皑如山上雪①

皑如山上雪②,皎若云间月。闻君有两意,故来相诀绝③。今日斗酒会,明旦沟水头。躞蹀御沟上④,沟水东西流。凄凄复凄凄,嫁娶不须啼。愿得一心人,白头不相离。竹竿何袅袅⑤,鱼尾何簁簁⑥。男儿重意气,何用钱刀为⑦。

〔注释〕

①此诗亦收录在《乐府诗集》之《相和歌辞·楚调曲》中,题作《白头吟》。关于此诗的本事,《乐府诗集》引《西京杂记》:"司马相如将聘茂陵人女为妾,卓文君作《白头吟》以自绝,相如乃止。"诗歌叙写了一位女子与负心人诀别之事。塑造了一位高洁坚贞、不卑不亢、从容镇定的女性形象。
②皑:洁白的样子。
③诀绝:诀别,长别。
④躞(xiè)蹀(dié):小步行走貌。御沟:流经宫苑的河道。
⑤袅袅:细长柔弱随风摆动。
⑥簁(xǐ)簁:摇曳貌。
⑦钱刀:钱币。

## 双白鹄①

飞来双白鹄,乃从西北来。十十将五五②,罗列行不齐。忽然卒疲病,不能飞相随。五里一反顾,六里一徘徊。吾欲衔汝去,口噤不能开③。吾欲负汝去,羽毛日摧颓④。乐哉新相知,忧来生别离。踟蹰顾群侣,泪落纵横垂。今日乐相乐,延年万岁期。

〔注释〕

①此诗亦收录在《乐府诗集》之《相和歌辞·瑟调曲》中,题作《艳歌何尝行》。诗歌以"双白鹄"比兴,表现了生离死别的悲哀。白鹄(hú):即天鹅。
②十十将五五:或十个一行,或五个一行。形容多少不等。将,带领。
③噤(jìn):闭口。
④摧颓:摧折,衰败。

# 枚 乘

枚乘(? —前140),字叔,淮阴(今属江苏)人。初为吴王刘濞的郎中,后去吴归梁,从梁孝王游。汉景帝时,为弘农都尉,后以病去官。汉武帝即位,征召枚乘入京,死于道中。其代表赋作《七发》,标志着汉大赋的正式形成。《隋书·经籍志》著录《汉弘农都尉枚乘集》二卷、《录》一卷,已散佚。其生平事迹见《汉书》卷五十一。

## 杂诗九首①

### 西北有高楼②

西北有高楼,上与浮云齐。交疏结绮窗③,阿阁三重阶④。上有弦歌声,音响一何悲。谁能为此曲?无乃杞梁妻⑤。清商随风发⑥,中曲正徘徊⑦。一弹再三叹,慷慨有余哀。不惜歌者苦,但伤知音稀。愿为双鸿鹄,奋翅起高飞。

〔注释〕

①此九首诗除《兰若生春阳》一首外,其余亦收录在《文选》卷二十九《古诗十九首》中,作者为无名氏。"杂诗"之名,最早见于《文选》。《文选》卷二十九王粲《杂诗一首》李善注云:"杂者,不拘流例,遇物即言,故云杂也。"

②此诗亦收录在《文选》卷二十九,为《古诗十九首》之第五首。李善注云:"此篇明高才之人,仕宦未达,知人者稀也。"明陆时雍《说诗晬语》评曰:"抚衷徘徊,四顾无侣。'不惜歌者苦,但伤知音稀''愿为双鸿鹄,奋翅起高飞',空中送情,知向谁是?言之令人悱恻。"清吴淇《六朝选诗定论》认为《古诗十九首》中"惟此首最为悲酸"。

③交疏:窗上交错雕刻的花格子。结绮(qǐ):张挂着绮制的帘子。绮,有文彩的丝织品。

④阿(ā)阁:四面都有檐溜的楼阁。

⑤杞梁妻:春秋齐大夫杞梁之妻。或云此人即是孟姜。齐庄公四年,齐国袭莒国,杞梁战死,其妻迎丧于郊外,哀恸哭泣,路人也不免流泪,即时城墙崩塌,后演绎为孟姜女哭长城的传说故事。

⑥清商:乐曲名。

⑦中曲:乐曲演奏到中段。

## 东城高且长①

东城高且长,逶迤自相属②。回风动地起,秋草萋已绿③。四时更变化,岁暮一何速!晨风怀苦心④,蟋蟀伤局促⑤。荡涤放情志⑥,何为自结束⑦。燕赵多佳人,美者颜如玉。被服罗裳衣⑧,当户理清曲。音响一何悲,弦急知柱促⑨。驰情整中带⑩,沉吟聊踯躅⑪。思为双飞燕,衔泥巢君屋。

〔注释〕

①此诗亦收录在《文选》卷二十九,为《古诗十九首》之第十二首。诗歌描写了游子因生活的苦闷而寻求及时行乐,遇到佳人,幻想与她双宿双飞的情景,表达出对年华易逝的感伤。明陆时雍《古诗镜总论》评曰:"景驶年摧,牢落莫偶,所以托念佳人,衔泥巢屋,是则荡情放志之所为矣。"
②逶(wēi)迤(yí):曲折绵延。相属:相接连。
③萋:茂盛的样子。
④鸱(chén)风:指《诗经·秦风》中的《晨风》篇,一说这是妻子思念丈夫的诗,一说这是秦康公不能任用贤人的诗。
⑤蟋蟀:指《诗经·唐风》中的《蟋蟀》篇,是一首感物伤时的诗。局促:时间短促。
⑥荡涤:清洗。
⑦结束:约束。
⑧被服:穿着。
⑨弦急:形容曲子节奏快。柱:筝瑟等拨弦类乐器支弦所用的木柱。促:近。木柱距离琴头越近,音调越高,故曰"弦急知柱促"。
⑩中带:这里指衣带。
⑪踯(zhí)躅(zhú):徘徊不进貌。

## 行行重行行①

行行重行行,与君生别离。相去万余里,各在天一涯。道路阻且长,会面安可知?胡马嘶北风,越鸟巢南枝②。相去日已远,衣带日已缓。浮云蔽白日,游子不顾反③。思君令人老,岁月忽已晚。弃捐勿复道④,努力加餐饭。

〔注释〕

①此诗亦收录在《文选》卷二十九,为《古诗十九首》之第一首。这是一首思妇怀人之作,语义婉转,情感深挚。明胡应麟《诗薮》评曰:"蓄神奇于温厚,寓感怆于和平。意愈浅愈深,词愈近愈远,篇不可句摘,句不可字求。"

②越鸟:南方的鸟。

③不顾:不考虑。

④弃捐:抛开,抛弃。勿复道:不要再说。

## 涉江采芙蓉①

涉江采芙蓉②,兰泽多芳草③。采之欲遗谁,所思在远道。还顾望旧乡,长路漫浩浩④。同心而离居,忧伤以终老。

〔注释〕

①此诗亦收录在《文选》卷二十九,为《古诗十九首》之第六首。诗歌采芳赠远,以物寄情,表现了游子思乡怀人、感念妻子之意。元刘履《选诗补注》评曰:"客居远方,思亲友而不得见,虽欲采芳以为赠,而路长莫致,徒为忧伤终老而已。"

②涉:步行过水。芙容:一作"芙蓉",荷花的别名。

③兰泽:长兰草的沼泽。

④浩浩:广大无际貌。

## 青青河畔草①

青青河畔草,郁郁园中柳②。盈盈楼上女,皎皎当窗牖③。娥娥红粉妆④,纤纤出素手。昔为倡家女⑤,今为荡子妇⑥。荡子行不归,空床难独守。

〔注释〕

①此诗亦收录在《文选》卷二十九,为《古诗十九首》之第二首。这是一首思妇诗。诗歌表现了一位嫁为良人妇的倡家女子独守空闺的寂寞与悲哀。

②郁郁:茂盛貌。

③皎皎:洁白貌。

④娥娥:美好貌。

⑤倡家:从事音乐歌舞的乐人。

⑥荡子:辞家远出、羁旅忘返的男子。

## 兰若生春阳①

兰若生春阳,涉冬犹盛滋②。愿言追昔爱③,情款感四时④。美人在云端,天路隔无期。夜光照玄阴⑤,长叹恋所思。谁谓我无忧,积念发狂痴。

〔注释〕

①此诗为女子春日怀人之作。余冠英《汉魏六朝诗选》评曰:"(本诗)似女子辞。前四句言自己虽经历艰苦而情义如旧。后六句言所思已远,相见无由,忧思累积,至于发狂。"兰若:兰草与杜若,皆香草。春阳:阳春。

②盛滋:茂盛生长。

③愿:思念殷切貌。言:语气词,无义。

④情款:情深意切。

⑤玄阴:幽暗。

## 庭前有奇树①

庭前有奇树,绿叶发华滋②。攀条折其荣③,将以遗所思。馨香盈怀袖,路远莫致之④。此物何足贵?但感别经时。

〔注释〕

①此诗亦收录在《文选》卷十九,为《古诗十九首》之第九首。诗歌叙写了妻子牵挂漂泊在外的丈夫,希望通过折芳寄远,表达对游子的思念。

②华滋:形容花开的繁茂。华,即"花"。

③荣:泛指草木的花。

④致:送给。

## 迢迢牵牛星①

迢迢牵牛星,皎皎河汉女②。纤纤擢素手③,札札弄机杼④。终日不成章⑤,泣涕零如雨。河汉清且浅⑥,相去复几许?盈盈一水间,脉脉不得语⑦。

〔注释〕

①此诗亦收录在《文选》卷二十九,为《古诗十九首》之第十首。诗歌借七夕牛郎织女相会之事,抒写游子思妇的离别相思之情。迢迢:道路遥远貌。

②河汉女:织女星,在银河北,与牵牛星隔河相对。

③擢(zhuó):伸出。

④札札:象声词,表织布的声音。机杼(zhù):织机。杼,织梭。

⑤章:纺织品上的经纬纹理。

⑥河汉:银河。

⑦脉(mò)脉:凝视貌。

## 明月何皎皎①

明月何皎皎,照我罗床帏②。忧愁不能寐,览衣起徘徊③。客行虽云乐,不如早旋归④。出户独彷徨⑤,愁思当告谁。引领还入房⑥,泪下沾裳衣。

〔注释〕

①此诗亦收录在《文选》卷二十九,为《古诗十九首》之第十九首。诗歌描写了思妇怀人的情景。清张玉穀《古诗赏析》云:"此亦思妇之诗。首四即夜景引起空闺之愁,中二申己之望归也,却反从彼边揣度。客行虽乐,不如早归,便觉笔曲意圆。末四只就出户入房,彷徨泪下,写出相思之苦,收得尽而不尽。"也有人认为这是一首游子客居他乡的思归之作。
②罗床帏:锦缎做的床帐。
③览衣:拿起衣服,这里指披上衣服。览,通"揽"。
④旋:回。
⑤彷徨:徘徊。
⑥引领:伸颈远望。

# 李延年

李延年(?—约前87),中山(今河北定县)人。乐工出身,因犯法被处以腐刑,供事于狗监。后来其妹得幸于武帝,官至协律都尉。精音律,善创造新声,又擅歌舞。李夫人死后,失宠,被杀。其生平事迹见《史记》卷一百二十五、《汉书》卷九十三。

## 歌诗并序①

李延年知音,善歌舞,每为汉武帝作新歌变曲,闻者莫不感

动。延年侍坐上,起舞。歌曰:

北方有佳人,绝出而独立②。一顾倾人城③,再顾倾人国。倾城复倾国④,佳人难再得!

〔注释〕

①此诗最早见于《汉书·外戚传》,亦收录在《乐府诗集·相和歌辞》中。诗歌夸耀了佳人的美貌。清张玉毂《古诗赏析》评曰:"说其可爱,却反说其可畏;说其可畏,正是说其可爱。妙在'宁不知'句,索性将可畏之疑团打破,而以'难再得'兜醒可爱意,用笔真有欲活故杀之奇。"
②绝出:一作"绝世",冠绝当世。
③顾:回头看。倾:倒塌,倾覆。
④倾城复倾国:一作"宁不知倾城复倾国"。复:再。

# 苏 武

苏武(?—前60),字子卿,杜陵(今陕西西安)人。汉武帝天汉元年(前100),奉命以中郎将持节出使匈奴,被匈奴人扣留。留居匈奴十九年持节不屈,始元六年(前81),汉昭帝与匈奴和亲,才获释回汉。官至典属国,封关内侯。其生平事迹见《汉书》卷五十四。

## 留别妻①

结发为夫妇②,恩爱两不疑。欢娱在今夕,嬿婉及良时③。征夫怀远路,起视夜何其④。参辰皆已没⑤,去去从此辞⑥。行役在战场⑦,相见未有期。握手一长叹,泪为别生滋。努力爱春华⑧,莫忘欢乐时。生当复来归,死当长相思。

〔注释〕

①此诗亦收录在《文选》卷二十九,为苏武《诗四首》之第三首。学者多认为是后人伪托苏武之作,应为东汉末年的作品。诗歌叙写了丈夫出征时与妻子相别的情景。清陈祚明《采菽堂古诗选》评曰:"'征夫'四句,写得生动。'行役'以下,语语真切。末二句情至,更无剩语。当此时,何以堪?"

②"结发为夫妇":一作"结发为夫妻"。结发,成婚。古礼成婚之夕,男左女右共髻束发。

③嬿(yàn)婉:欢好。及:趁着。

④夜何其:犹言夜何时。其,助词。《诗·小雅·庭燎》:"夜如何其?夜未央。"

⑤参(shēn)辰:参星和辰星,分别在西方和东方,出没各不相见。常比喻彼此隔绝。

⑥去去:远去。

⑦行役:远行服役。

⑧春华:喻青春年华。

# 辛延年

辛延年,东汉诗人,生平事迹不详。

## 羽林郎诗①

昔有霍家奴,姓冯名子都②。依倚将军势,调笑酒家胡③。胡姬年十五,春日独当垆④。长裾连理带⑤,广袖合欢襦⑥。头上蓝田玉,耳后大秦珠⑦。两鬟何窈窈⑧,一世良所无。一鬟五百万,两鬟千万余。不意金吾子⑨,娉婷过我庐⑩。银鞍何昱爚⑪,翠盖空踟蹰⑫。就我求清酒⑬,丝绳提玉壶。就我求珍肴,金盘脍鲤鱼⑭。贻我青铜镜,结我红罗裾。不惜红罗裂,何论轻贱躯。男儿爱后妇,女子重前夫。人生有新故,贵贱不相逾⑮。多谢金吾子,私爱徒区区⑯。

[注释]

①此诗亦收录在《乐府诗集》之《杂曲歌辞》中。羽林郎是皇家禁卫军中的高级长官。本诗只是承续乐府旧题,内容与羽林郎无关。诗歌叙写了一位十五岁的卖酒胡女拒绝权贵恶奴调戏,奋力抵抗,捍卫了自己尊严的故事。

②冯子都(?—前66):名殷,字子都,西汉长安(今陕西西安)人。霍光管家奴。嚣张跋扈,霍光死后与霍光妻淫乱,后以谋反罪被杀。

③酒家胡:酒家当垆侍酒的胡姬。

④当垆:卖酒。垆,放酒坛的土墩。

⑤长裾:长衣。连理带:绣有连理枝的带子。

⑥合欢襦:绣有对称图案花纹的短衣,穿在单衫之外。

⑦大秦珠:大秦国出产的珠子,后泛指远方异域所产之珠。

⑧鬟(huán):古代妇女梳的环形发髻。窈窕:美好。

⑨金吾子:指执金吾,汉武帝时由中尉改名而来。职掌京师治安,督捕盗贼,负责宫廷之外、京城之内的警卫,戒备非常水火之事,皇帝出行则掌护卫及仪仗队。这里是以主人身份代指家奴,以讽刺其仗势欺人之态。

⑩娉(pīng)婷:姿态美好貌。

⑪昱爚(yuè):闪耀。昱,通"熠"。

⑫翠盖:泛指华美的车辆。踟(chí)蹰(chú):徘徊停留。

⑬清酒:清醇的酒。

⑭脍(kuài):细切的肉。
⑮逾:越过,超过。
⑯区区:小,少。形容微不足道。

# 班婕妤

班婕妤(前48—2),名不详,楼烦(今山西宁武)人。汉成帝时,选入宫中,初为少使,贤才通辩,为帝所幸,册封为婕妤。后赵飞燕得宠,被谮,退侍太后于长信宫。作赋自伤,词极哀楚。汉成帝驾崩后,自请守陵而终。《隋书·经籍志》著录《汉成帝班婕妤集》十卷,已散佚。仅存《自伤赋》《捣素赋》《怨诗》三篇。其生平事迹见《汉书》卷九十七下。

## 怨诗并序①

昔汉成帝班婕妤失宠,供养于长信宫,乃作赋自伤,并为怨诗一首。

新裂齐纨素②,鲜洁如霜雪。裁为合欢扇③,团团似明月。出入君怀袖,动摇微风发。常恐秋节至,凉风夺炎热。弃捐箧笥中④,恩情中道绝。

〔注释〕

①此诗又名《怨歌行》《团扇歌》《纨扇诗》,亦收录在《乐府诗集》之《相和歌辞·楚调曲》中。《文选》《乐府诗集》等均谓本诗为班婕妤作,但《文心雕龙·名诗》却说"见疑于后代"。诗歌以入秋团扇见弃为喻,表现女子被弃后的痛苦与哀怨。清沈德潜《古诗源》评曰:"用意微婉,音韵和平,《绿衣》诸什,此其嗣也。"

②齐纨(wán)素:春秋齐地出产的一种白细绢。
③合欢扇:团扇,上有对称图案花纹,象征男女欢会。
④弃捐:抛弃,废置。箧(qiè)笥(sì):藏物的竹器。

# 宋子侯

宋子侯,东汉人,生平事迹不详。

## 董娇娆诗一首①

洛阳城东路,桃李生路傍。花花自相对,叶叶自相当。春风东北起,花叶正低昂②。不知谁家子,提笼行采桑。纤手折其枝,花落何飘扬。请谢彼姝子③:"何为见损伤④?""高秋八九月,白露变为霜。终年会飘堕,安得久馨香?""秋时自零落,春月复芬芳。何时盛年去,欢爱永相忘。"吾欲竟此曲⑤,此曲愁人肠。归来酌美酒,挟瑟上高堂。

〔注释〕

①此诗亦收录在《乐府诗集》之《杂曲歌辞》中。诗歌通过春花与采桑女的对话,悲叹女子青春易逝,色衰爱弛,终被遗弃的命运。
②低昂:起伏。
③请谢:请问。姝子:美女。
④何为见损伤:这里是花对女子的发问:"为什么让我被损伤?"何为,为什么。见,被。
⑤竟:终了。

# 汉时童谣歌一首①

## 城中好高髻②

城中好高髻,四方高一尺。城中好大眉,四方眉半额。城中好广袖,四方用匹帛。

〔注释〕

①此诗原载于《后汉书·马廖传》,亦收录在《乐府诗集》之《杂歌谣辞》中,题作《城中谣》。诗歌主要说明了上行下效的道理。

②城中:长安城。高髻:高绾之发髻。

# 张　衡

张衡(78—139),字平子,南阳西鄂(今河南南阳)人。少时游学两京,通五经六艺、天文历算。历任郎中、太史令、侍中、河间相等职,晚年任尚书。与司马相如、扬雄、班固并称为"汉赋四大家"。《隋书·经籍志》著录《后汉河间相张衡集》十一卷,已散佚。明张溥辑有《张河间集》二卷。其生平事迹见《后汉书》卷五十九。

## 同声歌①

邂逅承际会②,遇得充后房。情好新交接③,恐栗若探汤④。不才勉自竭,贱妾职所当。绸缪主中馈⑤,奉礼助蒸尝⑥。思为苑蒻席⑦,在下蔽匡床⑧。愿为罗衾帱⑨,在上卫风霜。洒扫清枕席,鞮芬以狄香⑩。重户结金扃⑪,高下华镫光⑫。衣解巾粉御,列图陈枕张⑬。素女为我师⑭,仪态盈万方。众夫所希见,天老教轩皇⑮。乐莫斯夜乐,没齿焉可忘。

〔注释〕

①此诗亦收录在《乐府诗集》之《杂歌谣辞》中。唐吴兢《乐府古题要解》云:"妇人自言幸得充闺房,愿勉供妇职,不离君子。思为莞簟,在下以蔽匡床;思为衾帱,在上以卫霜露。缱绻枕席,没齿不忘焉。盖以喻当时士君子事君之心焉。"诗歌以夫妇喻君臣,表现臣子的一片赤诚,忠心事君的决心。

②邂逅:不期而遇。际会:聚首。

③交接:交合。

④栗:一作"慄"。"恐慄"即恐栗,恐惧战栗。

⑤绸缪:有计划地安排好饮食。中馈:家中供膳诸事。

⑥蒸尝:泛指祭祀。

⑦蒻(ruò)席:蒲蒻做的席,其质细柔。

⑧匡床:安适的床。一说方正的床。

⑨衾:被子。帱(chóu):帐子。

⑩鞮(dī):用兽皮制的鞋。狄香:西域出产的香。

⑪重(chóng)户:犹重门,内室的门。金扃(jiōng):黄金饰的门。

⑫华镫(dēng):雕饰精美的灯。

⑬图:这里指春宫图。

⑭素女:传说中古代神女,与黄帝同时,善于弦歌、鼓瑟,还擅长医术和房中术。

⑮天老:相传为黄帝辅臣。轩皇:黄帝轩辕氏。

# 秦 嘉

秦嘉,生卒年不详,字士会,陇西(今甘肃通渭)人。东汉桓帝时,为郡吏,举郡上掾,奉使入京,除黄门郎。后病卒于津乡亭。

**赠妇诗**三首并序①

秦嘉,字士会,陇西人也。为郡上掾,其妻徐淑,寝疾还家,不获面别,赠诗云尔。

## 其一

人生譬朝露,居世多屯蹇②。忧艰常早至,欢会常苦晚。念当奉时役,去尔日遥远。遣车迎子还,空往复空返。省书情凄怆,临食不能饭。独坐空房中,谁与相劝勉?长夜不能眠,伏枕独展转③。忧来如寻环④,匪席不可卷⑤。

〔注释〕

①这三首是秦嘉入京前写给妻子徐淑的赠别诗,表现了夫妻间的伉俪情深。清陈祚明《采菽堂古诗选》评第一首曰:"伉俪之情甚真。结句原于《国风》,演为六朝乐府。"评第二首曰:"情深缱绻,句亦苍逸。"评第三首曰:"絮絮意长。"

②屯(zhūn)蹇(jiǎn):《周易》中屯卦和蹇卦的并称,意谓艰难困苦,不顺利。

③展转:翻身貌。多形容忧思不寐、卧不安席。

④寻环:循环。

⑤匪席:不像席子可以卷曲。比喻心志坚不可屈。语出自《诗经·邶风·柏舟》:"我心匪席,不可卷也。"

## 其二

皇灵无私亲①,为善荷天禄②。伤我与尔身,少小罹茕独③。既得结大义④,欢乐若不足。念当远离别,思念叙款曲⑤。河广无舟梁,道近隔丘陆。临路怀惆怅,中驾正踯躅⑥。浮云起高山,悲风激深谷。良马不回鞍⑦,轻车不转毂⑧。针药可屡进,愁思难为数。贞士笃终始⑨,思义不可属。

〔注释〕

①皇灵:皇天、神灵。私亲:自己的亲属。
②荷:承受、承担。天禄:天赐的福禄。
③罹(lí)茕(qióng)独:遭受苦难与孤独。罹,遭受苦难。茕独,孤独。
④大义:夫妇之义,谓婚姻。
⑤款曲:犹衷情,诚挚殷勤的心意。
⑥中驾:车驾前进中。
⑦回鞍:回马,指马回头。
⑧转毂:车轮回转,这里也指回头。
⑨贞士:志节坚定、操守方正之士。笃:忠实,一心一意。

## 其三

肃肃仆夫征①,锵锵扬和铃②。清晨当引迈③,束带待鸡鸣④。顾看空室中,仿佛想姿形。一别怀万恨,起坐为不宁。何用叙我心,遗思致款诚⑤。宝钗可耀首,明镜可鉴形。芳香去垢秽,素琴有清声。诗人感木瓜,乃欲答瑶琼⑥。愧彼赠我厚,惭此往物轻。虽知未足报,贵用叙我情。

〔注释〕

①肃肃:疾速貌。仆夫:驾驭车马之人。
②和铃:古代车铃。
③引迈:启程,上路。
④束带:整饰衣服。
⑤款诚:忠诚。
⑥诗人感木瓜,乃欲答瑶琼:语出《诗·卫风·木瓜》:"投我以木瓜,报之以琼琚。"借指互相馈赠之物。

## 秦嘉妻徐淑

徐淑,生卒年不详,陇西(今甘肃通渭)人,东汉女诗人。秦嘉之妻,夫妻感情至深,秦嘉卒后,拒不改嫁,守节终老。《隋书·经籍志》著录《后汉黄门郎秦嘉妻徐淑集》一卷,已散佚。现存答诗一首及答书二篇。

## 答　诗①

妾身兮不令,婴疾兮来归②。沉滞兮家门③,历时兮不差④。旷废兮侍觐⑤,情敬兮有违⑥。君今兮奉命,远适兮京师⑦。悠悠兮离别,无因兮叙怀⑧。瞻望兮踊跃,伫立兮徘徊。思君兮感结⑨,梦想兮容辉⑩。君发兮引迈⑪,去我兮日乖⑫。恨无兮羽翼,高飞兮相追。长吟兮永叹,泪下兮沾衣。

[注释]

①此诗又题作《答夫秦嘉》《答夫》。秦嘉奉命赴京,徐淑正在娘家养病,无法回夫家为丈夫送行,于是写下这首答诗,寄托自己的情意。钟嵘《诗品》云:"徐淑叙别之作,亚于《团扇》。"

②婴疾:缠绵疾病,患病。

③沉滞:谓疾病沉重,经久不愈。

④差:恢复健康。

⑤觌:见。

⑥情敬:犹诚敬,真诚地相敬。

⑦远适:远行。

⑧无因:无所凭借,没有机缘。

⑨感结:心情郁结。

⑩容辉:仪容丰采。

⑪引迈:启程,上路。

⑫乖:背离,远离。

# 蔡 邕

蔡邕(133—192),字伯喈,陈留圉(今河南杞县)人。少时博学,喜好辞章、数术、天文、精通音律。初为司徒桥玄属官,出任河平长。又拜为郎中,校书于东观,迁为议郎。蔡邕曾参与续写《东观汉记》,并刻印熹平石经。后遭宦官诬陷,被流放朔方。遇赦后,浪迹江湖十余年。董卓掌权时,强召蔡邕为祭酒。官至左中郎将,封高阳乡侯,世称"蔡中郎"。董卓被诛杀后,蔡邕因在王允座上感叹而被下狱,不久死于狱中。蔡邕通经史,擅书法、精音律，才华横溢。《隋书·经籍志》著录《后汉左中郎将蔡邕集》十二卷，已散佚。明张溥辑有《蔡中郎集》二卷。其生平事迹见《后汉书》卷六十下。

## 饮马长城窟行①

青青河边草，绵绵思远道。远道不可思，宿昔梦见之②。梦见在我旁，忽觉在他乡。他乡各异县，展转不相见③。枯桑知天风，海水知天寒。入门各自媚④，谁肯相为言！客从远方来，遗我双鲤鱼⑤。呼儿烹鲤鱼，中有尺素书⑥。长跪读素书⑦，书中竟何如？上有加餐食，下有长相忆。

〔注释〕

①此诗亦收录在《文选》卷二十七，题作《乐府古辞》。又收录在《乐府诗集》之《相和歌辞·瑟调曲》中，注作"古辞"。《玉台新咏》题为蔡邕作，但多有争议。《乐府诗集》题解云："一曰《饮马行》。长城，秦所筑以备胡者。其下有泉窟，可以饮马。古辞云：'青青河畔草，绵绵思远道。'言征戍之客，至于长城而饮其马，妇人思念其勤劳，故作是曲也。"诗歌表现思妇对征夫的思念。清沈德潜《古诗源》评曰："通首皆思妇之词，缠绵宛折，篇法极妙。"

②宿昔：夜晚。

③展转：流转迁徙。

④媚：喜爱。

⑤双鲤鱼：或谓鱼腹中有书，或谓装书信的木函，形似鲤鱼。

⑥尺素书：一尺长的白绢所作的书信，也借指小幅的书信。

⑦长跪：直身而跪。两膝据地，以臀部着足跟，伸直腰股时表示庄敬。

# 陈　琳

陈琳(？—217)，字孔璋，广陵射阳(今江苏宝应)人。"建安七子"之一。汉灵帝末年，任大将军何进主簿。后袁绍用以为书记。袁绍失败后，归降曹操，辟为司空军谋祭酒，后徙门下督。建安二十二年(217)，染疫疾而亡。《隋书·经籍志》著录《后汉丞相军谋掾陈琳集》三卷，已散佚。明代张溥辑有《陈记室集》一卷。其生平事迹见《三国志·魏书·陈琳传》。

## 饮马长城窟行①

饮马长城窟，水寒伤马骨②。往谓长城吏："慎莫稽留太原卒③！""官作自有程④，举筑谐汝声⑤！""男儿宁当格斗死⑥，何能怫郁筑长城⑦！"长城何连连，连连三千里⑧。边城多健少，内舍多寡妇⑨。作书与内舍："便嫁莫留住！善事新姑章⑩，时时念我故夫子！"报书往边地⑪："君今出语一何鄙⑫！""身在祸难中，何为稽留他家子？生男慎莫举⑬，生女哺用脯⑭。君独不见长城下，死人骸骨相撑拄。""结发行事君，慊慊心意关⑮。边地苦，贱妾何能久自全！"

〔注释〕

①此诗亦收录在《乐府诗集》之《相和歌辞·瑟调曲》中。诗歌通过修筑长城的太原卒与妻子的书信往来，展现了沉重的徭役给百姓带来的苦难，具有浓郁的民歌色彩。清张玉縠《古诗赏析》云："此伤秦时役卒筑城，

民不聊生之诗,比汉蔡中郎作为切题矣。"

②水寒伤马骨:据说水太凉,寒气太重,马喝了会生病。故曰"水寒伤马骨"。

③稽留:延迟,停留。这里指延长太原役夫的期限。卒:差役。

④官作:官府的劳役。程:进展,限度。

⑤筑:捣土的杵。

⑥格斗:搏斗。

⑦怫(fú)郁:亦作"怫悒",忧郁,心情不舒畅。

⑧连连:接连不断。

⑨内舍:古代妇女居于内室,因借指妻子、女眷。

⑩姑章:同"姑嫜",丈夫的母亲与父亲。

⑪报书:回信。

⑫鄙:浅薄。

⑬举:抚养。

⑭脯(fǔ):肉干。

⑮慊(qiàn)慊:心不满足貌。

# 徐　幹

徐幹(171—217),字伟长,北海剧县(今山东寿光)人。"建安七子"之一。博学能文,恬淡不仕。曾为曹操司空军谋祭酒,后任五官中郎将文学。建安二十二年(217),染疾疫而亡。《隋书·经籍志》著录《魏太子文学徐幹集》五卷,已散佚。后人辑有《徐伟长集》。其生平事迹见《三国志·魏书·徐幹传》。

## 室思一首①

沉阴结愁忧②,愁忧为谁兴?念与君生别,各在天

一方。良会未有期,中心摧且伤③。不聊忧餐食④,慊慊常饥空⑤。端坐而无为,仿佛君容光。(其一)

**〔注释〕**

①此诗又题作《室思六首》。清吴兆宜注云:"一前五首作《杂诗》,末一首作《室思》。案:后六章宋本统作《室思》一首。《乐府诗集》题解云:徐幹有《室思》诗五章。据此,则后一章不知何题。诸本多作《杂诗》五首,《室思》诗一首。然据《乐府》云:徐幹《室思》诗第三章曰:'自君之出矣,明镜暗不治。'知诸本误,当以宋本为正。"此诗六章,表现了女子对丈夫的思念,展示了思妇复杂的心理活动。

②沉阴:阴沉,阴郁消沉。

③摧:伤痛。

④不聊:犹言略不,且不。

⑤慊(qiàn)慊:心不满足貌。

峨峨高山首①,悠悠万里道。君去已日远,郁结令人老②。人生一世间,忽若暮春草。时不可再得,何为自愁恼? 每诵昔鸿恩③,贱躯焉足保!(其二)

**〔注释〕**

①峨峨:高貌。

②郁结:忧思纠结不解。

③鸿恩:大恩。

浮云何洋洋①,愿因通吾辞。飘飖不可寄,徙倚徒相思。人离皆复会,君独无返期。自君之出矣,明镜暗不治②。思君如流水,何有穷已时。(其三)

〔注释〕

①洋洋:舒缓貌。
②不治:不修整,这里指明镜因不擦拭而变暗。

惨惨时节尽①,兰华凋复零②。喟然长叹息③,君期慰我情。展转不能寐④,长夜何绵绵⑤。蹑履起出户⑥,仰观三星连⑦。自恨志不遂⑧,泣涕如涌泉。(其四)

〔注释〕

①惨惨:昏暗貌。
②兰华:兰花。
③喟然:叹息貌。
④展转:翻身貌,形容忧思不寐。
⑤绵绵:连续不断。
⑥蹑履:穿鞋。
⑦三星连:《诗·唐风·绸缪》:"三星在天。"郑玄笺:"三星,谓心星也。"均专指一宿而言。天空中明亮而接近的三星,有参宿三星,心宿三星,河鼓三星。河鼓三星中央的河鼓二星就是牛郎星,根据句意这里当指河鼓三星。
⑧不遂:不能实现。

思君见巾栉①,以益我劳勤。安得鸿鸾羽,觏此心中人②。诚心亮不遂,搔首立悁悁③。何言一不见,复会无因缘。故如比目鱼④,今隔如参辰⑤。(其五)

〔注释〕

①巾栉(zhì):手巾和梳篦,泛指盥洗用具。

②觏(gòu):遇见。
③悁(yuān)悁:忧闷貌。
④比目鱼:旧说此鱼一目,须两两相并始能游行。故古代常用以比喻形影不离的情侣或朋友。
⑤参(shēn)辰:参星和辰星,分别在西方和东方,出没各不相见。常比喻彼此隔绝。

人靡不有初①,想君能终之。别来历年岁,旧恩何可期。重新而忘故,君子所尤讥。寄身虽在远,岂忘君须臾②!既厚不为薄,想君时见思。(其六)

〔注释〕

①靡:无。《诗经·大雅》:"靡不有初,鲜克有终。"
②须臾:片刻,短时间。

# 无名氏

### 古诗为焦仲卿妻作并序①

汉末建安中,庐江府小吏焦仲卿妻刘氏②,为仲卿母所遣③,自誓不嫁。其家逼之,乃没水而死。仲卿闻之,亦自缢于庭树。时人伤之,为诗云尔④。

孔雀东南飞,五里一徘徊。"十三能织素,十四学裁衣。十五弹箜篌⑤,十六诵诗书。十七为君妇,心中常苦悲。君既为府吏⑥,守节情不移⑦。贱妾留空房,相见常日稀。鸡鸣入机织,夜夜不得息。三日断五匹,大人故嫌迟。非为织作迟,君家妇难为。妾不堪驱使,徒留无所施。便可白公姥,及时相遣归⑧。"

府吏得闻之,堂上启阿母:"儿已薄禄相,幸复得此妇。结发同枕席,黄泉共为友。共事二三年,始尔未为久⑨。女行无偏斜,何意致不厚⑩?"

阿母谓府吏:"何乃太区区⑪!此妇无礼节,举动自专由。吾意久怀忿,汝岂得自由⑫!东家有贤女,自名秦罗敷。可怜体无比⑬,阿母为汝求。便可速遣之,遣之慎莫留!"

府吏长跪答:"伏惟启阿母⑭,今若遣此妇,终老不复取!"阿母得闻之,槌床便大怒:"小子无所畏,何敢助妇语!吾已失恩义,会不相从许⑮!"

府吏默无声,再拜还入户。举言谓新妇,哽咽不能语:"我自不驱卿,逼迫有阿母。卿但暂还家,吾今且报府⑯。不久当归还,还必相迎取。以此下心意,慎勿违吾语。"

新妇谓府吏:"勿复重纷纭⑰!往昔初阳岁⑱,谢家来贵门⑲。奉事循公姥,进止敢自专?昼夜勤作息,伶俜萦苦辛⑳。谓言无罪过,供养卒大恩㉑。仍更被驱遣,何言复来还?妾有绣腰襦㉒,葳蕤自生光㉓。红罗复斗帐㉔,四角垂香囊。箱帘六七十㉕,绿碧青丝绳。物物各自异,种种在其中。人贱物亦鄙,不足迎后人。留待作遣施㉖,于今无会因。时时为安慰,久久莫相忘。"

卷 一 | 37

〔注释〕

①此诗诗题又作《孔雀东南飞》,最早见于《玉台新咏》。亦收录在《乐府诗集》之《杂曲歌辞》中,题作《焦仲卿妻》。据此诗小序,故事发生在汉末建安年间,因其事感人,"时人伤之,为诗云尔"。本诗是我国诗歌史上一首非常优秀的长篇乐府叙事诗,与《木兰辞》一起被称为"乐府双璧"。诗歌描写了刘兰芝与焦仲卿的爱情悲剧,控诉了封建礼教的残酷无情,歌颂了二人的真挚爱情和反抗精神。清沈德潜《古诗源》评曰:"共一千七百八十五字,古今第一长诗也。淋淋漓漓,反反复复,杂述十数人口中语,而各肖其声音面目,岂非化工之笔。"清陈祚明《采菽堂古诗选》评曰:"长篇淋漓古致,华采纵横,所不俟言。"

②庐江:郡名,郡治舒县,在今安徽怀宁、潜山一带。

③遣:送,打发。

④云尔:如此说。

⑤箜(kōng)篌(hóu):古代拨弦乐器,有竖式和卧式两种。

⑥府吏:州郡长官的属吏。

⑦守节:指妇女谨守礼节,能尽妇道。

⑧遣归:休弃而令归。

⑨始尔:刚开始。尔,助词。

⑩不厚:待人不好。

⑪区区:小,少,这里指见识短浅。

⑫怀忿:怀恨。

⑬可怜:可爱。

⑭伏惟:敬辞,想要。

⑮从许:依从允许。

⑯报府:返回庐江府。

⑰纷纭:杂乱,繁多貌。

⑱初阳:古谓冬至一阳生,因以冬至至立春以前的一段时间为初阳。

⑲谢:告别。
⑳伶俜(pīng):孤单貌。
㉑卒:完成。
㉒腰襦(rú):齐腰的袄子。
㉓葳(wēi)蕤(ruí):华美貌。
㉔斗帐:小帐,形如覆斗,故称。
㉕箱帘:亦作"箱奁",镜匣。
㉖遗施:赠送。

　　鸡鸣外欲曙,新妇起严妆①。著我绣夹裙,事事四五通。足下蹑丝履,头上玳瑁光。腰若流纨素②,耳著明月珰③。指如削葱根,口如含朱丹。纤纤作细步,精妙世无双。

　　上堂拜阿母,母听去不止。"昔作女儿时,生小出野里,本自无教训④,兼愧贵家子。受母钱帛多,不堪母驱使。今日还家去,念母劳家里。"

　　却与小姑别,泪落连珠子。"新妇初来时,小姑始扶床。今日被驱遣,小姑如我长。勤心养公姥,好自相扶将⑤。初七及下九,嬉戏莫相忘。"

　　出门登车去,涕落百余行。府吏马在前,新妇车在后。隐隐何甸甸⑥,俱会大道口。下马入车中,低头共耳语:"誓不相隔卿⑦,且暂还家去。吾今且赴府,不久当还归,誓天不相负。"

　　新妇谓府吏:"感君区区怀⑧。君既若见录,不久望君来。君当作盘石,妾当作蒲苇。蒲苇纫如丝,盘石无

卷　一　｜　39

转移。我有亲父兄,性行暴如雷。恐不任我意,逆以煎我怀。"举手长劳劳⑨,二情同依依。

〔注释〕

①严妆:整妆,梳妆打扮。
②流纨(wán):细绢。
③明月珰(dāng):用明月珠(夜光珠)串成的耳饰,即明珰。
④教训:教养。
⑤扶将(jiāng):扶持。
⑥隐隐、甸甸:车马声。
⑦隔:感情疏远。
⑧区区:谓真情挚意。
⑨劳劳:忧愁伤感貌。

入门上家堂①,进退无颜仪②。阿母大拊掌③:"不图子自归④!十三教汝织,十四能裁衣。十五弹箜篌,十六知礼仪。十七遣汝嫁,谓言无誓违。汝今无罪过,不迎而自归?"兰芝惭阿母:"儿实无罪过。"阿母大悲摧⑤。

还家十余日,县令遣媒来。云有第三郎,窈窕世无双。年始十八九,便言多令才⑥。

阿母谓阿女:"汝可去应之。"阿女衔泪答:"兰芝初还时,府吏见丁宁⑦,结誓不别离。今日违情义,恐此事非奇⑧。自可断来信,徐徐更谓之。"

阿母白媒人:"贫贱有此女,始适还家门⑨。不堪吏人妇,岂合令郎君?幸可广问讯,不得便相许。"

媒人去数日,寻遣丞请还。说有兰家女,承籍有宦官⑩。云有第五郎,娇逸未有婚⑪。遣丞为媒人,主簿通语言⑫。直说太守家,有此令郎君。既欲结大义⑬,故遣来贵门。

阿母谢媒人:"女子先有誓,老姥岂敢言?"

阿兄得闻之,怅然心中烦⑭,举言为阿妹⑮:"作计何不量!先嫁得府吏,后嫁得郎君,否泰如天地⑯,足以荣汝身。不嫁义即体,其往欲何云?"

兰芝仰头答:"理实如兄言,谢家事夫婿,中道还兄门,处分适兄意,那得自任专?虽与府吏要⑰,渠会永无缘⑱。登即相许和,便可作婚姻。"

媒人下床去,诺诺复尔尔⑲。还部白府君:"下官奉使命,言谈大有缘。"府君得闻之,心中大欢喜。视历复开书,便利此月内,六合正相应⑳。良吉三十日,今已二十七,卿可去成婚。交语速装束㉑,骆驿如浮云㉒。青雀白鹄舫㉓,四角龙子幡㉔,婀娜随风转。金车玉作轮,踯躅青骢马㉕,流苏金镂鞍㉖。赍钱三百万㉗,皆用青丝穿,杂彩三百匹,交广市鲑珍㉘。从人四五百,郁郁登郡门㉙。

〔注释〕

①家堂:家中的堂屋。
②颜仪:面子。
③拊(fǔ)掌:拍手,表示愤激。
④不图:不料。

⑤悲摧:哀伤。
⑥便言:善于辞令,能说会道。令才:亦作"令材",出众的才华。
⑦丁宁:同"叮咛",嘱咐,告诫。
⑧非奇:不佳。
⑨适:女子出嫁。
⑩承籍:继承先人的仕籍。宦官:做官的人。
⑪娇逸:俊美。
⑫主簿:汉代中央及郡县官署的主管文书、办理事务之官。
⑬大义:夫妇之义,谓婚姻。
⑭怅然:失意不乐貌。
⑮举言:说话。
⑯否(pǐ)泰:《周易》的两个卦名。天地交、万物通谓之"泰",不交闭塞谓之"否"。后常以指世事的盛衰、命运的顺逆。
⑰要:同"邀",约请。
⑱渠会:与他相会。渠,他。
⑲诺诺:连声应诺。表示顺从,不加违逆。尔尔:答应声。犹是是。
⑳六合:阴阳家以月建与日辰的地支相合为吉日,即子与丑合,寅与亥合,卯与戌合,辰与酉合,巳与申合,午与未合,总称六合。
㉑装束:整理行装。
㉒骆驿:连续不断。
㉓青雀:青雀舫,船首画有青雀之舟。这里泛指华贵游船。白鹄(hú):天鹅。
㉔龙子幡:绣花的旗帜。
㉕踯(zhí)躅(zhú):徘徊不进貌。青骢(cōng)马:青白杂色的马。
㉖金镂鞍:用金属雕花为装饰的马鞍。
㉗赍(jī):拿着,带着。
㉘鲑(xié)珍:精美的鱼类食品,泛指各种海味珍馐。
㉙郁郁:繁多貌。

阿母谓阿女："适得府君书①,明日来迎汝。何不作衣裳？莫令事不举!"阿女默无声,手巾掩口啼,泪落便如泻。移我琉璃榻,出置前窗下。左手持刀尺,右手执绫罗。朝成绣夹裙,晚成单罗衫。晻晻日欲暝②,愁思出门啼。

府吏闻此变,因求假暂归。未至二三里,摧藏马悲哀③。新妇识马声,蹑履相逢迎,怅然遥相望,知是故人来。举手拍马鞍,嗟叹使心伤。"自君别我后,人事不可量。果不如先愿,又非君所详。我有亲父母,逼迫兼弟兄。以我应他人,君还何所望!"

府吏谓新妇："贺卿得高迁! 盘石方且厚,可以卒千年。蒲苇一时纫,便作旦夕间。卿当日胜贵,吾独向黄泉。"新妇谓府吏："何意出此言! 同是被逼迫,君尔妾亦然。黄泉不相见,勿违今日言!"执手分道去,各各还家门。生人作死别,恨恨那可论④。念与世间辞,千万不复全。

府吏还家去,上堂拜阿母："今日大风寒,寒风摧树木,严霜结庭兰。儿今日冥冥⑤,令母在后单。故作不良计,勿复怨鬼神! 命如南山石,四体康且直。"阿母得闻之,零泪应声落："汝是大家子,仕宦于台阁。慎勿为妇死,贵贱情何薄？东家有贤女,窈窕艳城郭。阿母为汝求,便复在旦夕。"府吏再拜还,长叹空房中。作计乃尔立⑥,转头向户里⑦,渐见愁煎迫⑧。

〔注释〕

①适:刚才。
②晻(ǎn)晻:日无光。
③摧藏:极度伤心。
④恨恨:抱恨不已。
⑤冥冥:太阳落山昏暗貌,这里喻指生命的终结。
⑥尔立:这样决定。
⑦户里:门里。
⑧煎迫:煎熬逼迫。

其日牛马嘶,新妇入青庐①。晻晻黄昏后②,寂寂人定初。"我命绝今日,魂去尸长留。"揽裙脱丝履,举身赴清池。府吏闻此事,心知长别离。徘徊庭树下,自挂东南枝。

两家求合葬,合葬华山傍。东西植松柏,左右种梧桐。枝枝相覆盖,叶叶相交通。中有双飞鸟,自名为鸳鸯,仰头相向鸣,夜夜达五更。行人驻足听,寡妇起彷徨③。多谢后世人,戒之慎勿忘!

〔注释〕

①青庐:青布搭成的篷帐。古代北方民族举行婚礼时用。
②晻晻:昏暗貌。
③彷徨:坐立不安,心神不定。

# 卷　二

## 魏文帝

　　魏文帝,即曹丕(187—226),字子桓,沛国谯县(今安徽亳州)人,曹操次子,曹魏开国皇帝,在位七年,谥号为文,庙号世祖。三国时期政治家、文学家。与其父曹操和弟曹植,并称"三曹"。曹丕文学成就突出,著作丰硕,是建安文学的积极创作者和推动者,也是邺下文人集团的核心人物。其《典论·论文》是我国现存的第一部文学评论专著,并主持编纂我国第一部类书《皇览》。《隋书·经籍志》著录《魏文帝集》十卷,已散佚。明张溥辑有《魏文帝集》二卷。其生平事迹见《三国志·魏书·文帝纪》。

### 于清河见挽船士新婚与妻别[①]

　　与君结新婚,宿昔当别离[②]。凉风动秋草,蟋蟀鸣相随。冽冽寒蝉吟,蝉吟抱枯枝。枯枝时飞扬,身体忽迁移。不悲身迁移,但惜岁月驰。岁月无穷极,会合安可知?愿为双黄鹄[③],比翼戏清池。

〔注释〕

　　①此诗又题作《为挽船士与新娶妻别诗》,作者一作徐幹。诗歌描写了一位新妇与做纤夫的丈夫分别时的情景,表现了下层百姓的悲苦。清王夫之《古诗评选》评曰:"无穷,其无穷故动人不已;有度,其有度故含怨

何终。"挽船士:拉纤的人,即纤夫。
②宿(sù)昔:旦夕。比喻短时间之内。
③黄鹄(hú):鸟名。

## 又清河作一首①

方舟戏长水②,湛澹自浮沉③。弦歌发中流④,悲响有余音。音声入君怀,凄怆伤人心。心伤安所念?但愿恩情深。愿为鷐风鸟⑤,双飞翔北林⑥。

〔注释〕

①此诗以女子口吻表达相思之情。清王夫之《古诗评选》誉为"玄音绝唱"。
②方舟:两船相并。
③湛澹:亦作"湛淡",迅疾貌。
④中流:江河中央。
⑤鷐(chén)风:一作"晨风",鸟名,即鹯、鹞类猛禽。
⑥北林:《诗经·秦风·晨风》中有:"鴥彼晨风,郁彼北林。"

## 甄皇后

甄皇后(183—221),名不详,相传为甄宓,中山无极(今河北无极)人,魏文帝之妻,魏明帝生母。汉献帝建安中,嫁袁绍之子袁熙为妻。曹操破袁绍,曹丕见其姿貌绝伦,纳为夫人,有宠。曹丕称帝立为皇后。帝爱郭后,后有怨言,帝怒,黄初二年(221),被赐死。明帝立,追谥为"文昭皇后"。其生平事迹见《三国志·魏书·后妃传》。

## 塘上行①

蒲生我池中,其叶何离离②。傍能行仁义,莫若妾自知。众口铄黄金③,使君生别离。念君去我时,独愁常苦悲。想见君颜色,感结伤心脾④。念君常苦悲,夜夜不能寐。莫以豪贤故⑤,弃捐素所爱⑥。莫以鱼肉贱,弃捐葱与薤⑦。莫以麻枲贱⑧,弃捐菅与蒯⑨。出亦复苦愁,入亦复苦愁。边地多悲风,树木何修修⑩。从君致独乐,延年寿千秋。

〔注释〕

①此诗亦收录在《乐府诗集》之《相和歌辞·清调曲》中,共二首,作者皆作魏武帝。《艺文类聚》卷四十一有节引,题作《魏文帝甄皇后塘上行》。《乐府诗集》引《邺都故事》:"魏文帝甄皇后,中山无极人。袁绍据邺,与中子熙娶后为妻。后太祖破绍,文帝时为太子,遂以后为夫人。后为郭皇后所潛,文帝赐死于宫。临终为诗曰:'蒲生我池中,绿叶何离离。岂无兼葭艾,与君生别离。莫以贤豪故,弃捐素所爱。莫以麻枲贱,弃捐菅与蒯。莫以鱼肉贱,弃捐葱与薤。'"又引《歌录》曰:"《塘上行》,古辞。或云甄皇后造。"唐吴兢《乐府古题要解》云:"前志云:晋乐奏魏武帝'蒲生我池中',而诸集录皆言其词魏文帝甄后所作,叹以逸诉见弃,犹幸得新好,不遗故恶焉。"诗歌表现了弃妇的痛苦与哀怨。清陈祚明《采菽堂古诗选》评曰:"淋漓恻伤,情至之语,不忍多读。"

②离离:浓密貌。

③众口铄黄金:即"众口铄金",众人的言论能够熔化金属。比喻舆论影响的强大。

④感结:心情郁结。

⑤豪贤:有地位、有名望的人。
⑥弃捐:抛弃。
⑦薤(xiè):多年生草本植物,鳞茎和嫩叶可食。
⑧枲(xǐ):大麻。
⑨菅(jiān):多年生草本植物,多生于山坡草地,坚韧,可做炊帚、刷子等。蒯(kuǎi):多年生草本植物,生长在水边或阴湿的地方,茎可编席。
⑩修修:修长貌。

# 曹　植

　　曹植(192—232),字子建,沛国谯县(今安徽亳州)人。曹操第三子,曹丕同母弟。少时聪敏,通诗书,善属文,深得武帝喜爱。建安十六年(211),封平原侯。建安十九年(214),徙封临淄侯。曹丕即位后,一直受到猜忌迫害。曹叡即位后,依然如故,最后抑郁而终,谥号"思",世称"陈思王"。他是"建安文学"的代表人物,与其父曹操、其兄曹丕并称为"三曹"。钟嵘《诗品》誉之为"建安之杰"。《隋书·经籍志》著录《魏陈思王曹植集》三十卷,已散佚。宋人辑有《曹子建集》十卷。其生平事迹见《三国志·魏书·陈思王植传》。

## 杂诗五首

### 明月照高楼①

　　明月照高楼,流光正徘徊②。上有愁思妇,悲叹有余哀。借问叹者谁?言是客子妻。君行逾十年,孤妾常独栖。君若清路尘,妾若浊水泥。浮沉各异势,会合何时谐③？愿为西南风,长逝入君怀。君怀时不开,妾心当何依？

〔注释〕

①此诗亦收录在《文选》卷二十三,题作《七哀诗》。又收录在《乐府诗集》之《相和歌辞·楚调曲》中,题作《怨诗行》。诗歌表现了思妇对丈夫的期盼与哀怨。或有所寄托,元刘履《选诗补注》云:"子建与文帝同母骨肉,今仍浮沉异势,不相亲与,故特以孤妾自喻,而切切哀虑之也。"

②流光:月光。

③谐:和好。

## 西北有织妇①

西北有织妇,绮缟何缤纷②！明晨秉机杼③,日昃不成文④。太息终长夜⑤,悲啸入青云⑥。妾身守空房,良人行从军⑦。自期三年归,今已历九春。孤鸟绕树翔,嗷嗷鸣索群⑧。愿为南流景⑨,驰光见我君⑩。

〔注释〕

①此诗亦收录在《文选》卷二十九。诗歌表现了思妇对征夫的思念。多认为是子建自喻之辞,元刘履《选诗补注》云:"此自言才华之美,而君不见用,如空闺织妇,服饰既盛,而良人从军久而不归者也。然则虽秉机杼,实何心于效功,惟终夜悲叹而已。至于感鸣鸟之索群,则其愿见之心为何如哉？"

②绮缟(gǎo):精美而有花纹的丝织品。

③机杼:偏指杼,织梭。

④日昃(zè):太阳偏西。

卷 二 | 49

⑤太息:深深地叹息。
⑥悲啸:悲切长号。
⑦良人:古时女子对丈夫的称呼。
⑧噭(jiào)噭:鸟的悲鸣声。
⑨南流景:指太阳。
⑩驰光:光芒飞射,喻迅疾。

## 微阴翳阳景①

微阴翳阳景②,清风飘我衣。游鱼潜绿水,翔鸟薄天飞③。眇眇客行士④,遥役不得归。始出严霜结,今来白露晞⑤。游子叹《黍离》⑥,处者歌《式微》⑦。慷慨对嘉宾,凄怆内伤悲。

〔注释〕

①此诗亦收录在《文选》卷二十九,题作《情诗》。诗歌抒写了久戍思归之叹。或有寄托。清吴淇《六朝选诗定论》云:"大抵子建平生,只为不得于文帝,常有忧生之嗟,因借徭役思归之情,以喻其忧谗畏讥、进退维谷之意。"

②翳(yì):遮蔽。

③薄:迫近。

④眇眇:孤单无依貌。

⑤晞:干。

⑥《黍离》:《诗经·王风》中的篇名。《诗·王风·黍离序》:"《黍离》,闵宗周也。周大夫行役,至于宗周,过故宗庙宫室,尽为禾黍,闵周室之颠覆,彷徨不忍去而作是诗也。"后用以指亡国之痛。

⑦处者:与"游子"相对,指留在家中的思妇。《式微》:《诗经·邶风》中的篇名。《毛诗序》说,黎侯流亡于卫国,随行的臣子劝他归国时所作。

## 揽衣出中闺[1]

揽衣出中闺[2],逍遥步两楹[3]。闲房何寂寞[4],绿草被阶庭。空室自生风,百鸟翔南征。春思安可忘,忧戚与我并。佳人在远道,妾身独单茕[5]。欢会难再遇,兰芝不重荣。人皆弃旧爱,君岂若平生?寄松为女萝[6],依水如浮萍。束身奉衿带[7],朝夕不堕倾[8]。傥愿终盼盼[9],永副我中情[10]。

〔注释〕

[1]此诗表现了女子对丈夫的思念和对夫妻感情的忧惧。或有所寄托。清张玉穀《古诗赏析》云:"此诗代作闺怨,亦自比思君之无已也。"
[2]中闺:内室。
[3]逍遥:缓步行走貌。两楹(yíng):堂前的两根柱子。
[4]闲房:空荡寂静的房屋。
[5]单茕:孤独无依靠。
[6]女萝:亦作"女罗""松萝",多附生在松树上,成丝状下垂。
[7]束身奉衿(jīn)带:妻子恭敬地为丈夫穿戴好衣服。束身,约束自己。衿带,衣带,这里指衣服。
[8]堕倾:坠落歪斜,这里指懈怠。
[9]傥:同"倘",如果。盼盼(miǎn):顾盼,看顾。
[10]副:相称,符合。中情:内心的感情。

## 南国有佳人[1]

南国有佳人[2],容华若桃李[3]。朝游江北岸,夕宿湘川沚[4]。时俗薄朱颜[5],谁为发皓齿?俯仰岁将暮[6],荣曜难久恃[7]。

〔注释〕

①此诗亦收录在《文选》卷二十九。诗歌描写了一位不被青睐、自伤迟暮的美女。或有寄托。元刘履《选诗补注》云:"此亦自言才美足以有用,今但游息闲散之地,不见顾重于当世,将恐时移岁改,功业未建,遂湮没而无闻焉。故借佳人为喻以自伤也。"
②南国:泛指南方。
③容华:容貌。
④沚(zhǐ):水中的小块陆地。
⑤薄:轻视。
⑥俯仰:比喻时间短暂。
⑦荣曜:同"荣耀"。恃:依赖,依靠。

## 乐府三首

### 美女篇①

美女妖且闲②,采桑歧路间③。长条纷冉冉④,落叶何翩翩!攘袖见素手⑤,皓腕约金环⑥。头上金爵钗⑦,腰佩翠琅玕⑧。明珠交玉体,珊瑚间木难⑨。罗衣何飘飘,轻裾随风还。顾盼遗光彩⑩,长啸气若兰。行徒用息驾⑪,休者以忘餐。借问女安居,乃在城南端。青楼临大路⑫,高门结重关⑬。容华晖朝日⑭,谁不希令颜⑮?媒氏何所营⑯?玉帛不时安⑰。佳人慕高义⑱,求贤良独难。众人何嗷嗷⑲,安知彼所欢⑳?盛年处房室㉑,中夜起长叹。

〔注释〕

①此诗亦收录在《乐府诗集》之《杂曲歌辞》中。诗歌从容貌、服饰、神态三方面描绘了一位容貌出众、品格高洁的美女。前人多认为此篇子建自喻美女,抒发空有才华,却无法施展抱负的愤懑之情。元刘履《选诗补注》云:"子建志在辅君匡济,策功垂名,乃不克遂,虽授爵封而其心犹为不仕,故托处女以寓怨慕之情焉。"
②妖:艳丽。闲:同"娴",文雅。
③歧路:岔路。
④冉冉:柔弱下垂貌。
⑤攘(rǎng)袖:卷起衣袖。
⑥约:束。
⑦金爵钗:即"金雀钗",金钗上端制成雀形的首饰。
⑧翠琅玕(gān):一种青绿色的玉石。古人常用作佩饰。
⑨木难:一作"莫难",宝珠名。
⑩顾眄(miǎn):回视。
⑪行徒:行人。息驾:停车休息。
⑫青楼:青漆涂饰的豪华楼房。
⑬重关:两道闭门的横木。
⑭晖:光辉。
⑮令颜:美丽的容颜。
⑯营:谋求,这里指媒人上门提亲。
⑰玉帛:珪璋和束帛,古代用来订婚行聘。
⑱高义:行为高尚合于正义。
⑲嗷(áo)嗷:形容众声喧杂。
⑳彼:她。
㉑盛年:青壮年。

## 种葛篇①

种葛南山下,葛蔓自成阴。与君初婚时,结发恩义深。欢爱在枕席,宿昔同衣衾②。窃慕《棠棣》篇③,好乐和瑟琴④。行年将晚暮⑤,佳人怀异心⑥。恩绝旷不接,我情遂抑沉⑦。出门当何顾?徘徊步北林。下有交颈兽,仰见双栖禽。攀枝长叹息,泪下沾罗衿⑧。良鸟知我悲,延颈对我吟。昔为同池鱼,今若商与参⑨。往古皆欢遇,我独困于今。弃置委天命,愁愁安可任。

[注释]

①此诗亦收录在《乐府诗集》之《杂曲歌辞》中。诗歌描写了一位早年与丈夫伉俪情深,晚年却遭到抛弃的女子,表现了这位弃妇的痛苦与绝望。或为子建自喻之辞。清朱乾《乐府正义》云:"此托夫妇之好不终,以比君臣。"

②宿昔:夜晚。衣衾:衣服与被子。这里偏指"衾"。

③《棠棣》:指《诗经·小雅·棠棣》篇,是一首申述兄弟应该互相友爱的诗,其中也有表现夫妻恩爱的句子。

④瑟琴:琴瑟之音和谐,因以喻和合友好。《诗经·小雅·棠棣》:"妻子好合,如鼓瑟琴。"

⑤行(xíng)年:年龄。

⑥佳人:代指丈夫。

⑦抑沉:忧闷沉重。

⑧罗衿(jīn):罗衣的前襟。

⑨商与参:二十八宿的商星与参星,商在东,参在西,此出彼没,永不相见。后比喻人分离不能相见。

## 浮萍篇①

浮萍寄清水,随风东西流。结发辞严亲,来为君子仇②。恪勤在朝夕③,无端获罪尤④。在昔蒙恩惠,和乐如瑟琴⑤。何意今摧颓⑥,旷若商与参⑦。茱萸自有芳⑧,不若桂与兰。新人虽可爱⑨,无若故所欢。行云有反期⑩,君恩傥中还⑪?慊慊仰天叹⑫,愁愁将何诉?日月不常处⑬,人生忽若寓⑭。悲风来入怀,泪下如垂露。发箧造裳衣⑮,裁缝纨与素⑯。

〔注释〕

①此诗亦收录在《乐府诗集》之《相和歌辞·清调曲》中,题作《蒲生行·浮萍篇》。诗歌表现了弃妇的悲怨,表达了希望夫君能回心转意的愿望。或有寄托。清陈祚明《采菽堂古诗选》评曰:"应是自寄思恋之怀,故慨然于年命之不侔。缠绵悱恻。'行云'二句,忠厚之思。"

②君子仇:君子的配偶。

③恪(kè)勤:恭敬勤恳。

④罪尤:罪过。

⑤和乐如瑟琴:《诗经·小雅·棠棣》篇中有"妻子好合,如鼓瑟琴"。这里用琴瑟和鸣来形容初婚时夫妻恩爱的场面。

⑥摧颓:摧折,衰败,失意。

⑦旷:远。

⑧茱萸:植物名,香气辛烈,可入药。

⑨可爱:令人喜爱。

⑩反期:同"返期"。

⑪傥:同"倘",如果。

⑫慊(qiàn)慊:原指心不满足貌,这里形容内心极端不平之状。

⑬常处:固定的地点。

⑭寓:寄居。
⑮发箧(qiè):打开箱子。
⑯纨:细绢。素:白色的生绢。

# 魏明帝

魏明帝,即曹叡(204? —239),字元仲,沛国谯县(今安徽亳州)人,曹魏第二位皇帝。魏文帝曹丕长子,母为文昭甄皇后。黄初三年(222),曹叡封平原王。黄初七年(226),魏文帝病重,立曹叡为皇太子,文帝病逝后即位。景初三年(239)病逝,谥号明帝,庙号烈祖。曹叡能诗文,善乐府,与曹操、曹丕并称魏氏"三祖"。《隋书·经籍志》著录《魏明帝集》七卷,已散佚。其生平事迹见《三国志·魏书·明帝纪》。

## 乐府诗一首①

昭昭素明月②,晖光烛我床。忧人不能寐,耿耿夜何长③。微风冲闺闼④,罗帷自飘扬⑤。揽衣曳长带⑥,纵履下高堂。东西安所之,徘徊以彷徨。春鸟向南飞,翩翩独翱翔⑦。悲声命俦匹⑧,哀鸣伤我肠。感物怀所思,泣涕忽沾裳。伫立吐高吟,舒愤诉穹苍⑨。

〔注释〕

①《玉台新咏》选录魏明帝《乐府诗二首》,这里选了第一首。此诗亦收录在《文选》卷二十七。又收录在《乐府诗集》之《杂曲歌辞》中,题作《伤歌行》。诗歌表现闺怨,也有认为是自伤年华之作。《乐府诗集》题解云:"伤日月代谢,年命道尽,绝离知友,伤而作歌也。"清沈德潜《古诗源》

评曰:"不追琢,不属对,和平中自有骨力。"

②昭昭:明亮。
③耿耿:烦躁不安,心事重重。
④闺闼(tà):妇女所居内室的门户。
⑤罗帷:丝制帷幔。
⑥曳(yè):拉,牵引。
⑦翩翩:飞行轻快貌。
⑧俦(chóu)匹:同伴,伴侣。
⑨舒愤:抒发愤懑。穹苍:苍天。

# 阮　籍

　　阮籍(210—263),字嗣宗,陈留尉氏(今河南开封)人,阮瑀之子。"竹林七贤"之一。容貌瑰杰,志气豪放,博览群书,崇奉老庄之学。身处魏晋易代之际,政治上采取谨慎避祸的态度,口不臧否人物,不拘礼法,纵酒放诞。高贵乡公即位,封关内侯,徙散骑常侍、侍中。出为东平相、步兵校尉,世称"阮步兵"。代表作有《咏怀诗》八十二首、《大人先生传》等。《隋书·经籍志》著录《魏步兵校尉阮籍集》十卷,已散佚。明张溥辑有《阮步兵集》一卷。其生平事迹见《晋书》卷四十九。

## 咏怀诗二首①

### 二妃游江滨②

　　二妃游江滨,逍遥从风翔。交甫解环佩③,婉娈有芬芳④。猗靡情欢爱⑤,千载不相忘。倾城迷下蔡⑥,容好结中肠⑦。感激生忧思,萱草树兰房⑧。膏沐为谁施⑨?其雨怨朝阳⑩。如何金磬交⑪,一旦更离伤?

〔注释〕

①《晋书·阮籍传》载:"作《咏怀诗》八十余篇,为世所重。"阮籍《咏怀》是一组五言诗,多非一时之作,后来收集在一起,冠以"咏怀"之名,共八十二首。诗歌运用比兴、象征、隐喻等手法,表现各种复杂的情感。钟嵘《诗品》云:"厥旨渊放,归趣难求。"《文选》李善注亦云:"文多隐避,百代之下,难以情测。"《玉台新咏》选录两首,分别为第四首和第十六首。

②此诗亦收录在《文选》卷二十三。诗歌通过敷衍江妃二女赠郑交甫玉佩事,或抒发始乱终弃的感慨,或抒发理想破灭后的苦闷。有人认为这是在讽刺司马昭受曹魏倚重却欲行篡逆之事。

③交甫解环佩:西汉刘向《列仙传·江妃二女》记载:郑交甫偶遇江妃二女,请求二女以佩结之,神女解佩,交甫受而置于怀。行数十步,二女不见,佩亦随失。

④婉娈(luán):美貌。

⑤猗靡:缠绵。

⑥迷下蔡:出自战国楚宋玉《登徒子好色赋》:"(东家之子)嫣然一笑,惑阳城,迷下蔡。"后以"迷下蔡"形容女子艳丽迷人。

⑦中肠:内心。

⑧萱草:植物名。古人以为种植此草,可以使人忘忧,因称忘忧草。兰房:犹香闺。

⑨膏沐为谁施:语出自《诗经·卫风·伯兮》:"自伯之东,首如飞蓬。岂无膏沐,谁适为容?"膏沐,古代妇女润发的油脂。

⑩其雨怨朝阳:语出自《诗经·卫风·伯兮》:"其雨其雨,杲杲出日。"其雨,希望下雨。

⑪金磬交:即金石之交。比喻坚贞不渝的情感。

### 昔日繁华子①

昔日繁华子,安陵与龙阳②。夭夭桃李花,灼灼有晖光③。悦怿若九春④,磬折似秋霜⑤。流眄发媚姿⑥,言笑吐芬芳。携手等欢爱,宿昔同衾裳⑦。愿为双飞鸟,比翼共翱翔。丹青著明誓⑧,永世不相忘!

〔注释〕

①此诗亦收录在《文选》卷三十三。诗歌描写古代宠臣安陵与龙阳尽心事主之事,表面看似在赞美,实为讽刺司马昭。《文选》吕延济注云:"安陵、龙阳以色事楚、魏之主,尚犹尽心如此,而晋文王蒙厚恩于魏,不能竭其股肱而将行篡夺。籍恨之甚,故以刺也。"也有人认为是暗讽贾充、钟会之辈为贼臣用之事。

②安陵:安陵君,楚恭王的宠臣,因被宠而封于安陵,故名。龙阳:战国魏王男宠龙阳君。

③夭夭桃李花,灼灼有晖光:语出自《诗经·周南·桃夭》:"桃之夭夭,灼灼其华。"

④悦怿(yì):光润悦目。九春:春天。

⑤磬折:弯腰如磬,表示谦恭。

⑥流眄(miǎn):流转目光观看。

⑦宿昔:夜晚。

⑧丹青:丹砂和青䕭,可作颜料,其色艳而不易泯灭。

# 傅 玄

傅玄(217—278),字休奕,北地泥阳(今陕西铜川)人。魏时,任弘农太守、散骑常侍等职,封鹑觚男。入晋,晋爵为子,历驸马都尉、侍中、御史中丞、司隶校尉等职。性刚劲亮直,博学善文,勤于著述。《隋书·经籍志》著录《晋司隶校尉傅玄集》十五卷,已散佚。明张溥辑有《傅鹑觚集》一卷。其生平事迹见《晋书》卷四十七。

## 乐府诗四首

### 青青河边草篇①

青青河边草,悠悠万里道。草生在春时,远道还有期。春至草不生,期尽叹无声。感物怀思心,梦想发中情②。梦君如鸳鸯,比翼云间翔。既觉寂无见,旷如参与商③。梦君结同心,比翼游北林。既觉寂无见,旷如商与参。河洛自用固④,不如中岳安⑤。回流不及反,浮云往自还。悲风动思心,悠悠谁知者⑥。悬景无停居⑦,忽如驰驷马⑧。倾耳怀音响⑨,转目泪双堕。生存无会期,要君黄泉下⑩。

〔注释〕

①此诗亦收录在《乐府诗集》之《相和歌辞·瑟调曲》中,题作《饮马长城窟行》。诗歌表现了思妇对远方游子的思念,婉转深挚。
②中情:内心的感情。
③旷:远。商与参:二十八宿的商星与参星,商在东,参在西,此出彼没,永不相见。后比喻人分离不能相见。
④河洛:黄河与洛水的并称。自用:自以为。
⑤中岳:指位于今河南登封北的嵩山,古名嵩高。
⑥悠悠:思念貌。
⑦悬景:挂在空中的太阳。

⑧忽:迅速。驷马:驾一车之四马。
⑨怀:包含着,这里指听到音响。
⑩要(yāo):同"邀",约请。

### 苦相篇　豫章行①

苦相身为女,卑陋难再陈②。男儿当门户③,堕地自生神。雄心志四海,万里望风尘。女育无欣爱,不为家所珍。长大逃深室④,藏头羞见人。垂泪适他乡⑤,忽如雨绝云。低头和颜色,素齿结朱唇。跪拜无复数,婢妾如严宾⑥。情合同云汉⑦,葵藿仰阳春⑧。心乖甚水火⑨,百恶集其身。玉颜随年变,丈夫多好新。昔为形与影,今为胡与秦⑩。胡秦时相见,一绝逾参辰⑪。

〔注释〕

①此诗亦收录在《乐府诗集》之《相和歌辞·清调曲》中,题作《豫章行·苦相篇》。"豫章行"是古乐府曲调名,"苦相篇"是诗题。诗歌描写了妇女的不幸遭遇,揭露了重男轻女的不平等现象,表达了对妇女的同情。萧涤非《汉魏六朝乐府文学史》云:"诗歌中写社会重男轻女之心理及女子因而所受之种种痛苦者,傅玄此作,实为仅见。时至今日,犹觉读之有余悲也。"诗风古朴,明陆时雍《古诗镜》评曰:"汉情魏貌,绝不类晋人所为。"

②卑陋:地位低下。
③当门户:支撑门户,主持家务。
④深室:幽深的居室,这里指女子的闺房。
⑤适:女子出嫁。
⑥严宾:贵宾。
⑦云汉:银河,天河。这里借指牛郎织女相会之事。

⑧葵藿:偏指葵,即向日葵。葵性向日,古人多用以比喻下对上赤心趋向。

⑨乖:不顺,不和谐。

⑩胡与秦:比喻相距很远。古代称北边或西域少数民族为胡,称中原汉人为秦。

⑪逾:超过。

## 有女篇　艳歌行①

有女怀芬芳,媞媞步东厢②。蛾眉分翠羽③,明目发清扬④。丹唇翳皓齿⑤,秀色若珪璋⑥。巧笑露权靥⑦,众媚不可详。容仪希世出⑧,无乃古毛嫱⑨。头安金步摇,耳系明月珰⑩。珠环约素腕⑪,翠爵垂鲜光⑫。文袍缀藻黼⑬,玉体映罗裳。容华既以艳⑭,志节拟秋霜⑮。徽音冠青云⑯,声响流四方。妙哉英媛德⑰,宜配侯与王。灵应万世合,日月时相望。媒氏陈束帛⑱,羔雁鸣前堂⑲。百两盈中路⑳,起若鸾凤翔。凡夫徒踊跃㉑,望绝殊参商㉒。

〔注释〕

①此诗亦收录在《乐府诗集》之《相和歌辞·瑟调曲》中,题作《燕歌行·有女篇》。"燕歌行"是古乐府曲调名,"有女篇"是诗题。诗歌赞颂美女,不仅有王嫱之貌,更复有秋霜之节,宜配王侯。清陈祚明《采菽堂古诗选》评曰:"托意雅正。不能如子建'众人徒嗷嗷,何知彼所观',正以太尽逊之。'巧笑'二句,生动。'头安金步摇','安'字雅。'羔雁鸣前堂','鸣'字生动。"

②媞(tí)媞:安舒貌。

③蛾眉:像蚕蛾触须弯曲细长的秀眉。翠羽:翠鸟的羽毛。这里比喻

美人的眉毛。

④清扬:谓眼球明亮,黑白分明。

⑤翳(yì):遮蔽。

⑥珪璋:两种贵重的玉制礼器,这里是说姣好的容颜就像美玉一样。

⑦权:一作"欢"。靥(yè):酒窝儿。

⑧希世:世所罕有。

⑨无乃:莫非,恐怕是。毛嫱(qiáng):古代美女名,越王之妾。

⑩明月珰:用明月珠(夜光珠)串成的耳饰。

⑪约:拘束,这里指缠绕。

⑫翠爵:同"翠雀",一种头饰。

⑬文袍:纹袍,绣有花纹的长衣。藻黼(fǔ):半黑半白的花纹。

⑭容华:容貌。

⑮志节拟秋霜:志向和节操就像秋霜一样高洁。

⑯徽音:优美的乐声,多指琴声。

⑰英媛德:杰出女子的德行。

⑱束帛:捆为一束的五匹帛,古代用为聘问的礼物。

⑲羔雁:小羊和雁,婚聘时的礼物。

⑳百两:同"百辆"。

㉑踊跃:形容情绪高涨、争先恐后。

㉒望绝:犹绝望。殊:超过。

## 西长安行①

所思兮何在?乃在西长安。何用存问妾②?香橙双珠环③。何用重存问?羽爵翠琅玕④。今我兮闻君,更有兮异心。香亦不可烧⑤,环亦不可沉。香烧日有歇⑥,环沉日自深。

〔注释〕

①此诗亦收录在《乐府诗集》之《杂曲歌辞》中。唐吴兢《乐府古题要解》云:"《西长安行》,晋傅休奕云:'所思兮何方?乃在西长安。'其下因叙别离之意也。"诗歌描写了女子听闻丈夫变心后的心理活动,用"香烧""环沉"作比,来喻旧爱难寻,非常贴切。

②存问:慰问。

③香橙(dēng):装香料的袋子,俗称香囊。珠环:缀珠的环形饰物。

④羽觞:即"羽舫",古代酒器,作鸟雀状,左右形如两翼。翠琅玕(gān):一种青绿色的玉石,古人常用作佩饰。

⑤香:指香橙。

⑥歇:停止。

# 张　华

张华(232—300),字茂先,范阳方城(今河北固安)人。出身寒微,好学不倦,博学有才。魏时,任太常博士、著作佐郎、长史兼中书郎等职。入晋,以平吴功封广武县侯。历任太子少傅、中书监、司空等职,封壮武郡公。后被赵王司马伦所杀。《隋书·经籍志》著录《晋司空张华集》十卷,已散佚。明张溥辑有《张茂先集》一卷。其生平事迹见《晋书》卷三十六。

## 情诗五首①

### 其一

北方有佳人,端坐鼓鸣琴。终晨抚管弦,日夕不成音。忧来结不解,我思存所钦②。君子寻时役③,幽妾怀苦心。初为三载别,于今久滞淫④。昔邪生户牖⑤,庭内自成林。翔鸟鸣翠隅⑥,草虫相和吟。心悲易感激,俯仰泪流衿⑦。愿托晨风翼⑧,束带侍衣衾⑨。

〔注释〕

①《情诗五首》均以游子思妇为主题,表现了夫妻间的离别相思。此诗表现了女子因丈夫在外久戍不归,而产生的思念之情和孤独寂寞之感,笔调细腻,情意绵绵,真挚感人。

②思存:思念。《诗经·郑风·出其东门》:"出其东门,有女如云。虽则如云,匪我思存。"

③寻:连续不断。

④滞淫:长久停留。

⑤昔邪:又名乌韭,生长在墙垣上的苔类。户牖(yǒu):门窗。

⑥隅(yú):角落。

⑦俯(fǔ)仰:低头和抬头。

⑧晨风:鸟名,即鹯,鹞类猛禽。

⑨衣衾:本指衣服与被子,这里指侍奉君子穿衣和就寝。

## 其二①

明月曜清景②,胧光照玄墀③。幽人守静夜,回身入空帷。束带俟将朝,廓落晨星稀④。寐假交精爽⑤,觌我佳人姿⑥。巧笑媚权靥⑦,联媚眸与眉。寐言增长叹,凄然心独悲。

〔注释〕

①此诗为男子怀内之作。表现了主人公因在朝为官与妻子别离,夜不能寐,晨不能安,满心思念的情态。

②曜:照耀。
③胧光:月光。玄墀(chí):黑漆涂饰的台阶。
④廓落:空阔。
⑤寐:睡。精爽:魂魄。
⑥觌(dí):见。
⑦权:一作"欢"。靥(yè):酒窝儿。

## 其三①

清风动帷帘,晨月烛幽房。佳人处遐远,兰室无容光②。衿怀拥虚景③,轻衾覆空床④。居欢惜夜促,在蹙怨宵长。抚枕独吟叹,绵绵心内伤。

〔注释〕

①此诗亦收录在《文选》卷二十九。诗歌描写了女子独居的寂寞感伤。清陈祚明《采菽堂古诗选》评曰:"'居欢'二句,名言,琢令大雅。"
②兰室:即香闺,芳香高雅的妇女居室。
③衿(jīn)怀:襟怀。
④衾(qīn):被子。

## 其四①

君居北海阳,妾在南江阴②。悬邈修途远③,山川阻且深。承欢注隆爱④,结分投所钦⑤。衔思守笃义⑥,万里托微心。

〔注释〕

①此诗中思妇不远万里表托"微心",表现了对爱情的坚贞不渝。
②北海阳、南江阴:古人认为山南水北为阳,水南山北为阴,这里南北

相对,比喻距离之远。

③悬邈:犹悬远。修途:长途。

④隆爱:深爱。

⑤结分:结缘。

⑥笃义:深厚的情义。

## 其五[1]

游目四野外[2],逍遥独延伫[3]。兰蕙缘清渠[4],繁华荫绿渚[5]。佳人不在兹,取此欲谁与?巢居觉风飘,穴处识阴雨。未曾远别离,安知慕俦侣[6]。

〔注释〕

①此诗亦收录在《文选》卷二十九。诗写游子对家中妻子的思念。春日可爱,兰蕙盛开,欲采之以送佳人,而佳人不在身旁,只剩自己失落怅惘。清沈德潜《古诗源》评曰:"秾丽之作,油然入人。茂先诗之上者。"

②四野:四方的原野,泛指四方,四处。

③逍遥:徘徊不进。延伫:引颈企立。

④兰蕙缘清渠:兰和蕙都生长在清澈的河流旁。

⑤繁华:同"繁花"。绿渚(zhǔ):水中绿色的小块陆地。

⑥俦(chóu)侣:伴侣。

# 潘 岳

潘岳(247—300),字安仁,荥阳中牟(今河南中牟)人。年少有才,乡邑号为奇童。历任司空掾、河阳令、怀县令、著作郎、散骑侍郎、给事黄门侍郎等职。后遭赵王司马伦党羽孙秀诬陷,坐罪被杀。《隋书·经籍志》著录《晋黄门郎潘岳集》十卷,已散佚。明张溥辑有《潘黄门集》一卷。其生平事迹见《晋书》卷五十五。

## 内顾诗一首[1]

静居怀所欢[2],登城望四泽[3]。春草郁青青,桑柘何奕奕[4]。芳林振朱荣[5],绿水激素石[6]。初征冰未泮[7],忽焉袗绤绤[8]。漫漫三千里,苕苕远行客[9]。驰情恋朱颜[10],寸阴过盈尺[11]。夜愁极清晨,朝悲终日夕。山川信悠永[12],愿言良弗获[13]。引领讯归云[14],沉思不可释。

〔注释〕

[1]《玉台新咏》有潘岳《内顾诗二首》,这里选第一首。内顾,即思念妻子。本诗先写明丽的春景,由春景而产生对妻子的思慕,以乐景衬托哀情。

[2]所欢:这里指妻子。

[3]四泽:同"四野",四方、四处。

[4]桑柘(zhè):桑木与柘木。奕奕:盛貌。

[5]朱荣:红花。

[6]素石:白石。

[7]泮(pàn):融化。

[8]袗(zhěn):单衣。绤(chī)绤(xì):葛布的统称。葛之细者曰绤,粗者曰绤。

[9]苕(tiáo)苕:一作"迢迢",道路遥远貌。

[10]驰情:神往。

[11]寸阴过盈尺:时间可贵。寸阴,一寸光阴。盈尺,直径一尺的玉璧。《淮南子·原道》:"故圣人不贵尺之璧,而重寸之阴,时难得而易失也。"

[12]悠永:久远。

⑬愿言良弗获:我的心愿确实没有办法达到。"言",语气助词。
⑭引领:伸颈远望。

## 悼亡诗二首①

### 其一

荏苒冬春谢②,寒暑忽流易③。之子归穷泉④,重壤永幽隔⑤。私怀谁克从⑥?淹留亦何益⑦。僶俛恭朝命⑧,回心反初役⑨。望庐思其人,入室想所历。帏屏无仿佛⑩,翰墨有余迹⑪。流芳未及歇,遗挂犹在壁⑫。帐幔如或存,回遑忡警惕⑬。如彼翰林鸟⑭,双栖一朝只。如彼游川鱼,比目中路析⑮。春风缘隙来,晨霤依檐滴⑯。寝息何时忘?沉忧日盈积。庶几有时衰⑰,庄缶犹可击⑱。

[注释]

①这两首诗是潘岳追悼亡妻杨氏所作,原诗本有三首,《玉台新咏》选录前二首,亦收录在《文选》卷二十三。杨氏卒于晋惠帝元康八年(298),夫妇二人一同生活二十余年,感情很好,杨氏亡后,潘岳写了一系列悼亡诗赋,影响很大,悼亡之诗风,由此始也。清陈祚明《采菽堂古诗选》评第一首曰:"情至凄惨。'望庐'六句,千古悼亡至情。'春风'二句言愁,愁在声中,觉无声非愁也。"又评第二首曰:"述感淋漓,宛转流畅,以尽其悲痛。"
②荏苒:时光流逝。
③流易:演变,变换。
④之子:指诗人的妻子。穷泉:犹九泉,指墓中。
⑤重(zhòng)壤:地下。幽隔:指人死入阴间,与世隔绝。

⑥私怀谁克从:个人的心愿(不去做官的愿望)谁能够办到呢?
⑦淹留:滞留,逗留。
⑧俛(mǐn)仰:一作"俛俯",勤奋,努力。朝命:朝廷的命令。
⑨回心:违背自己的心意。初役:原先的职务。
⑩帏屏无仿佛:帷帐之间连妻子大致的身影都见不到。
⑪翰墨:借指文章书画。
⑫遗挂:死者遗物,指可以悬挂的服饰之类。
⑬回遑(huáng):徘徊疑惑,游移不定。忡(chōng):忧虑不安的样子。
⑭翰林鸟:高飞林中之鸟。翰,本指鸟羽,这里用作动词,飞。
⑮比目:比目鱼,喻情爱深挚的夫妻。析:分开。
⑯霤(liù):同"溜",顺房檐滴下来的雨水。
⑰庶几:也许可以。衰:减。
⑱庄缶(fǒu)犹可击:像庄子一样敲击瓦盆,自我宽慰。《庄子·至乐》:"庄子妻死,惠子吊之,庄子则方箕踞鼓盆而歌。"缶,瓦盆。

## 其二

皎皎窗中月①,照我室南端。清商应秋至②,溽暑随节阑③。凛凛凉风升,始觉夏衾单。岂曰无重纩④,谁与同岁寒⑤。岁寒无与同,朗月何胧胧⑥。展转盻枕席⑦,长簟竟床空⑧。床空委清尘⑨,室虚来悲风。独无李氏灵,仿佛睹尔容。抚衿长叹息,不觉涕沾胸。沾胸安能已,悲怀从中起。寝兴目存形⑩,遗音犹在耳。上惭东门吴⑪,下愧蒙庄子⑫。赋诗欲言志,零落难具纪⑬。命也诗奈何?长戚自令鄙⑭。

[注释]

①皎皎:明亮貌。

②清商:商风,即秋风。

③溽(rù)暑:指盛夏气候潮湿闷热。阑:尽。

④重纩(kuàng):用厚丝绵制的衣被。

⑤岁寒:一年的严寒时节。

⑥朗月:明月。

⑦眄(miǎn):斜着眼看。

⑧长簟(diàn):长长的竹席。

⑨委:积聚。

⑩寝兴:睡下和起床,泛指起居。

⑪东门吴:《战国策·秦策三》:"梁人有东门吴者,其子死而不忧。其相室曰:'公之爱子也,天下无有,今子死不忧,何也?'东门吴曰:'吾尝无子,无子之时不忧;今子死,乃即与无子时同也,臣奚忧焉?'"后因以"东门吴"为丧失亲人而胸怀旷达者的代表。

⑫蒙庄子:庄子,庄子是蒙人,故有此称。《庄子·至乐》载:"庄子妻死,惠子吊之,庄子则方箕踞鼓盆而歌。"

⑬零落:衰颓败落。

⑭长戚:常怀忧愁。

# 石　崇

石崇(249—300),字季伦,小名齐奴,渤海南皮(今河北南皮)人。历任修武令、城阳太守、散骑常侍、南中郎将、荆州刺史、国子祭酒、卫尉卿等职。曾在荆州任上,劫掠商贾,遂成巨富,为人豪奢。永康元年(300),赵王司马伦政变后,不肯将宠妾绿珠献给司马伦党羽孙秀,被诛杀。《隋书·经籍志》著录《晋卫尉卿石崇集》六卷,已散佚。其生平事迹见《晋书》卷三十三。

## 王昭君辞并序[①]

　　王明君者,本为王昭君,以触文帝讳,故改。匈奴盛,请婚于汉,元帝诏以后宫良家女子明君配焉。昔公主嫁乌孙[②],令琵琶马上作乐,以慰其道路之思。其送明君亦必尔也。其新造之曲,多哀声,故叙之于纸云尔。

　　我本汉家子,将适单于庭[③]。辞决未及终,前驱已抗旌[④]。仆御涕流离[⑤],辕马为悲鸣[⑥]。哀郁伤五内[⑦],泣泪沾珠璎[⑧]。行行日已远,乃造匈奴城[⑨]。延我于穹庐[⑩],加我阏氏名[⑪]。殊类非所安,虽贵非所荣。父子见陵辱[⑫],对之惭且惊。杀身良未易,默默以苟生。苟生亦何聊,积思常愤盈。愿假飞鸿翼,弃之以遐征[⑬]。飞鸿不我顾,伫立以屏营[⑭]。昔为匣中玉,今为粪上英。朝华不足欢,甘为秋草并。传语后世人,远嫁难为情。

〔注释〕

　　①此诗亦收录在《文选》卷二十七。《乐府诗集》引《唐书·乐志》:"《明君》,汉曲也。元帝时,匈奴单于入朝,诏以王嫱配之,即昭君也。及将去,入辞,光彩射人,悚动左右,天子悔焉。汉人怜其远嫁,为作此歌。晋石崇妓绿珠善舞,以此曲教之,而自制新歌。"诗歌以昭君的口吻叙写远嫁匈奴的经过和悲痛的心境,虽为代言,但写得真挚感人。清陈祚明《采菽堂古诗选》评曰:"笔调甚古。末段徘徊哀怨,甚有古风。"

　　②乌孙:古代西域国名,在今伊犁河谷。"公主嫁乌孙"见《汉书·西域传》:"汉元封中,遣江都王建女细君为公主,以妻焉。"

　　③单(chán)于:汉时匈奴君长的称号。

　　④前驱:前导。抗旌(jīng):举旗,这里指举起旗帜出发。

⑤仆御：驾车马者。流离：流转离散。
⑥辕马：驾车的马。
⑦五内：五脏，这里指内心。
⑧珠璎：珍珠璎珞，多用为项饰。
⑨造：到。
⑩延：引进，请。穹庐：古代游牧民族居住的毡帐。
⑪阏(yān)氏(zhī)：匈奴单于的正妻。
⑫陵辱：同"凌辱"，欺凌侮辱。指昭君先嫁呼韩邪单于，后又嫁其次子复株累单于和三子搜谐若鞮单于之事。
⑬遐征：远行。
⑭屏(bīng)营：惶恐，彷徨。

# 左　思

左思(约250—约305)，字太冲，齐国临淄(今山东临淄)人。家世寒微，其貌不扬，不善辞令，故不好交游。其妹左棻以才德选入官中，举家迁居京师。精思十年，写成《三都赋》，颇被当时称颂，造成"洛阳纸贵"。曾任秘书郎，追随贾谧，为"二十四友"之一。贾谧被诛，遂退居宜春里，专心著述。齐王司马冏命为记室督，以疾辞。后移居冀州，数岁以疾卒。诗以《咏史》八首为代表。《隋书·经籍志》著录《晋齐王府记室左思集》二卷，已散佚。后人辑有《左太冲集》一卷。其生平事迹见《晋书》卷二十九。

## 娇女诗①

吾家有娇女，皎皎颇白皙。小字为纨素②，口齿自清历③。鬓发覆广额，双耳似连璧。明朝弄梳台，黛眉类扫迹④。浓朱衍丹唇⑤,黄吻澜漫赤⑥。娇语若连琐⑦,忿速乃明㦁⑧。握笔利彤管⑨,篆刻未期益⑩。执书爱绨素⑪,诵习矜所获⑫。其姊字惠芳⑬,面目粲如画⑭。轻妆喜楼边,临镜忘纺绩⑮。举觯拟京兆⑯,立的成复易⑰。玩弄眉颊间,剧兼机杼役⑱。从容好赵舞,延袖像飞翮⑲。上下弦柱际⑳,文史辄卷襞㉑。顾眄屏风画㉒,如见已指摘㉓。丹青日尘暗,明义为隐赜㉔。驰骛翔园林㉕,果下皆生摘。红葩掇紫蒂㉖,萍实骤抵掷㉗。贪华风雨中,倏忽数百适㉘。务蹑霜雪戏㉙,重綦常累积㉚。并心注肴馔㉛,端坐理盘槅㉜。翰墨戢函按㉝,相与数离逖㉞。动为垆钲屈㉟,屣履任之适㊱。止为茶荈据㊲,吹吁对鼎䥶㊳。脂腻漫白袖,烟熏染珂锡㊴。衣被皆重池㊵,难与沉水碧㊶。任其孺子意㊷,羞受长者责。瞥闻当与杖,掩泪俱向壁。

〔注释〕

①此诗描写了两个小女儿天真活泼、俏皮可爱的情态,字里行间蕴含着浓浓的父爱。明钟惺、谭元春在《古诗归》中评曰:"通篇描写娇痴游戏处不必言,如握笔、执书、纺绩、机杼、文史、丹青、盘槅等事,都是成人正经事务,错综穿插,却妙在不安详,不老成,不的确,不闲整,字字是娇女,不是成人。而女儿一段聪明,父母一段矜惜,笔端言外,可见可思。"

②小字:乳名。纨素:左思的次女左媛,字纨素。

③清历:清楚。

④黛眉:青黑色的眉。

⑤衍:开展,这里指丹唇被染。

⑥黄吻:原指幼儿,这里指小孩的嘴唇。澜漫:形容色彩浓厚鲜明。

⑦连琐:玉制小连环,动则声音清澈而细碎。
⑧忿速:愤怒急躁。明悑:同"明嬺",清亮美好。
⑨利:喜欢。彤管:杆身漆朱的笔。
⑩篆刻未期益:书写时不期望把字写好。
⑪绨(tì)素:古时用来书写的绢帛。绨,光滑厚实的丝织品。素,洁白的绢。
⑫矜(jīn):自夸。
⑬惠芳:左思长女左芳,字惠芳。
⑭粲(càn):同"灿",耀眼,美好。
⑮纺绩:把丝麻等纤维纺成纱或线。
⑯举觯(zhì)拟京兆:"觯"疑作"觚",一种写字用的笔。这里指眉笔。京兆,指汉宣帝时京兆尹张敞,他曾为妻画眉。
⑰的(dì):古代女子的一种面部装饰,用朱笔点成。
⑱剧兼机杼役:化妆时的繁忙程度比织布工作要快好几倍。剧,迅速。兼,加倍。
⑲延袖:长长的袖子。飞翮(hé):飞鸟。
⑳弦柱:乐器绾丝之柱。
㉑文史:指书籍。卷襞(bì):卷束折叠。
㉒顾眄(miǎn):回视。
㉓如见:好像看见,形容看得不真切。指摘:挑出错误,加以批评。
㉔赜(zé):深奥。
㉕驰骛(wù):奔腾。
㉖红葩:红花。掇:摘取。
㉗萍实:谓甘美的水果。抵掷:投掷。
㉘百适:百次。
㉙蹑:踏。
㉚綦(qí):鞋带。
㉛并心:专心。注:集中注意力。肴馔:丰盛的饭菜。
㉜盘槅(gé):装水果的盘子。

卷 二 | 75

㉝翰墨:笔墨。戢(jí):收敛。函:盒子。

㉞相与:共同。离逖(tì):远远离开。

㉟竽:一种乐器。钲(zhēng):也是一种乐器,铜制,形似钟而狭长,在行军时敲打。

㊱屣(xǐ)履:拖着鞋子走路。

㊲荼菽(shū):泛指食物。荼,一种苦菜。菽,豆类总称。

㊳吹吁:吹气使冷。鼎鬲:泛指煮器。

㊴珂锡:一作"阿锡",指精致的丝织品和细布。

㊵衣被皆重池:是说衣服被污渍所染,变得五颜六色。

㊶难与次水碧:这里指衣服太脏,难以下水洗干净。

㊷孺子:幼儿。

# 卷 三

## 陆 机

陆机(261—303),字士衡,吴郡吴县(今江苏苏州)人。西晋著名文学家、书法家。孙吴丞相陆逊之孙、大司马陆抗第四子。历任太子洗马、著作郎、中书郎等职。后入成都王司马颖幕,被荐为平原内史,世称"陆平原"。成都王伐长沙王司马乂时,任后将军、河北大都督,兵败遭谗,为成都王所杀。与其弟陆云合称"二陆",被誉为"太康之英"。与潘岳同为西晋诗坛的代表,形成"太康诗风"。刘勰《文心雕龙·乐府篇》称:"子建士衡,咸有佳篇。"《隋书·经籍志》著录《晋平原内史陆机集》十四卷,已散佚。明张溥辑有《陆平原集》二卷。其生平事迹见《晋书》卷五十四。

### 拟古七首

所谓"拟古",即模拟古人之诗,主要是模拟汉代无名氏的五言古诗。《文选》中收录陆机《拟古诗》十二首,《玉台新咏》选录的七首皆在其中。所拟对象除《兰若生春阳》之外,皆在《古诗十九首》之列。

#### 拟西北有高楼①

高楼一何峻②,迢迢峻而安③。绮窗出尘冥④,飞阶蹑云端⑤。佳人抚琴瑟,纤手清且闲⑥。芳草随风结⑦,

哀响馥若兰⑧。玉容谁能顾？倾城在一弹。伫立望日昃⑨，踯躅再三叹⑩。不怨伫立久，但愿歌者欢。思驾归鸿羽，比翼双飞翰⑪。

〔注释〕

①此诗亦收录在《文选》卷三十。诗歌拟《古诗十九首》之《西北有高楼》，直承古诗的主题和章法，但格调和表现上均不及。清陈祚明《采菽堂古诗选》评曰："通首亦平平。"清贺贻孙《诗筏》评曰："士衡从'倾城'上说向'欢'去，古诗从'徘徊'上说向'哀'去，'欢''哀'二意，便分深浅。"

②峻：高大。

③迢迢：高貌。

④绮(qǐ)窗：雕刻或绘饰得十分精美的窗户。尘冥：犹世外。比喻高远。

⑤蹑：踏。

⑥清：明净。闲：同"娴"，熟练。

⑦结：聚。

⑧馥：香气。

⑨日昃：太阳偏西。

⑩踯(zhí)躅(zhú)：徘徊不进貌。

⑪飞翰：飞鸟。

## 拟东城一何高①

西山何其峻②，层曲郁崔嵬③。零露弥天坠④，蕙叶凭林衰。寒暑相因袭，时逝忽如遗。三闾结飞辔⑤，大鳌悲落晖⑥。曷为牵世务⑦，中心怅有违。京洛多妖丽，玉颜侔琼蕤⑧。闲夜抚鸣琴，惠音清且悲⑨。长歌赴促节⑩，哀响逐高徽⑪。一唱万夫欢，再唱梁尘飞。思为河曲鸟⑫，双游丰水湄⑬。

〔注释〕

①此诗亦收录在《文选》卷三十。诗歌拟《古诗十九首》之《东城高且长》。《文选》李周翰注云:"言高城常存而人易老,不如早为行乐。"
②峻:高大。
③崔嵬(wéi):高峻、高大貌。
④零露:降落的露水,这里指细雨。
⑤三闾:战国时楚国屈、景、昭三个大姓家族的总称。爱国诗人屈原被贬前就曾任三闾大夫,掌管三大姓的宗族事务。这里泛指贵族。
⑥大耋(dié):老年人。
⑦曷(hé)为:为何。
⑧侔(móu):相等。琼蕤(ruí):玉花。
⑨惠音:清扬和畅之音。
⑩促节:短促的音节。
⑪高徽:急促的调子。
⑫河曲鸟:鸳鸯。
⑬丰水:古水名。在陕西省户县东南,注入渭水。湄:河岸,水与草交接的地方。

## 拟兰若生春阳①

嘉树生朝阳②,凝霜封其条。执心守时信③,岁寒不敢凋④。美人何其旷,灼灼在云霄⑤。隆想弥年时⑥,长啸入风飘。引领望天末⑦,譬彼向阳翘⑧。

〔注释〕

①此诗亦收录在《文选》卷三十。诗歌拟古诗《兰若生春阳》。《文选》张铣注云:"兰、若,皆香草。古诗取兴闺中守芳香之气以待远人,机以松柏坚贞取之为比。"

②嘉树:美树。
③执心:心志专一坚定。
④岁寒不敢凋:《论语·子罕》:"岁寒,然后知松柏之后凋也。"
⑤灼灼:鲜明貌。
⑥隆想:深思。弥年:经年,终年。
⑦引领:伸颈远望。
⑧譬彼:譬如它(嘉树)一样。

## 拟迢迢牵牛星①

炤炤天汉晖②,粲粲光天步③。牵牛西北回,织女东南顾。华容一何绮④,挥手如振素。怨彼河无梁,悲此年岁暮。跂彼无良缘⑤,晥焉不得度⑥。引领望大川⑦,双涕如沾露⑧。

〔注释〕

①此诗亦收录在《文选》卷三十。诗歌拟《古诗十九首》之《迢迢牵牛星》。《文选》吕延济注云:"此述思妇之情,托牵牛以明之也。"迢迢:一作"迢迢",道路遥远貌。
②炤(zhāo)炤:一作"昭昭",明亮貌。
③粲粲:鲜明貌。
④绮(qǐ):美丽,美妙。
⑤跂(qǐ):踮起脚。
⑥晥(wǎn):古同"皖",明亮貌。
⑦引领:伸颈远望。大川:银河。
⑧沾露:露水。

## 拟青青河畔草①

靡靡江蓠草②,熠燿生河侧③。皎皎彼姝女④,阿那当轩织⑤。粲粲妖容姿⑥,灼灼华美色⑦。良人游不归,偏栖独只翼。空房来悲风,中夜起叹息。

〔注释〕

①此诗亦收录在《文选》卷三十。诗歌拟《古诗十九首》之《青青河畔草》。清吴淇《六朝选诗定论》评曰:"词虽句句模拟原诗,而义迥不同。原诗是刺,此诗是美。"

②靡靡:草随风倒伏貌。江蓠:红藻的一种,藻体深褐色或暗红色,生在海湾浅水中,可食用。

③熠(yì)燿(yào):光彩,鲜明。《诗·豳风·东山》:"仓庚于飞,熠燿其羽。"郑玄笺云:"熠燿其羽,羽鲜明也。"

④皎皎:明亮貌。

⑤阿那:同"婀娜",柔美貌。轩:窗。

⑥粲粲:鲜明貌。

⑦灼灼:盛烈貌。

## 拟庭中有奇树①

欢友兰时往,苕苕匿音徽②。虞渊引绝景③,四节游若飞④。芳草久已茂,佳人竟不归。踯躅遵林渚⑤,惠风入我怀⑥。感物恋所欢,采此欲贻谁⑦?

〔注释〕

①此诗亦收录在《文选》卷三十。诗歌拟《古诗十九首》之《庭中有奇树》。《文选》张铣注云:"此言友朋离索乡居之情。"

②苕苕:一作"迢迢",道路遥远貌。音徽:音信,音讯。

③虞渊:传说为日没之处。绝景:无比美妙的景色。

④四节:四季。

⑤踯(zhí)躅(zhú):徘徊不进貌。遵:沿着。林渚(zhǔ):林池。
⑥惠风:和风。
⑦贻(yí):赠送。

## 拟涉江采芙蓉①

上山采琼蕊②,穹谷饶芳兰③。采采不盈掬④,悠悠怀所欢⑤。故乡一何旷,山川阻且难。沉思钟万里⑥,踯躅独吟叹⑦。

〔注释〕

①此诗亦收录在《文选》卷三十。诗歌拟《古诗十九首》之《涉江采芙蓉》。《文选》刘良注云:"芙蓉,水草,其花美。此言思妇盛年,其夫远游,采此以自伤也。"
②琼蕊:玉花。
③穹谷:深谷。饶:多。
④掬:用两手捧。
⑤悠悠:思念貌。
⑥钟:集中,专一。
⑦踯(zhí)躅(zhú):徘徊不进貌。

## 乐府三首

### 艳歌行①

扶桑升朝晖②,照此高台端。高台多妖丽,洞房出清颜③。淑貌曜皎日④,惠心清且闲⑤。美目扬玉泽⑥,蛾眉象翠翰⑦。鲜肤一何润,彩色若可餐。窈窕多容仪,婉媚巧笑言⑧。暮春春服成,粲粲绮与纨⑨。金雀垂藻翘[10],琼佩结瑶璠[11]。方驾扬清尘[12],濯足洛水澜。蔼蔼风云会[13],佳人一何繁。南崖充罗幕[14],北渚盈軿轩[15]。清川含藻景[16],高岸被华丹[17]。馥馥芳袖挥,泠泠纤指弹[18]。悲歌吐清音,雅舞播幽兰。丹唇含九秋[19],妍迹凌七盘[20]。赴曲迅惊鸿[21],蹈节如集鸾[22]。绮态随颜变[23],沉姿无定源。俯仰纷阿那[24],顾步咸可欢[25]。遗芳结飞飚[26],浮景映清湍。冶容不足咏[27],春游良可叹!

〔注释〕

①此诗亦收录在《文选》卷二十八,题作《日出东南隅行》或《罗敷艳歌》。又收录在《乐府诗集》之《相和歌辞·相和曲》中,题作《日出东南隅行》。唐吴兢《乐府古题要解》云:"案其歌词,称罗敷采桑陌上,为使君所邀,罗敷盛夸其夫为侍中郎以拒之,与旧说不同。若晋陆士衡'扶桑升朝晖'等,但歌佳人好合,与古调始同而末异。"诗歌拟汉乐府《日出东南隅行》,着重描写了洛水边美女春游的情景,极尽铺夸描摹之盛。

②扶桑:传说日出于扶桑树之下,拂其树杪而升,因谓为日出处。

③洞房:幽深的内室,指闺房。清颜:清秀的容貌,指美人。

④淑貌:美丽的容貌。曜(yào):照耀。

⑤惠心:明慧之心。

⑥玉泽:玉石的光泽。

⑦蛾眉:像蚕蛾触须弯曲细长的秀眉。翠翰:翠鸟的羽毛。

⑧婉媚:柔美。笑言:笑容与言语。

⑨绮:有文彩的丝织品。纨:细绢。

⑩金雀:雀形金钗。藻翘:同"翠翘",妇女首饰的一种,末端可带有下坠装饰。

⑪琼佩:玉制的佩饰。瑶璠(fán):美玉名。

⑫方驾:两车并行。

⑬蔼蔼:盛多貌。风云会:风云聚合,形容佳人繁多。

⑭罗幕:马车上的帐子。

⑮軿(píng)轩:軿车和轩车的并称,泛指车辆。

⑯藻景:水藻的影子。景,同"影"。

⑰华丹:红花。

⑱泠(líng)泠:洁白貌。

⑲九秋:曲名。

⑳七盘:古舞名。在地上排盘七个,舞者穿长袖舞衣,在盘的周围或盘上舞蹈。

㉑赴曲:应合曲调的旋律。

㉒蹈节:应合节拍。

㉓绮态:美丽的姿态。

㉔阿那:同"婀娜"。

㉕顾步:回首缓行。

㉖飚(biāo):大风。

㉗冶容:美丽的女子。

## 前缓声歌①

游仙聚灵族②,高会曾山阿③。长风万里举④,庆云郁嵯峨⑤。宓妃兴洛浦⑥,王韩起泰华⑦。北征瑶台女⑧,南要湘川娥⑨。肃肃霄驾动⑩,翩翩翠盖罗⑪。羽旗栖琐鸾⑫,玉衡吐鸣和⑬。太容挥高弦⑭,洪崖发清歌⑮。献酬既已周⑯,轻轩垂紫霞。总辔扶桑枝⑰,濯足汤谷波⑱。清晖溢天门⑲,垂庆惠皇家⑳。

〔注释〕

①此诗亦收录在《文选》卷二十八、《乐府诗集》之《杂曲歌辞》中。诗

歌拟汉乐府《前缓声歌》,是一首游仙诗,生动地描绘了群仙相聚的场面,反衬出生命的有限和人生的苦闷。

②游仙:古人谓游心仙境,脱离尘俗。灵族:众仙灵。

③高会:大规模地聚会。曾:同"层"。

④举:兴起。

⑤庆云:五色云。古人以为喜庆、吉祥之气。嵯(cuó)峨(é):高耸的山。

⑥宓(fú)妃:传说中的洛水女神。

⑦王韩:王子乔和韩众。传说二人在太华山修道成仙。

⑧征:征召。瑶台:传说中的神仙居处。

⑨要(yāo):同"邀",约请。湘川娥:娥皇、女英,传说中都是舜的妻子,舜死后投湘水而死,成为湘水之神。

⑩肃肃:疾速貌。霄驾:即"驾霄",腾云而行。

⑪翩翩:轻疾貌。翠盖:饰以翠羽的车盖,也泛指华美的车辆。

⑫琐鸾:一作"琼鸾"。李善注:"琼鸾,以琼为鸾,以施于旗上。鸾,鸟,故曰栖也。"

⑬玉衡:玉制的辕头横木。鸣和:即"和鸣",指车上饰物发出的清越之声。

⑭太容:人名。传说为黄帝乐师。

⑮洪崖:黄帝臣子伶伦的仙号,古以为乐律的创始人。

⑯献酬:泛指斟饮。周:完备。

⑰总辔(pèi):系马。扶桑:神话中的树名,太阳即出于此树下,亦攀此树之枝而上。

⑱汤谷:即"旸谷",日出之处。

⑲天门:天宫之门。

⑳垂庆:降落幸福,赐福。

## 塘上行①

江蓠生幽渚②,微芳不足宣。被蒙风雨会③,移君华

卷 三 | 85

池边④。发藻玉台下⑤,垂影沧浪渊⑥。沾润既已渥⑦,结根奥且坚⑧。四节游不处,华繁难久鲜。淑气与时殒⑨,余芳随风捐⑩。天道有迁易,人理无常全。男欢智倾愚⑪,女爱衰避妍⑫。不惜微躯退,但惧苍蝇前⑬。愿君广末光⑭,照妾薄暮年。

[注释]

①此诗亦收录在《文选》卷二十八、《乐府诗集》之《相和歌辞·清调曲》中。《乐府诗集》引《乐府解题》云:"前志云:晋乐奏魏武帝《蒲生篇》,而诸集录皆言其词文帝甄后所作,叹以谗诉见弃,犹幸得新好,不遗故恶焉。若晋陆机'江蓠生幽渚',言妇人衰老失宠,行于塘上而为此歌,与古辞同意。"诗歌拟相传为甄宓所作的乐府古辞《塘上行》,表现了弃妇的哀怨和对人生盛衰的感叹。

②江蓠:又名"蘼芜",香草名。渚(zhǔ):水中小块陆地。

③被蒙:蒙受。

④华池:花池。

⑤发藻:放出光彩。

⑥沧浪:青苍色,多指水色。

⑦沾润:浸润。渥(wò):浓,厚。

⑧奥:深。

⑨淑气:温和之气。

⑩捐:舍弃。

⑪智倾愚:智者压倒愚者。

⑫衰避妍:姿色衰老者避开姿色艳丽者。

⑬苍蝇:比喻进谗言的小人。

⑭末光:余光。

# 张　协

张协,生卒年不详,字景阳,安平(今河北安平)人。蜀郡太守张收之子。少有俊才,与兄张载、弟张亢都是西晋著名的文学家,时称"三张"。历任秘书郎、华阳令、中书侍郎、河间内史等职。惠帝末年,天下纷乱,辞官隐居,以吟咏自娱。永嘉初,复征为黄门侍郎,托病不就,卒于家。《隋书·经籍志》著录《晋黄门郎张协集》三卷,已散佚。明张溥辑有《张孟阳张景阳集》一卷。其生平事迹见《晋书》卷五十五。

## 杂　诗①

秋夜凉风起,清气荡暄浊②。蜻蛚吟阶下③,飞蛾拂明烛。君子从远役,佳人守茕独④。离居几何时?钻燧忽改木⑤。房栊无行迹⑥,庭草萋已绿。青苔依空墙,蜘蛛网四屋。感物多所怀,沉忧结心曲。

〔注释〕

①此诗亦收录在《文选》卷二十九,为张景阳《杂诗十首》之第一首。诗歌描写了女子秋夜怀人的情景,表现了思妇的孤独与哀怨。清陈祚明《采菽堂古诗选》评曰:"景即是情。'房栊'四句,悲凉萧瑟。"
②暄浊:闷热烦浊之气。
③蜻蛚(liè):蟋蟀。
④茕(qióng)独:孤独。
⑤钻燧(suì):钻燧取火。改木:古人钻木取火时,根据季节不同而换用不同木材。《周书·月令》曰:"春取榆柳之火,夏取枣杏之火,季夏取桑

柘之火,秋取柞楢之火,冬取槐檀之火。"这里泛指时光流逝。

⑥房栊(lóng):泛指房屋。

# 杨 方

杨方,生卒年不详,字公回,东晋会稽(今浙江绍兴)人。少好学,有异才。司徒王导辟为掾属,历任东安太守、司徒参军、高梁太守等职。后以年老辞官归乡,卒于家。《隋书·经籍志》著录《高凉太守杨方集》二卷,已散佚。

## 合欢诗三首①

### 虎啸谷风起

虎啸谷风起,龙跃景云浮②。同声好相应,同气自相求③。我情与子亲,譬如影追躯。食共并根穗,饮共连理杯④。衣用双丝绢⑤,寝共无缝绸⑥。居愿接膝坐,行愿携手趋。子静我不动,子游我无留。齐彼同心鸟⑦,譬此比目鱼⑧。情至断金石,胶漆未为牢⑨。但愿长无别,合形作一躯。生为并身物,死为同棺灰。秦氏自言至,我情不可俦⑩。

〔注释〕

①《玉台新咏》原收《合欢诗》五首,此处选录三首,分别为第一、第三和第五首。这三首诗亦收录在《乐府诗集》之《杂曲歌辞》中。崔豹《古今注》云:"合欢,树似梧桐,枝叶繁互相交结。每风来辄自相解,了不相牵缀。树之阶庭,使人不忿。嵇康种之舍前。"第一首诗借虎啸风起,龙跃云

浮,皆以同声相应,同气相求,比喻相爱的两人,表达了对爱情的坚贞和永不分离的决心。第二首诗描写相思,从男子角度表现等待佳人时的寂寞与伤感。第三首诗以南邻嘉木喻良人,表达了求而不得的哀怨。

②景云:祥云。

③同声好相应,同气自相求:《周易·乾·文言》:"同声相应,同气相求。"

④连理杯:旧时结婚,新夫妇合饮之杯。

⑤双丝绢:双线织成的绢。

⑥绹(táo):一作"裯",指被单。

⑦彼:那个。同心鸟:比喻爱侣。

⑧比目鱼:旧说此鱼一目,须两两相并始能游动,故常比喻形影不离的情侣。

⑨胶漆:胶与漆,黏结之物。

⑩秦氏自言至,我情不可俦(chóu):秦嘉的《赠妇诗》说得已经很恳切了,但还是不能与我的情感相比。秦氏,指秦嘉。俦,同列。

## 独坐空室中

独坐空室中,愁有数千端。悲响答愁叹,哀涕应苦言。彷徨四顾望,白日入西山①。不睹佳人来,但见飞鸟还。飞鸟亦何乐?夕宿自作群。

〔注释〕

①白日:太阳。

## 南邻有奇树

南邻有奇树,承春挺素华①。丰翘被长条②,绿叶蔽朱柯③。因风吐微音,芳气入紫霞。我心羡此木,愿徙著余家。夕得游其下,朝得弄其葩④。尔根深且坚,余宅浅且洿⑤。移植良无期,叹息将如何?

〔注释〕

①素华:白色的花。
②丰翘:花木繁茂。
③朱柯:红色的茎干。
④葩:花。
⑤洿(wū):低洼。

# 王 鉴

王鉴,生卒年不详,字茂高,东晋堂邑(今江苏南京)人。少以文笔著称,为司马睿琅琊国侍郎。司马睿即帝位,授驸马都尉、奉朝请,出为永兴令。大将军王敦请为记室参军,未就而卒,时年四十一。《隋书·经籍志》著录《晋散骑常侍王鉴集》九卷,已散佚。其生平事迹见《晋书》卷七十一。

## 七夕观织女①

牵牛悲殊馆,织女悼离家②。一稔期一宵③,此期良可嘉。赫奕玄门开④,飞阁郁嵯峨⑤。隐隐驱千乘⑥,阗阗越星河⑦。六龙奋瑶辔⑧,文螭负琼车⑨。火丹秉瑰烛⑩,素女执琼华⑪。绛旗若吐电,朱盖如振霞⑫。云韶何嘈嘈⑬,灵鼓鸣相和⑭。亭轩纡高盼⑮,眷予在岌峨⑯。泽因芳露沾,恩附兰风加。明发相从游⑰,翩翩鸾鹥罗⑱。同游不同观,念子忧怨多。敬因三祝末⑲,以尔属皇娥⑳。

〔注释〕

①此诗描绘了牛郎织女七夕相会的情景,抒发了作者对这一爱情悲剧的同情与感伤。

②悼:悲伤。

③一稔(rěn):农作物成熟一次,引申为一年。

④赫奕:显赫貌。

⑤飞阁:高阁。郁:多。嵯(cuó)峨(é):高峻貌。

⑥隐隐:形容车声。

⑦阗(tián)阗:众多貌。星河:银河。

⑧奋瑶辔(pèi):振动着洁白的缰绳。

⑨文螭(chī):有文彩的螭龙。琼车:美丽的车子。

⑩火丹:仙女名。瑰烛:珍奇的蜡烛。

⑪素女:传说中古代神女,与黄帝同时,善于弦歌、鼓瑟,还擅长医术和房中术。琼华:神话中琼树的花蕊,似玉屑。

⑫振霞:兴起的霞光。

⑬云韶:美妙的乐曲。嘈嗷:喧盛。

⑭灵鼓:六面鼓。

⑮亭轩:有窗槛的亭形建筑。纡(yū):弯曲。

⑯岌(jí)峨:高貌。

⑰明发:早晨起程。

⑱鸾鹫(zhuó):鸾鸟与鹫鹫,皆凤属。

⑲三祝:《庄子·天地》篇中华封人对尧的三种祝福,有祝寿、祝富、祝多男子,后来固定为祝福语"三祝"。

⑳属:通"嘱",嘱咐。皇娥:传说中古帝少昊氏的母亲。

# 李　充

　　李充,生卒年不详,字弘度,江夏(今湖北安陆)人,东晋文学家。少有侠气,尚刑名之学,善楷书。历任丞相王导掾、剡县令、大著作郎、中书侍郎等职。任大著作郎时,曾对国家藏书进行整理,把图书分为四部,制《晋元帝四部书目》。《隋书·经籍志》著录《晋李充集》二十二卷,已散佚。其生平事迹见《晋书·文苑传》。

## 嘲友人[1]

　　同好齐欢爱[2],缠绵一何深。子既识我情,我亦知子心。嬿婉历年岁[3],和乐如瑟琴[4]。良辰不我俱,中阔似商参[5]。尔隔北山阳,我分南川阴。嘉会罔克从[6],积思安可任。目想妍丽姿,耳存清媚音。修昼兴永念[7],遥夜独悲吟[8]。逝将寻行役[9],言别涕沾襟。愿尔降玉趾[10],一顾重千金。

〔注释〕

　　[1]此诗以夫妻关系喻朋友关系,虽以"嘲"字名篇,却正见朋友间真挚的友情。

　　[2]同好:志趣相同的人。

　　[3]嬿(yàn)婉:欢好,和美。

　　[4]瑟琴:琴瑟之音和谐,因以喻和合友好。

　　[5]商参(shēn):二十八宿的商星与参星,商在东,参在西,此出彼没,永不相见。后比喻人分离不能相见。

⑥嘉会:欢乐的聚会。罔克:不能。
⑦修昼:长长的白天。永念:不忘的念想。
⑧遥夜:长夜。
⑨行役:旧指因服兵役、劳役或公务而出外跋涉。
⑩玉趾:对人脚步的敬称。

# 曹 毗

曹毗,生卒年不详,字辅佐,东晋谯国(今安徽亳县)人,右军将军曹识之子。历任著作郎、句章令、太学博士、尚书郎、下邳太守等职,累迁光禄勋。博涉文籍,善辞赋。《隋书·经籍志》著录《晋光禄勋曹毗集》十卷、《晋曹毗集》四卷,已散佚。其生平事迹见《晋书·文苑传》。

## 夜听捣衣①

寒兴御纨素②,佳人理衣襟。冬夜清且永③,皓月照堂阴。纤手叠轻素④,朗杵叩鸣砧⑤。清风流繁节⑥,回飙洒微吟⑦。嗟此往运速⑧,悼彼幽滞心⑨。二物感余怀,岂但声与音。

〔注释〕

①深秋时节,思妇要为远方的游子缝制冬衣,于是响起凄凉悲切的捣衣声,这最容易引起相思和离愁,所以捣衣成为游子思归和思妇寄情的常用题材。此诗是捣衣诗中较早的作品,表现了思妇的感伤与哀怨。
②纨(wán)素:洁白精致的细绢。
③清且永:清冷且悠长。

④轻素:用轻薄的白色丝织品做的衣服。
⑤杵(chǔ):捣衣木棒。砧(zhēn):砸东西的时候垫在底下的器具,这里指捣衣石。
⑥繁节:繁密的音节。
⑦回飙:旋转的狂风。
⑧往运速:指时间流逝很快。
⑨幽滞:本指隐沦而不用于世,这里指藏在内心中的孤独寂寞。

# 陶　潜

陶潜(约365—427),又名渊明,字元亮,别号五柳先生,私谥靖节,世称"靖节先生"。浔阳柴桑(今江西九江)人,东晋大司马陶侃曾孙。历任江州祭酒、镇军参军、建威参军等职。后出任彭泽县令,在官仅八十多天,便辞官归隐,再未出仕。创作了大量田园诗,被誉为"隐逸诗人之宗""田园诗派之鼻祖"。有《陶渊明集》传世。其生平事迹见《晋书》卷九十四、《宋书》卷九十三、《南史》卷七十五。

## 拟古一首①

日暮天无云,春风扇微和。佳人美清夜②,达曙酣且歌③。歌竟长叹息,持此感人多。明明云间月,灼灼叶中花④。岂无一时好,不久当如何⑤?

〔注释〕

①此诗亦收录在《文选》卷三十。陶渊明《拟古》共九首,《玉台新咏》所选为第七首。诗歌通过美人的歌声表达了青春易逝、红颜易老的感慨

和悲叹。

②美:赞美,喜欢。
③达曙:直到第二天早晨。酣:酒喝得畅快。
④灼灼:鲜明貌。
⑤不久:不长久。

# 荀　昶

荀昶,生卒年不详,字茂祖,颍川颍阴(今河南许昌)人。元嘉初以文义官至中书郎。《隋书·经籍志》著录《宋中书郎荀昶集》十四卷,已散佚。其生平事迹见《宋书》卷六十。

## 拟相逢狭路间①

朝发邯郸邑②,暮宿井陉间③。井陉一何狭,车马不得旋。邂逅相逢值④,崎岖交一言⑤。一言不容多,伏轼问君家⑥。君家诚难知⑦,难知复易博。南面平原居⑧,北趋相如阁。飞楼临夕都⑨,通门枕华郭⑩。入门无所见,但见双栖鹤。栖鹤数十双,鸳鸯群相追。大兄珥金珰⑪,中兄振缨緌⑫。伏腊一来归⑬,邻里生光辉。小弟无所作,斗鸡东陌逵⑭。大妇织纨绮⑮,中妇缝罗衣⑯。小妇无所作,挟瑟弄音徽⑰。丈人且却坐,梁尘将欲飞⑱。

〔注释〕

①此诗亦收录在《乐府诗集》之《相和歌辞·清调曲》中。诗歌拟乐府古辞《相逢狭路间》,表现了富贵人家的生活状态。
②邯郸:战国时赵国的都城,在今河北邯郸。

③井陉(xíng):地名,今河北井陉。

④邂逅:不期而遇。值:遇到。

⑤崎岖:辗转,转移。

⑥轼:古代车厢前面用作扶手的横木。

⑦诚:确实。

⑧平原:指平原君赵胜,战国时赵国人,是战国四公子之一,门下食客三千人。

⑨飞楼:高楼。临:从上向下看。

⑩通门:通行的大门。华郭:华美的城墙。

⑪珥(ěr):戴着。金珰:汉代侍中、中常侍的冠饰。

⑫缨緌(ruí):冠带与冠饰,借指官位或有声望的士大夫。

⑬伏腊:伏祭和腊祭,古代两种祭祀的名称。伏祭在农历六月,腊祭在农历十二月。这里指伏祭和腊祭之日。

⑭陌逵(kuí):市中通往各方的路。

⑮纨(wán)绮:精美的丝织品。

⑯罗衣:轻软丝织品制成的衣服。

⑰音徽:乐曲。

⑱梁尘:比喻嘹亮动听的歌声。《太平御览》卷五七二引汉代刘向《别录》:"汉兴以来,善歌者鲁人虞公,发声清哀,盖动梁尘。"后因以"梁尘飞"形容歌曲高妙动人。

# 王　微

王微(415—453),字景玄,琅琊临沂(今山东临沂)人。少好学,善属文,书画、音乐、医方、阴阳术数,无所不通。年十六,州举为秀才,历任司徒祭酒、太子中舍人等职。父忧去官。服阕,除南平王铄右军咨议参军。微素无宦情,称疾不就。仍除中书侍郎,又拟南琅琊、义兴太守,并固辞。卒于家。死后追赠秘书监。《隋书·经籍志》著录《宋秘书监王微集》十卷,已散佚。其生平事迹见《宋书》卷六十二、《南史》卷二十一。

## 杂诗一首[①]

桑妾独何怀[②]?倾筐未盈把[③]。自言悲苦多,排却不肯舍[④]。妾悲叵陈诉[⑤],填忧不消冶[⑥]。寒雁归所从,半途失凭假[⑦]。壮情抃驱驰[⑧],猛气捍朝社[⑨]。常怀雪汉惭[⑩],常欲复周雅[⑪]。重名好铭勒[⑫],轻躯愿图写[⑬]。万里度沙漠,悬师蹈朔野[⑭]。传闻兵失利,不见来归者。奚处埋旌麾[⑮]?何处丧车马?拊心悼恭人[⑯],零泪覆面下。徒谓久别离,不见长孤寡。寂寂掩高门,寥寥空广厦[⑰]。待君竟不归,收颜今就槚[⑱]。

[注释]

①此诗是一首思妇诗。构思精巧,从独自采桑、内心悲苦的思妇写起,到丈夫从军报国的慷慨豪情,写得骨气端翔,与最后传闻战争失利,征人埋骨他乡,独留思妇无尽悲伤的结局形成鲜明的对比,愈显哀怨悲凉。清陈祚明《采菽堂古诗选》评曰:"'传闻'一段,备极哀凉。"

②桑妾:采桑的女子。

③倾筐:同"顷筐",一种装东西的浅口筐,前低后高。《诗经·卷耳》:"采采卷耳,不盈顷筐。"

④排却不肯舍:想要排遣却做不到。

⑤叵(pǒ):不可。

⑥消冶:消解,熔炼。

⑦凭假:同"凭借",依靠。

⑧抃(biàn):鼓掌,表示愉悦。

⑨朝社:朝廷和社稷。
⑩雪汉惭:一作"云汉惭",指未能为国分忧而感到惭愧。《云汉》,为《诗经·大雅》中的一篇,是周宣王在大旱时忧心求雨之诗。
⑪周雅:周朝的礼制。
⑫铭勒:镌刻功名。
⑬图写:绘功臣之像供人瞻仰。
⑭悬师:远征的孤军。蹈:战斗。朔野:北方荒野之地。
⑮奚处:何处。旌(jīng)麾:旗帜。
⑯拊(fǔ)心:拍胸表示哀痛或悲愤。恭人:原指宽厚谦恭的人,这里指阵亡的丈夫。
⑰寥寥:空旷貌。广厦:高大的房屋。
⑱就槚(jiǎ):指就木,入殓。槚,指楸树或茶树。

# 谢惠连

谢惠连(407—433),陈郡阳夏(今河南太康)人,谢灵运族弟。自幼聪敏,十岁能作文。以居父丧时写情诗,为世所鄙,不得仕进。至元嘉七年(430),始为司徒彭城王刘义康法曹参军。与谢灵运、谢朓合称"三谢"。《隋书·经籍志》著录《宋司徒府参军谢惠连集》六卷,已散佚。明张溥辑有《谢法曹集》一卷。其生平事迹见《宋书》卷五十三。

## 七月七日咏牛女①

落日隐櫩楹②,升月照房栊③。团团满叶露,析析振条风④。蹀足循广途⑤,瞬目眺曾穹⑥。云汉有灵匹⑦,弥年阙相从⑧。遐川阻昵爱⑨,修渚旷清容⑩。弄杼不成彩,耸辔惊前踪⑪。昔离秋已两,今聚夕无双。倾河易回斡⑫,款颜难久惊⑬。沃若灵驾旋⑭,寂寥云幄空⑮。留情顾华寝,遥心逐奔龙⑯。沉吟为尔感,情深意弥重⑰。

[注释]

①此诗亦收录在《文选》卷三十,题作《七月七日夜咏牛女》。诗歌描绘了牛郎织女短暂相会的情景,境界开阔,文辞绮美。

②檐楹:屋檐下厅堂前部的梁柱。

③房栊(lóng):窗棂。

④析析:象声词,风吹枝条声。

⑤蹀(dié)足:踏足,顿脚。循:沿着。

⑥瞬目:张眼。眡(xǐ):看。曾穹:高空。

⑦灵匹:神仙匹偶,指牵牛、织女星。

⑧弥年:满一年。阙:空缺。

⑨遐川:宽广的大河,这里指银河。昵(nì)爱:亲爱,亲近。

⑩修渚(zhǔ):长长的水中陆地。清容:秀美的仪容。

⑪耸辔(pèi):抖动缰绳。

⑫回斡(wò):回转。

⑬款颜:见面畅谈。惊(cóng):欢乐。

⑭沃若:驯顺貌。灵驾:神灵的车驾。

⑮云幄(wò):状如帐幔的云。

⑯遥心:心向远方。奔龙:车驾。

⑰弥:更加。

# 捣 衣①

衡纪无淹度②,晷运倏如催③。白露滋园菊,秋风落庭槐。肃肃莎鸡羽④,烈烈寒螀啼⑤。夕阴结空幕⑥,宵月皓中闺⑦。美人戒常服⑧,端饬相招携⑨。簪玉出北房,鸣金步南阶。栏高砧响发⑩,楹长杵声哀⑪。微芳起两袖,轻汗染双题⑫。纨素既已成,君子行不归。裁用笥中刀⑬,缝为万里衣。盈箧自予手,幽缄俟君开⑭。腰带准畴昔⑮,不知今是非。

〔注释〕

①此诗亦收录在《文选》卷三十。本诗在"捣衣诗"中影响较大。清陈祚明《采菽堂古诗选》评曰:"前段景物凄肃,后段声情流逸。结句作意新警,语复安雅不纤。"清彭端淑《雪夜诗话》评最后两句曰"妙绝千古"。

②衡纪:玉衡星,北斗七星中的第五星。淹度:久度,过得慢。

③晷(guǐ)运:太阳运行。

④肃肃:象声词,虫子翅膀的振动声。莎鸡:虫名,俗称纺织娘,即蝈蝈。

⑤烈烈:象声词,蝉鸣声。寒螀(jiāng):寒蝉。

⑥夕阴:傍晚阴沉的气象。

⑦皓(hào):照亮。

⑧戒:准备。

⑨端饬(chì):整顿。招携:招邀偕行。

⑩砧(zhēn):砸东西的时候垫在底下的器具,这里指捣衣石。

⑪楹:堂屋前部的柱子。杵(chǔ):捶衣的木棒。

⑫题:额。

⑬笥(sì):盛衣物的方形竹器。

⑭幽缄(jiān):密封。俟(sì):等待。

⑮准:依照。畴昔:从前。

# 刘 铄

刘铄(431—453),字休玄,彭城(今江苏徐州)人,宋文帝刘义隆第四子。元嘉十六年(439),封南平王。历任湘州刺史、南豫州刺史、散骑常侍等职。刘劭弑文帝自立,刘铄支持刘劭,任中军将军、南兖州刺史、录尚书事等职。刘骏起兵讨伐,劭挟铄同战,归降最晚。刘骏即位后,任侍中、司空,不久被毒杀。《隋书·经籍志》著录《宋南平王铄集》五卷,已散佚。其生平事迹见《宋书》卷七十二、《南史》卷十四。

## 代行行重行行[1]

眇眇凌羡道[2],遥遥行远之。回车背京里,挥手于此辞。堂上流尘生,庭中绿草滋。寒螀翔水曲[3],秋兔依山基。芳年有华月,佳人无还期[4]。日夕凉风起,对酒长相思。悲发江南调,忧委《子衿》诗[5]。卧看明灯晦,坐见轻纨缁[6]。泪容旷不饬[7],幽镜难复治[8]。愿垂薄暮景,照妾桑榆时[9]。

〔注释〕

[1]此诗亦收录在《文选》卷三十一,题为《拟行行重行行》。诗歌拟古诗《行行重行行》,表达思妇的相思怀人之情。清陈祚明《采菽堂古诗选》评曰:"颇臻古调,转处、收处、节奏并合。'悲发'六句,抒写隐约。"
[2]眇眇:眯眼远望貌。凌:越过。羡道:一作"长道"。
[3]寒螀(jiāng):寒蝉。
[4]佳人:这里指丈夫。
[5]《子衿》:《诗经·郑风》的篇名,描写男女相思。
[6]纨(wán)缁(zī):黑色细绢。
[7]不饬(chì):不修饰。
[8]幽镜:藏于匣中之镜。
[9]桑榆:日落时阳光照在桑榆间,因借指傍晚。这里比喻人的晚年。

# 卷 四

## 王僧达

　　王僧达(423—458),琅玡临沂(今山东临沂)人。东晋王导玄孙,临川王刘义庆女婿。少颖慧,善属文,历任太子舍人、宣城太守、尚书右仆射、征虏将军、吴郡太守、中书令等职。后狂逆犯上,被宋孝武帝赐死。《隋书·经籍志》著录《宋护军将军王僧达集》十卷,已散佚。其生平事迹见《宋书》卷七十五、《南史》卷二十一。

### 七夕月下①

　　远山敛雾裖②,广庭扬月波。气往风集隙,秋还露泫柯③。节期既已屡④,中宵振绮罗。来欢讵终夕⑤,收泪泣分河。

〔注释〕

　　①此诗以七夕牛郎织女相会为题材,运用悲凉之景烘托凄苦之情,以景传情,情景相生。
　　②雾(fēn)裖(jìn):云气。
　　③露泫(xuàn)柯:露水悬挂在草木的枝茎上。泫,水珠滴下貌。
　　④屡(chán):弱,这里指短暂。
　　⑤讵(jù):怎么。终夕:通宵。

# 颜延之

颜延之(384—456),字延年,琅玡临沂(今山东临沂)人。少孤贫,居陋室,好读书,无所不览。东晋末年,官江州刺史刘柳后军功曹,转主簿,历豫章公(刘裕)世子参军。宋时历任太子舍人、中书郎、始安太守、中书侍郎、步兵校尉、秘书监等职。官至金紫光禄大夫,世称"颜光禄"。颜延之文章之美,冠绝当时。工诗,与谢灵运并称"颜谢"。又与鲍照、谢灵运并称"元嘉三大家"。《隋书·经籍志》著录《宋特进颜延之集》二十五卷,已散佚。明张溥辑有《颜光禄集》一卷。其生平事迹见《宋书》卷七十三、《南史》卷三十四。

## 秋胡诗一首[①]

椅梧倾高凤[②],寒谷待鸣律[③]。影响岂不怀[④],自远每相匹。婉彼幽闲女[⑤],作嫔君子室[⑥]。峻节贯秋霜[⑦],明艳侔朝日[⑧]。嘉运既我从,欣愿自此毕。(其一)

〔注释〕

①此诗亦收录在《文选》卷二十一、《乐府诗集》之《相和歌辞·清调曲》中。全诗共分九章,生动细腻地演绎了秋胡戏妻的故事。清陈祚明《采菽堂古诗选》评曰:"章法绵密,布置稳贴,风调亦颇流丽,不类延之恒调。虽不逮古乐府,颇有魏人遗风。"秋胡:春秋时鲁国人。西汉刘向《列女传·秋胡洁妇》记载,秋胡娶妻五天后,便外出谋官,五年后才回乡,见到路边采桑女,便上前调戏,被女子严厉斥责。秋胡回到家,才发现采桑女是五年未见的妻子。其妻为丈夫的轻薄举动感到羞愧愤恨,因此投河

而死。此即"秋胡戏妻"的故事。
②椅梧:椅树和梧桐树。
③寒谷:山谷名。一名黍谷。《太平御览》卷八四二引汉刘向《别录》:"方士传言,邹衍在燕,有谷,地美而寒,不生五谷,邹子居之,吹律而温气至,而生黍谷,今名黍谷。"
④影响:影必随行,响必声应,喻指夫妻关系。
⑤婉:美好。幽闲:柔顺娴静。
⑥嫔(pín):配偶,这里指妻子。
⑦峻节:高尚的节操。秋霜:秋日的霜。古人常用以比喻品质高洁。
⑧侔(móu):相等。

燕居未及好①,良人顾有违②。脱巾千里外,结绶登王畿③。戒徒在昧旦④,左右来相依。驱车出郊郭,行路正威迟⑤。存为久离别,没为长不归⑥。(其二)

〔注释〕
①燕居:闲居,安居。
②良人:古代女子对丈夫的称呼。顾:念。违:离别。
③脱巾千里外,结绶(shòu)登王畿(jī):这里指脱去平民的装扮,到京城去做官。巾,头巾,处士佩戴。绶,印绶,系官印的带子。王畿,帝京。
④戒:嘱咐,告诫。徒:随行的护卫和手下。昧旦:天将明未明之时,破晓。
⑤威迟:曲折绵延貌。
⑥没:死亡。

嗟余怨行役,三陟穷晨暮①。严驾越风寒②,解鞍犯霜露。原隰多悲凉③,回飙卷高树④。离兽起荒蹊⑤,惊

鸟纵横去⑥。悲哉游宦子,劳此山川路。(其三)

〔注释〕

①三陟(zhì):多次登上山岗,形容旅途艰辛。三,多次,多数。
②严驾:整备车马。
③原隰(xí):平原和低谷。
④回飙:旋转的狂风。
⑤荒蹊:荒凉的小路。
⑥纵横:分散貌。

迢遥行人远①,婉转年运徂②。良时为此别,日月方向除。孰知寒暑积,僶俛见荣枯③。岁暮临空房,凉风起坐隅④。寝兴日已寒⑤,白露生庭芜⑥。(其四)

〔注释〕

①迢遥:远貌。
②婉转:辗转。徂(cú):往,逝。
③僶(mǐn)俛(miǎn):须臾,顷刻。俛,同"俯"。
④坐隅(yú):座位旁边。
⑤寝兴:睡下和起床。
⑥庭芜:庭园中丛生的草。

勤役从归顾①,反路遵山河②。昔辞秋未素③,今也岁载华④。蚕月观时暇⑤,桑野多经过。佳人从所务,窈窕援高柯⑥。倾城谁不顾?弭节停中阿⑦。(其五)

〔注释〕

①勤役:行役。

②反路:归途。遵:沿着。
③未素:没有降霜。
④载华:形容春季万物复苏之景。
⑤蚕月:指农历三月,蚕忙时期。时暇:暇时。
⑥窈窕:美好貌。高柯:高树。
⑦弭(mǐ)节:驾车缓行。节,车行的节度。中阿:丘陵中。

年往诚思劳,事远阔音形①。虽为五载别,相与昧平生②。舍车遵往路,凫藻驰目成③。南金岂不重④,聊自意所轻。义心多苦调⑤,密此金玉声⑥。(其六)

〔注释〕

①阔:粗疏,这里指对音容的淡忘。
②昧平生:即"素昧平生",这里形容夫妻经久未见,因而互不相识,犹如从未见过。
③凫(fú)藻:凫戏于水藻,喻欢愉。目成:通过眉目传情来结成亲好。
④南金:南方出产的铜,借指贵重之物。
⑤义心:节义之心。苦调:犹苦言,忠言。
⑥金玉声:这里形容严词拒绝,有如金玉振地有声。

高节难久淹①,羯来空复辞②。迟迟前途尽③,依依造门基④。上堂拜嘉庆⑤,入室问何之。日暮行采归,物色桑榆时⑥。美人望昏至,惭叹前相持。(其七)

〔注释〕

①高节:高尚的节操。淹:停留。
②羯(qiè):去。

③前涂:行经的前方路途。涂,同"途"。
④依依:轻柔的样子。造门基:到门前。
⑤嘉庆:喜庆的事。这里指外出归家拜见父母。
⑥物色桑榆时:喻指傍晚时分。物色,景物,景色。桑榆,夕阳的余晖照在桑榆树梢上,借指落日余光处。

　　有怀谁能已?聊用申苦难。离居殊年岁,一别阻河关。春来无时豫①,秋至应早寒。明发动愁心,闺中起长叹。惨凄岁方晏②,日落游子颜。(其八)

〔注释〕

①时豫:适时的出游。
②岁方晏:一年将尽。

　　高张生绝弦①,声急由调起。自昔枉光尘②,结言固终始③。如何久为别,百行愆诸己④。君子失时义,谁与偕没齿⑤?愧彼《行露》诗⑥,甘之长川汜⑦。(其九)

〔注释〕

①高张:将弦绷紧。绝弦:断绝的琴弦。
②光尘:敬言对方的风采。
③结言:用言辞订约。
④愆(qiān):罪过。
⑤没(mò)齿:一辈子,终身。
⑥《行露》:《诗·召南·行露》篇,讲述了女子拒绝逼婚,不为强暴所污之事,后用为女子守贞自誓之典。
⑦甘:甘愿。之:到。川汜(sì):泛指河流。

# 鲍 照

鲍照(？—466)，字明远，东海(今山东郯城)人。家世寒微，沉沦下僚。历任国侍郎、永安令、中书舍人、秣陵令等职。大明五年(461)，鲍照出任临海王刘子顼前军参军，故世称"鲍参军"。泰始二年(466)，刘子顼因起兵反宋明帝刘彧，兵败被杀，鲍照亦死于乱军之中。鲍照以诗著称，长于乐府。与颜延之、谢灵运并称"元嘉三大家"。《隋书·经籍志》著录《宋征虏记室参军鲍照集》十卷，已散佚。明张溥辑有《鲍参军集》二卷。其生平事迹见《宋书》卷五十一、《南史》卷十三。

## 玩月城西门[①]

始见西南楼，纤纤如玉钩。末映东北墀[②]，娟娟似蛾眉[③]。蛾眉蔽珠笼[④]，玉钩隔绮窗。三五二八时[⑤]，千里与君同。夜移衡汉落[⑥]，徘徊帷幌中[⑦]。归华先委露[⑧]，别叶早辞风。客游厌辛苦，仕子倦飘尘。沐浣自公日[⑨]，晏慰及私晨[⑩]。蜀琴抽《白雪》，郢曲绕《阳春》[⑪]。肴干酒未缺，金壶启夕轮[⑫]。回轩驻轻盖[⑬]，留酌待情人。

〔注释〕

①此诗亦收录在《文选》卷三十，李善本题作《玩月城西门解中》，五臣本作《玩月城西门廨中》。诗歌将赏月与怀人有机地结合在一起，同时表达了对宦游生活的厌倦。

②墀(chí):台阶或台阶上的空地。
③娟娟:长曲美好貌。蛾眉:像蚕蛾触须弯曲细长的秀眉。这里比喻月亮。
④珠笼:一作"朱栊",朱红色的窗棂。
⑤三五二八时:农历十五、十六两天。
⑥衡汉:北斗和银河。衡,玉衡,北斗七星之一。汉,天汉,即银河。
⑦帷幌(huǎng):室内的帷幔。
⑧归华:落花。
⑨沐浣(huàn):指官吏按例休假。
⑩晏:同"宴"。
⑪《白雪》《阳春》:都是战国时楚国的高雅歌曲名。郢(yǐng)曲:泛指乐曲。
⑫金壶:铜壶,这里指漏壶,古代计时的器具,用铜制成。夕轮:圆月。
⑬回轩:回车。轻盖:车盖。

# 采桑诗①

　　季春梅始落②,女工事蚕作③。采桑淇洧间④,还戏上宫阁⑤。早蒲时结阴⑥,晚箑初解籜⑦。蔼蔼雾满闺⑧,融融景盈幕⑨。乳燕逐草虫⑩,巢蜂拾花药⑪。是节最暄妍⑫,佳服又新烁。敛叹对回途⑬,扬歌弄场藿⑭。抽琴试仵思⑮,荐佩果诚托⑯。承君郢中美⑰,服义久心诺⑱。卫风古愉艳⑲,郑俗旧浮薄⑳。虚愿悲渡湘㉑,空赋笑瀍洛㉒。盛明难重来㉓,渊意为谁涸㉔?君其且调弦,桂酒妾行酌。

〔注释〕

　　①此诗亦收录在《乐府诗集》之《相和歌辞·相和曲》中,题作《采

卷　四　｜　109

桑》。诗歌描绘了春天女子采桑的情景,着重于表现采桑女对爱情的憧憬和向往。

②季春:春季的最后一个月,农历三月。

③蚕作:采桑养蚕。

④淇(qí)洧(wěi):淇水和洧水,古水名,均在河南。

⑤上宫阁:楼阁名。《诗·鄘风·桑中》:"期我乎桑中,要我乎上宫。"

⑥蒲:水草。

⑦篁(huáng):竹子。解箨(tuò):竹笋脱壳。

⑧蔼蔼:云雾弥漫貌。

⑨融融:和暖貌。

⑩乳燕:雏燕。草虫:草木间的昆虫。

⑪花药:花丝顶端膨大呈囊状的部分,是雄蕊的重要组成部分。

⑫暄妍:天气暖和,景色明媚。

⑬敛叹:敛眉而叹。

⑭场藿:园里的幼苗。

⑮抽琴:抚琴。

⑯荐佩:拿出佩巾。

⑰郢(yǐng)中美:代指高雅的乐曲。宋玉《对楚王问》:"客有歌于郢中者,其始曰《下里》《巴人》,国中属而和者数千人。其为《阳阿》《薤露》,国中属而和者数百人。其为《阳春》《白雪》,国中有属而和者,不过数十人。引商刻羽,杂以流徵,国中属而和者,不过数人而已。是其曲弥高,其和弥寡。"

⑱服义:信奉正义。

⑲卫风:卫地的风俗。《诗经》中卫地的民歌多情歌。愉艳:华艳悦人。

⑳郑俗:郑地的风俗。《诗经》中郑地的民歌亦多情歌。浮薄:浮艳轻薄。

㉑虚:一作"灵"。渡湘:代指娥皇、女英,舜南巡不返,二女追至湘水投河而死,后为湘水之神。

㉒空:一作"宓"。瀍(chán)洛:瀍水和洛水,这里代指洛水之神宓妃,曹植曾作《洛神赋》。

㉓盛明:代指美好的日子。

㉔渊意:盛情。

## 拟 古[1]

河畔草未黄,胡雁已矫翼[2]。秋蛩扶户吟[3],寒妇晨夜织。去岁征人还,流传旧相识。闻君上陇时,东望久叹息。宿昔衣带改[4],旦暮异容色[5]。念此忧如何?夜长忧向多。明镜尘匣中,宝琴生网罗。

〔注释〕

[1]鲍照《拟古》诗共八首,非一时一地之作,大抵为感怀伤时之作。此诗表现了思妇对征夫的思念与哀怨。清陈祚明《采菽堂古诗选》评曰:"'扶',犹依也,字新。写情曲折,本言思妇,偏道夫君,又从流传口中序出,何其纤萦。"

[2]矫翼:展翅。

[3]蛩(qióng):蟋蟀。

[4]宿(sù)昔:从前。衣带改:形容人变得瘦弱、憔悴。

[5]旦暮:早晚。比喻短时间内。异容色:容颜变老。

## 赠故人二首[1]

### 寒灰灭更然

寒灰灭更然[2],夕华晨更鲜[3]。春冰虽暂解,冬冰复还坚。佳人舍我去,赏爱长绝缘[4]。欢至不留时,每感辄伤年[5]。

〔注释〕

①《鲍参军集》题作《赠故人马子乔》,共六首,这里所选为第二首和第六首。两首诗均表现了诗人和马子乔的深厚友谊。前者表达了与友人分离后的不舍与伤感,后者以干将莫邪的典故为喻,表达二人终会相聚的美好愿望。

②然:同"燃"。

③夕华:傍晚的花。

④绝缘:隔绝,不接触。

⑤辄:总是。

## 双剑将别离

双剑将别离①,先在匣中鸣。烟雨交将夕,从此遂分形。雌沉吴江水,雄飞入楚城。吴江深无底,楚城有崇扃②。一为天地别,岂直阻幽明③。神物终不隔,千祀傥还并④。

〔注释〕

①双剑:指龙泉剑与太阿剑。事见《晋书·张华传》,张华时见有紫气映射于斗牛二宿之间,邀雷焕共议,以为系宝剑之光上冲所致,当在豫章丰城,因命焕为丰城令访察其物。焕到县,掘狱屋基得一石函,中有双剑,并刻题,一曰龙泉,一曰太阿。焕遣使送一剑与华,留一自佩。后张华被诛,失剑所在。雷焕卒,其子雷华持剑行经延平津,剑忽于腰间跃出堕水。使人没水取之,不见剑,但见两龙各长数丈,蟠萦有文章。

②崇扃(jiōng):高大的门。

③幽明:阴阳。

④千祀:千年。傥:同"倘",或许。

# 王 素

王素(418—471),字休业,琅玡临沂(今山东临沂)人。少即不慕荣利,以家贫母老,出仕为庐陵国侍郎。及母卒,隐居不仕。明帝时,召为太子中舍人,不就。《隋书·经籍志》著录《太子中舍人征不就王素集》一卷,已散佚。其生平事迹见《宋书·隐逸传》。

## 学阮步兵体①

沉情发遐虑,纡郁怀所思②。仿佛闻箫管,鸣凤接嬴姬③。联绵共云翼,嬿婉相携持④。寄言芳华士⑤,宠利不常期⑥。泾渭分清浊,视彼《谷风》诗⑦。

〔注释〕

①此诗学阮籍《咏怀诗》。诗歌表现了诗人隐居不仕,不慕名利的人生态度。阮步兵:即阮籍,详见卷二阮籍《咏怀诗二首》作者简介。

②纡(yū)郁:抑郁。

③仿佛闻箫管,鸣凤接嬴姬:化用弄玉吹箫的典故。刘向《列仙传》记载,春秋秦穆公女名弄玉,萧史善吹箫,弄玉好之。穆公乃以弄玉嫁史。萧史教之吹箫。数年后,能以箫声招凤来集。弄玉乘凤,萧史乘龙,飞升而去。嬴姬,即弄玉。

④嬿(yàn)婉:欢好,和美。

⑤芳华:原指美好的年华,这里指青春鼎盛之士。

⑥宠利:恩宠与利禄。

⑦泾渭分清浊,视彼《谷风》诗:《谷风》是《诗经·邶风》的篇名,这是

一首弃妇自述悲惨遭遇的诗歌,中有"泾以渭浊,湜湜其沚"之句。

# 吴迈远

吴迈远(?—474),南朝宋人。善文章,喜自夸而嗤鄙他人。每作诗,得称意语,辄掷地呼曰:"曹子建何足数哉!"曾被宋明帝召见,但未获赏识。宋末,桂阳王刘休范背叛朝廷。他曾为刘休范起草檄文,坐桂阳之乱被诛。《隋书·经籍志》著录《宋江州从事吴迈远集》一卷,已散佚。其生平事迹见《南史》卷七十二。

## 拟乐府四首

### 飞来双白鹄①

可怜双白鹄②,双双绝尘氛③。连翩弄光景④,交颈游青云。逢罗复逢缴⑤,雌雄一旦分。哀声流海曲⑥,孤叫出江渍⑦。岂不慕前侣?为尔不及群。步步一零泪,千里犹待君。乐哉新相知,悲来生别离。恃此百年命,共逐寸阴移⑧。譬如空山草,零落心自知。

〔注释〕

①此诗亦收录在《乐府诗集》之《相和歌辞·瑟调曲》中。此诗拟古乐府《双白鹄》(见卷一《古乐府诗六首》),描绘了双白鹄的不幸遭遇,表现出它们对爱情的坚贞不渝。清陈祚明《采菽堂古诗选》评曰:"清惋。以直叙,稍单。结有余韵。"

②白鹄:白天鹅。

③尘氛:灰尘烟雾。

④连翩:连续飞翔貌。光景:风光,美景。
⑤缴:系在箭上的丝绳,这里代指带丝绳的箭。
⑥海曲:海湾。
⑦江濆(fén):江岸。
⑧寸阴:短暂的光阴。

## 阳春曲①

百里望咸阳,知是帝京域。绿树摇云光,春城起风色。佳人爱景华②,流靡园塘侧③。妍姿艳月映④,罗衣飘蝉翼⑤。宋玉歌《阳春》⑥,巴人长叹息⑦。雅郑不同赏⑧,那令君怆恻。生平重爱惠⑨,私自怜何极⑩。

〔注释〕

①此诗亦收录在《乐府诗集》之《清商曲辞·江南弄》中,题作《阳春歌》。《乐府诗集》题解云:"刘向《新序·宋玉对楚威王问》曰:'客有歌于郢中者,其始曰《下里》《巴人》,国中属而和者千人。其为《阳陵》《采薇》,国中属而和者数百人。其为《阳春》《白雪》,国中属而和者数十人而已也。引商刻角,杂以流徵,国中属而和者,不过数人。是以其曲弥高,其和弥寡。然则《阳春》所从来亦远矣。'"又引《乐府解题》云:"阳春,伤也。"诗歌描写了一位思妇遥望帝京,猜测夫君另觅新欢,沉迷于"阳春白雪",不再欣赏自己这个"下里巴人",表达了无限感伤。

②景华:华景。
③流靡:流连。
④妍姿:美丽的姿容。
⑤罗衣:轻软丝织品制成的衣服。蝉翼:蝉的翅膀。比喻极轻极薄的事物。
⑥宋玉:战国时楚国鄢(今湖北江陵)人。或谓屈原弟子。楚顷襄王时,为大夫。与唐勒、景差皆好辞,以赋见称。这里以其歌《阳春》而示其

高雅。

⑦巴人:原是古代民间通俗歌曲名,这里借指俗人。

⑧雅郑:雅乐和郑声。古代儒家以郑声为淫邪之音,因以"雅郑"指正声和淫邪之音。

⑨爱惠:慈爱仁惠。

⑩私自怜何极:语出宋玉《九辩》:"私自怜兮何极,心怦怦兮谅直。"

## 长别离①

生离不可闻②,况复长相思③。如何与君别,当我盛年时。蕙华每摇荡④,妾心空自持⑤。荣乏草木欢,悴极霜露悲。富贵身难老,贫贱年易衰。持此断君肠,君亦宜自疑⑥。淮阴有逸将,折翮谢翻飞⑦。楚亦扛鼎士,出门不得归⑧。正为隆准公⑨,仗剑入紫微⑩。君才定何如?白日下争晖。

〔注释〕

①此诗亦收录在《乐府诗集》之《杂曲歌辞》中。《乐府诗集》题解云:"《楚辞》曰:'悲莫悲兮生别离。'古诗曰:'行行重行行,与君生别离。相去万余里,各在天一涯。'后苏武使匈奴,李陵与之诗曰:'良时不可再,离别在须臾。'故后人拟之为《古别离》。梁简文帝又为《生别离》,宋吴迈远有《长别离》,唐李白有《远别离》,亦皆此类。"诗歌既表现了长别离后的相思和痛苦,又有对丈夫的劝诫和开导。

②闻:听说。

③况复:何况。

④蕙华:蕙草的花。

⑤自持:自我控制。

⑥自疑:自我衡量。

⑦淮阴有逸将:指韩信,秦末汉初淮阴人,楚汉战争时,立下大功,后为吕后所杀。折翮(hé)谢翻飞:折断翅膀再不能飞翔,暗指韩信被吕后所杀。翮,翅膀。

⑧楚亦扛(gāng)鼎士,出门不得归:这里指项羽。《史记·项羽本纪》:"力能扛鼎,才气过人。"项羽九败秦兵,自立为王,与刘邦争天下,兵败,自刎于垓下。

⑨隆准公:指汉高祖刘邦。隆准,高鼻梁。《史记·高祖本纪》:"高祖为人,隆准而龙颜。"

⑩仗剑入紫微:刘邦曾于大泽中拔剑斩蛇,后登上皇位。紫微,帝王宫殿。

## 长相思①

晨有行路客,依依造门端②。人马风尘色,知从河塞还③。时我有同栖④,结宦游邯郸⑤。将不异客子⑥,分饥复共寒。烦君尺帛书⑦,寸心从此单。遣妾长憔悴,岂复歌笑颜。檐隐千霜树,庭枯十载兰。经春不举袖⑧,秋落宁复看。一见愿道意⑨,君门已九关⑩。虞卿弃相印⑪,担簦为同欢⑫。闺阴欲早霜⑬,何事空盘桓⑭?

〔注释〕

①此诗亦收录在《乐府诗集》之《杂曲歌辞》中。《乐府诗集》题解云:"古诗曰:'客从远方来,遗我一书札。上言长相思,下言久别离。'李陵诗曰:'行人难久留,各言长相思。'苏武诗曰:'生当复来归,死当长相思。'长者久远之辞,言行人久戍,寄书以遗所思也。古诗又曰:'客从远方来,遗我一端绮。文彩双鸳鸯,裁为合欢被。著以长相思,缘以结不解。'谓被中著绵以致相思绵绵之意,故曰'长相思'也。"诗歌构思精巧,从因客造门而寄以书信起笔,向丈夫倾吐了自己的深切思念,表达了希望丈夫早日归来

的强烈愿望。清王夫之《古诗评选》评曰:"才清切拈出,即用兴用比,托开结意。尺幅之中,春波万里。"

②依依:轻柔的样子。造门端:到门口。

③河塞:黄河流域和北方边境之地的统称。

④同栖:原指同住者,这里指丈夫。

⑤结宦:结伴出行去做官。邯郸:战国时赵国都城,即今河北邯郸。

⑥客子:指前面提到的行路客。

⑦尺帛书:指书信。

⑧不举袖:不举手摘花。

⑨一见愿道意:语出宋玉《九辩》:"愿一见兮道余意,君之心兮与余异。"道意,表达心意。

⑩九关:九重。语出《楚辞·九辩》:"君之门以九重。"

⑪虞卿:战国时人,游说之士。因游说赵孝成王,为赵上卿,故号虞卿。主张以赵为主,合纵抗秦。后因救魏相魏齐,弃相印与魏齐逃亡,困于梁。事见《史记·平原君虞卿列传》。

⑫担簦(dēng):背着伞,谓奔走,跋涉。《史记·平原君虞卿列传》:"虞卿者,游说之士也。蹑跻担簦,说赵孝成王。"

⑬闺阴:房屋被阴云遮蔽。

⑭盘桓:徘徊,逗留。

# 鲍令晖

鲍令晖,生卒年不详,东海(今山东郯城)人,鲍照之妹,南朝女文学家。有才思,工诗赋,善拟古,风格清巧。著有《香茗赋集》,今已散佚。

## 拟青青河畔草①

袅袅临窗竹②,蔼蔼垂门桐③。灼灼青轩女④,泠泠高台中⑤。明志逸秋霜⑥,玉颜艳春红。人生谁不别,恨君早从戎⑦。鸣弦惭夜月,绀黛羞春风⑧。

〔注释〕

①此诗拟古诗《青青河畔草》,亦是一首思妇诗。相较而言,古诗更侧重于对女子外貌的描写,表现外在美,而本诗更注重展现思妇的内心世界,凸显内在美。
②袅袅:摇曳貌。
③蔼蔼:茂盛貌。
④灼灼:思念殷切貌。青轩:豪华的居室。
⑤泠(líng)泠:清冷貌。
⑥逸:超越。
⑦从戎:投身军旅。
⑧绀(gàn)黛:青而含丹的眉毛,这里代指美女。绀,稍微带红的黑色。黛,青黑色的颜料。

## 题书后寄行人①

自君之出矣,临轩不解颜②。砧杵夜不发③,高门昼常关。帐中流熠耀④,庭前华紫兰。物枯谢节异,鸿来知客寒。游用暮冬尽,除春待君还。

〔注释〕

①此诗亦收录在《乐府诗集》之《杂曲歌辞》中,题作《自君之出矣》。诗歌表现了孤独寂寞的思妇对丈夫的无尽思念。
②临轩:在窗前。解颜:开颜欢笑。
③砧(zhēn)杵:捣衣石和棒槌。
④熠(yì)耀:光彩。

## 古意赠今人[①]

寒乡无异服[②],衣毡代文练[③]。月月望君归,年年不解绋[④]。荆扬春早和[⑤],幽冀犹霜霰[⑥]。北寒妾已知,南心君不见。谁为道辛苦,寄情双飞燕。形迫杼煎丝[⑦],颜落风催电[⑧]。容华一朝尽,惟余心不变。

〔注释〕

①此诗亦收录在《乐府诗集》之《琴曲歌辞》中,题作《秋风》,作者为吴迈远。诗歌表现了思妇的相思之苦和对丈夫忠贞不渝的感情。清沈德潜《古诗源》评曰:"'北寒''南心',巧于著词。"

②异服:异邦的衣服,这里指南方汉人的服装。

③衣毡:穿上兽毛或兽皮做的衣服。文练:有花纹的丝织品。

④解绋(yán):辞去官职。绋,古代覆盖在帽子上的一种装饰物,这里指帽子。

⑤荆扬:荆州、扬州,在南方。

⑥幽冀:幽州、冀州,在北方。霰(xiàn):下雪前空中凝结的小冰粒。

⑦形迫杼煎丝:身形窘迫得像织机上的梭子不停织布。杼,织布机上的机梭。

⑧颜落:容颜衰老。

# 丘巨源

丘巨源,生卒年不详,兰陵(今山东兰陵)人,南朝齐文学家。少举丹阳郡孝廉。宋孝武帝时,曾助徐爰撰宋之国史。宋明帝即位,使参诏诰,引在左右。历佐诸王府,转羽林监。入齐,为尚书主客郎、余杭令。萧鸾(齐明帝)为吴兴太守,巨源作《秋胡诗》,暗含讽刺,因此被杀。《隋书·经籍志》著录《余杭令邱巨源集》十卷、《录》一卷,已散佚。其生平事迹见《南齐书》卷五十二、《南史》卷七十二。

## 咏七宝扇[①]

妙缟贵东夏[②],巧媛出吴闉[③]。裁状白玉璧,缝似明月轮。表里镂七宝[④],中衔骇鸡珍[⑤]。画作景山树,图为河洛神。来延挥握玩[⑥],入与环钏亲[⑦]。生风长袖际,晞华红粉津[⑧]。拂眄迎娇意[⑨],隐映含歌人。时务忘故,节改竞存新。卷情随象簟[⑩],舒心谢锦茵[⑪]。厌歇何足道[⑫],敬哉先后晨[⑬]。

〔注释〕

①这是一首咏物诗,运用大量典故,极尽铺陈地描绘了七宝团扇。
②缟(gǎo):未经染色的绢。东夏:泛指中国东部。
③吴闉(yīn):犹吴门,指吴地。闉,城曲重门。
④镂七宝:雕刻着多种宝物。
⑤中衔:中间含着。骇鸡珍:骇鸡犀,犀角名。
⑥来延:引进。
⑦环钏(chuàn):手镯。钏,用珠子或玉石等穿起来做成的镯子。
⑧晞(xī):干。华:花,代指美女。红粉津:即"脂粉塘",溪名。传说为春秋时西施浴处。南朝梁任昉《述异记》云:"吴故宫有香水溪,俗云西施浴处,又呼为脂粉塘。吴王宫人濯妆于此溪上源,至今馨香。"
⑨眄(miǎn):斜着眼看。
⑩象簟(diàn):象牙制作的席子。

⑪锦茵:锦制的垫褥。
⑫厌歇:厌倦止息。
⑬晨:同"辰",指时辰。

# 王 融

王融(467—493),字元长,琅玡临沂(今山东临沂)人,王僧达孙。博涉有文才。举秀才,累迁太子舍人。竟陵王萧子良特相友好,为"竟陵八友"之一。后官至宁朔将军。武帝病笃,融欲矫诏立竟陵王萧子良,事败。郁林王萧昭业即位后,赐死。王融文辞捷速,为永明体代表作家。《隋书·经籍志》著录《齐中书郎王融集》十卷,已散佚。明张溥辑有《王宁朔集》一卷。其生平事迹见《南齐书》卷四十七、《南史》卷二十一。

## 古意一首①

游禽暮知反②,行人独不归。坐销芳草气③,空度明月辉。颦容入朝镜④,思泪点春衣。巫山彩云没⑤,淇上绿条稀⑥。待君竟不至,秋雁双双飞。

〔注释〕

①《玉台新咏》有王融《古意》二首,这里选录了第一首。此诗表现了女子对丈夫的思念,描写细腻,结构精巧,善用比兴。
②游禽:喜欢在水中取食和栖息的鸟类。反:同"返"。
③销:消散。
④颦:皱眉。
⑤巫山:本是地名,这里暗用宋玉《高唐赋》中的传说。宋玉《高唐赋》

序:"昔者先王尝游高唐,怠而昼寝,梦见一妇人,曰:'妾巫山之女也,为高唐之客,闻君游高唐,愿荐枕席。'王因幸之。去而辞曰:'妾在巫山之阳,高丘之岨,且为朝云,暮为行雨,朝朝暮暮,阳台之下。'"后来"巫山"被借指男女欢会之所。

⑥淇上:淇水之滨。《诗经·鄘风·桑中》:"期我乎桑中,要我乎上宫,送我乎淇之上矣。"后暗指男女幽会之地。

## 巫山高①

想象巫山高②,薄暮阳台曲③。烟霞乍舒卷,蘅芳时断续④。彼美如可期,寤言纷在属⑤。怃然坐相思⑥,秋风下庭绿。

〔注释〕

①此诗亦收录在《乐府诗集》之《鼓吹曲辞》中。唐吴兢《乐府古题要解》曰:"其词大略言,江淮水深,无梁可度,临水远望,思归而已。若齐王融'想象巫山高',梁范云'巫山高不极',杂以阳台神女之事,无复远望思归之意也。"诗歌表现了对巫山神女思而不得的怅惘之情,诗境迷离朦胧。

②巫山:与下句"阳台"均指男女欢会之所。宋玉《高唐赋》序:"昔者先王尝游高唐,怠而昼寝,梦见一妇人,曰:'妾巫山之女也,为高唐之客,闻君游高唐,愿荐枕席。'王因幸之。去而辞曰:'妾在巫山之阳,高丘之岨,且为朝云,暮为行雨,朝朝暮暮,阳台之下。'"

③薄暮:傍晚。

④蘅(héng)芳:蘅芜的芳香。

⑤寤言:即晤言,相会而对语。属:同"嘱"。

⑥怃(wǔ)然:怅然失意貌。

# 谢　朓

谢朓(464—499),字玄晖,陈郡阳夏(今河南太康)人。建元四年(482),为豫章王萧嶷太尉行参军。永明五年(487),从竟陵王萧子良西邸之游,为"竟陵八友"之一。后随王子隆至荆州,永明十一年(493)还京,为骠骑咨议、领记室。建武二年(495),任宣城太守,后迁尚书吏部郎,世称谢宣城、谢吏部。永元元年(499),遭始安王萧遥光诬陷,下狱死。与"大谢"谢灵运同族,世称"小谢"。曾与沈约等共创"永明体",长于五言诗。《隋书·经籍志》著录《齐吏部郎谢朓集》十二卷、《谢朓逸集》一卷,已散佚。明张溥辑有《谢宣城集》一卷。其生平事迹见《南齐书》卷四十七、《南史》卷十九。

## 同王主簿怨情[1]

掖庭聘绝国[2],长门失欢宴[3]。相逢咏蘼芜[4],辞宠悲团扇[5]。花丛乱数蝶,风帘入双燕。徒使春带赊[6],坐惜红颜变[7]。平生一顾重[8],夙昔千金贱[9]。故人心尚永,故心人不见。

〔注释〕

①此诗亦收录在《文选》卷三十,题为《和王主簿怨情》。诗歌描写了女子的不幸遭遇,表达了深切的同情。清陈祚明《采菽堂古诗选》评曰:"'花丛'二句秀。结句轻情,六朝佳致。"王主簿:王季哲,曾任记室参军。王季哲是王敬则的第三子,谢朓娶了王敬则的女儿为妻,所以二人是姻亲。

②掖庭:宫中旁舍,妃嫔居住的地方。聘:女子出嫁。绝国:极其辽远之国。这里指王昭君远嫁匈奴之事。

③长门:汉宫名。汉武帝陈皇后失宠,独居长门宫,以百金求司马相如写《长门赋》。

④蘼芜:指古诗《上山采蘼芜》,是一首弃妇诗。

⑤团扇:指班婕妤的《团扇歌》,是汉成帝宠爱赵飞燕,班婕妤避祸辞宠时所作,诗中不乏哀怨。
⑥春带赊(shē):春衣的带子变长,指人消瘦。赊,宽缓。
⑦坐:副词,空,徒然。
⑧一顾重:比喻受人赏识。
⑨夙昔:往日。

## 秋 夜①

秋夜促织鸣②,南邻捣衣急。思君隔九重③,夜夜空伫立④。北窗轻幔垂,西户月光入。何知白露下,坐视前阶湿。谁能长分居,秋尽冬复及⑤?

〔注释〕

①诗歌描绘了秋夜怀人的情景,语淡情浓。清张玉毂《古诗赏析》评曰:"此诗亦可作思家解,然作拟闺怨解为妥。前四,点清秋夜,就秋声引入怀人伫立。中四,写伫立所见夜景。'何知'十字,赋物最工。后二,醒出不堪久别之情,为题中'秋'字透后作收。"
②促织:蟋蟀。
③九重(chóng):九层。这里形容距离之远。
④伫(zhù)立:长时间站立。
⑤复及:再次来临。

## 陆 厥

陆厥(472—499),字韩卿,吴郡吴(今江苏苏州)人,陆闲长子。南朝齐文学家。州举秀才,任少傅主簿,迁后军行军参军。尝与沈约论四声。永元元年(499),始安王萧遥光反,其父株连被杀。厥亦入狱,不久遇赦。因其父未赶上大赦,悲恸而卒,年仅二十八岁。《隋书·经籍志》著录《齐后军法曹参军陆厥集》八卷,已散佚。其生平事迹见《南齐书》五十二、《南史》卷四十八。

## 中山王孺子妾歌①

如姬寝卧内②,班妾坐同车③。洪波陪饮帐④,林光宴秦余⑤。岁暮寒飙及⑥,秋水落芙蕖⑦。子瑕矫后驾⑧,安陵泣前鱼⑨。贱妾终已矣⑩,君子定焉如。

〔注释〕

①此诗亦收录在《文选》卷二十八。又收录在《乐府诗集》之《杂歌谣辞》中,共二首,此为第二首。《乐府诗集》题解云:"此谓以歌诗赠中山王及孺子妾、未央才人等尔,累言之,故云及也。而陆厥作歌,乃谓之中山孺子妾,失之远矣。"诗歌运用大量典故描绘了一位女子由得宠到失宠的遭遇。清陈祚明《采菽堂古诗选》评曰:"结句凄婉。"中山王:中山靖王刘胜。孺子:外命妇名,汉代诸王之妾的称号。
②如姬:战国时魏安釐王宠姬,这里代指中山王宠妾。
③班妾:汉成帝的妃子班婕妤,这里也代指中山王宠妾。
④洪波:古台名。
⑤林光:秦代离宫名。秦余:秦代的遗迹。
⑥寒飙(biāo):寒冷的大风。
⑦芙蕖(qú):荷花。
⑧子瑕:指弥子瑕,春秋时卫灵公的宠臣。矫(jiǎo)后驾:弥子瑕得宠之时,其母病,假托卫灵公之旨驾君车以出,按法当刖,公以为孝。失宠后,公以此为病,杀之。矫,假托。
⑨安陵:安陵君,楚宣王男宠。泣前鱼:魏王宠臣龙阳君因钓到大鱼而抛弃小鱼之事联想到自身,担心失宠而流泪。
⑩已矣:逝去。

# 卷　五

## 江　淹

江淹(444—505),字文通,济阳考城(今河南兰考)人。南朝政治家、文学家,历仕宋、齐、梁三朝。江淹六岁能诗,十三岁丧父。虽家境贫穷,但很好学。宋时任南徐州从事、巴陵王国左常侍、南东海郡丞、吴兴令等。入齐,历任中书侍郎、御史中丞、秘书监、吏部尚书等。萧衍起兵,江淹奔新林迎候,任司徒左长史。入梁,官至金紫光禄大夫,封醴陵侯。天监四年(505)卒,终年六十二岁,谥宪伯。《隋书·经籍志》著录《梁金紫光禄大夫江淹集》九卷、《江淹后集》十卷、《江淹拟古》一卷,已散佚。明张溥辑有《江醴陵集》二卷。其生平事迹见《梁书》卷十四、《南史》卷五十九。

### 古体三首[①]

#### 古离别[②]

远与君别者,乃至雁门关[③]。黄云蔽千里,游子何时还？送君如昨日,檐前露已团。不惜蕙草晚[④],所悲道里寒。君子在天涯,妾心久别离。愿一见颜色[⑤],不异琼树枝[⑥]。兔丝及水萍[⑦],所寄终不移。

〔注释〕

①江淹有《杂体三十首》,大约作于南齐建元元年至永明初年。江淹

选取了从产生于汉代的《古离别》到同时代的汤惠休共三十家的作品,对每一家各仿一体。元陈绎曾《诗谱》评曰:"善观古作,曲尽心手之妙。"这里所选三首,均为其中作品。

②此诗亦收录在《文选》卷三十一、《乐府诗集》之《杂曲歌辞》中,题作《古别离》。《乐府诗集》题解云:"《楚辞》曰:'悲莫悲兮生别离。'《古诗》曰:'行行重行行,与君生别离。相去万余里,各在天一涯。'后苏武使匈奴,李陵与之诗曰:'良时不可再,离别在须臾。'故后人拟之为《古别离》。"这是一首思妇诗,道尽凄凉,风格朴茂,文辞素雅。

③雁门关:在山西省代县北部,长城重要关口之一。

④蕙(huì)草:香草名。

⑤颜色:面容。

⑥琼树:仙树名。

⑦兔丝:即菟丝子,又名"女萝""松萝",植物名。多附生在松树上,成丝状下垂。水萍:即浮萍。绿色,浮生水面,叶子扁平,随波逐流。

## 班婕妤①

绫扇如团月,出自机中素。画作秦王女,乘鸾向烟雾②。彩色世所重,虽新不代故。窃悲凉风至,吹我玉阶树。君子恩未毕,零落在中路③。

〔注释〕

①此诗收录在《文选》卷三十一,题下有"咏扇"二字。亦收录在《乐府诗集》之《相和歌辞·楚调曲》中,题作《怨歌行》。本诗承袭班婕妤《怨诗》诗旨。清陈祚明《采菽堂古诗选》曰:"殊得自然之致。"

②画作秦王女,乘鸾向烟雾:事见西汉刘向《列仙传》:春秋秦穆公女名弄玉,萧史善吹箫,弄玉好之。穆公乃以弄玉嫁史。萧史教之吹箫。数年后,能以箫声招凤来集。弄玉乘凤,萧史乘龙,飞升而去。

③零落:凋谢。中路:路当中。

### 张司空离情①

秋月映帘栊②,悬光入丹墀③。佳人抚鸣琴,清夜守空帷。兰径少行迹④,玉台生网丝⑤。夜树发红彩⑥,闺草含碧滋⑦。罗绮为君整⑧,万里赠所思。愿垂湛露惠⑨,信我皎日期⑩。

〔注释〕

①此诗亦收录在《文选》卷三十一。拟张华《情诗》。诗言离情,先从环境入手,以至琴声,场景空旷,佳人空闺,思绪绵邈,婉转凄凉。
②帘栊:窗帘和窗牖。
③丹墀(chí):宫殿的赤色台阶或赤色地面。
④兰径:小路。
⑤网丝:蜘蛛网。
⑥红彩:红花。
⑦碧滋:形容草木翠绿而润泽。
⑧罗绮:罗和绮,借指丝绸衣裳。
⑨湛露:浓重的露水。这里用来比喻丈夫的恩惠。
⑩皎日:明亮的太阳。《诗经·王风·大车》:"谓予不信,有如皎日。"后"皎日"多指誓言。期:原指约定的时间,这里指誓言。

## 丘 迟

丘迟(464—508),字希范,吴兴乌程(今浙江湖州)人。八岁能作文,州举为秀才。任太学博士、大司马参军。后任萧衍骠骑主簿。萧衍即帝位,授散骑侍郎,历任中书侍郎、永嘉太守、司徒从事中郎等。丘迟善作诗赋文章。《隋书·经籍志》著录《梁国子博士丘迟集》十一卷,已散佚。明张溥辑有《丘司空集》一卷。其生平事迹见《梁书》卷四十九。

## 敬酬柳仆射征怨[1]

清歌自言妍[2],雅舞空仙仙[3]。耳中解明月[4],头上落金钿[5]。雀飞且近远,暮入绮窗前[6]。鱼戏虽南北,终还荷叶边。惟见君行久,新年非故年。

〔注释〕

[1]此诗表达了思妇对征夫不归的哀怨之情。清陈祚明《采菽堂古诗选》评曰:"后六语只似一句,清俊可喜。卑以此,致亦以此。"柳仆射:即柳惔,字文通,河东解(今山西运城)人,曾任尚书右仆射。

[2]清歌:清亮的歌声。妍:美好。

[3]仙仙:飘逸貌。

[4]明月:指明月珰,用明月珠串成的耳饰。

[5]金钿(diàn):嵌有金花的首饰。

[6]绮(qǐ)窗:雕刻或绘饰得十分精美的窗户。

## 答徐侍中为人赠妇[1]

丈夫吐然诺[2],受命本遗家。糟糠且弃置[3],蓬首乱如麻[4]。侧闻洛阳客[5],金盖翼高车[6]。谒帝时来下[7],光景不可奢[8]。幽房一洞启[9],二八尽芬华[10]。罗裾有长短,翠鬓无低斜[11]。长眉横玉脸,皓腕卷轻纱。俱看依井蝶,共取落檐花。何言征戍苦?抱膝空咨嗟[12]。

〔注释〕

①此诗是一首弃妇诗,也是一首和诗,和徐侍中的《为人赠妇诗》。诗歌描写了思妇对丈夫不归的猜忌以至怨恨。徐侍中:即徐勉(466—535),字修仁,南朝梁东海郯(今山东郯城)人。孤贫好学,六岁即能作文。齐时,起家国子生,射策甲科,迁太学博士。入梁,曾为中书侍郎,后累官至侍中、中卫将军。卒谥简肃。著有《流别起居注》《选品》等,皆佚。

②然诺:应对之词,表示应允。
③糟糠:糟糠之妻,共患难的妻子。
④蓬首:形容头发散乱如飞蓬。
⑤侧闻:听闻。
⑥翼:翼蔽,遮护。
⑦谒(yè):拜见。
⑧光景:情况。
⑨幽房:深暗的房间,这里指洞房。
⑩二八:十六岁。
⑪翠鬓:黑而光润的鬓发。
⑫咨嗟(jiē):叹息。

# 沈　约

沈约(441—513),字休文,吴兴武康(今浙江湖州)人,南朝史学家、文学家。幼时孤贫好学,博通群籍,善属文。仕宋、齐、梁三朝。宋时,为奉朝请、尚书度支郎。入齐,历任征虏记室、太子家令、中书郎、御史中丞、东阳太守等。后助萧衍成帝业,封建昌县侯,官至尚书令兼太子少傅。天监十二年(513)卒,谥曰"隐"。曾游于竟陵王萧子良门下,为"竟陵八友"之一。与谢朓等创"永明体"诗,提出"声韵八病"之说。《隋书·经籍志》著录《梁特进沈约集》一百一卷,已散佚。明张溥辑有《沈隐侯集》二卷。其生平事迹见《梁书》卷十三、《南史》卷五十七。

## 登高望春①

登高眺京洛②,街巷纷漠漠③。回首望长安,城阙郁盘桓④。日出照钿黛⑤,风过动罗纨⑥。齐童蹑朱履,赵女扬翠翰⑦。春风摇杂树,葳蕤绿且丹⑧。宝瑟玫瑰柱⑨,金羁玳瑁鞍⑩。淹留宿下蔡⑪,置酒过上兰⑫。解眉还复敛,方知巧笑难⑬。佳期空靡靡⑭,含睇未成欢⑮。嘉客不可见,因君寄长叹。

〔注释〕

①此诗写女子登高游春,但一想到思慕的男子不在身旁,便悲从中来。清陈祚明《采菽堂古诗选》评曰:"难合之悲,凄然远引。'解眉'二句,妍。"
②京洛:指国都。
③漠漠:密布貌。
④城阙:城门两边的望楼。盘桓:盘旋。
⑤钿(diàn)黛:花钿和螺黛,妇女的饰物。
⑥罗纨(wán):泛指精美的丝织品。
⑦齐童蹑朱履,赵女扬翠翰:语出《南都赋》:"齐童唱兮列赵女。"
⑧葳(wēi)蕤(ruí):草木茂盛枝叶下垂貌。
⑨柱:乐器上的弦柱。
⑩金羁:金饰的马络头。玳(dài)瑁(mào)鞍:玳瑁制成的马鞍。
⑪淹留:逗留。下蔡:古邑名,故城在今安徽凤台县。
⑫上兰:馆名。《三辅黄图》:"上林苑有上兰馆。"
⑬巧笑:美好的笑。

⑭靡靡:渐渐(度过)。
⑮含睇(dì):含情而视。

## 昭君辞①

朝发披香殿②,夕济汾阴河③。于兹怀九逝④,自此敛双蛾⑤。沾妆疑湛露⑥,绕臆状流波⑦。日见奔沙起,稍觉转蓬多⑧。胡风犯肌骨,非直伤绮罗⑨。衔涕试南望,关山郁嵯峨⑩。始作阳春曲,终成苦寒歌。惟有三五夜⑪,明月暂经过。

〔注释〕

①此诗亦收录在《乐府诗集》之《相和歌辞·吟叹曲》中,题作《明君辞》。诗歌表现了王昭君远赴匈奴的悲戚和在异域思念家乡的款款深情。
②披香殿:汉宫阙名。
③汾阴河:水名,在今山西省万荣县境内。
④九逝:几度飞逝,谓因深思而心灵不安。
⑤双蛾:双眉。
⑥妆:底本作"庄",今据郑玄抚本改。湛露:浓重的露水。
⑦绕臆:萦绕在心里的想法。
⑧转蓬:随风飘转的蓬草。
⑨直:同"只"。
⑩嵯(cuó)峨(é):山高峻貌。
⑪三五夜:农历十五的晚上。

## 杂曲三首

### 携手曲①

舍辔下雕辂②,更衣奉玉床。斜簪映秋水,开镜比春妆。所畏红颜促,君恩不可长。鸡冠且容裔③,岂吝桂枝亡④。

〔注释〕

①此诗亦收录在《乐府诗集》之《杂曲歌辞》中。唐吴兢《乐府古题要解》曰:"《携手曲》,言携手行乐,恐芳时不留,君恩将歇也。"诗的前半段写美人自赏娇容,后半部分以"所畏红颜促"入笔,表现了女子对美好容颜易逝的忧惧。

②辔(pèi):驾驭牲口的缰绳。雕辂(lù):雕镂彩绘的车子。

③鸡冠:男子以羽毛装饰的帽子。《汉书·佞幸传》:"孝惠时,郎、侍中皆冠鵕䴊,贝带,傅脂粉。"《汉书》注:鸡,一作"鵕"。"以鵕䴊毛羽饰冠也。"鵕䴊,锦鸡。容裔(yì):随风飘动貌。

④桂枝亡:代指女子的凋零。汉武帝《李夫人赋》:"秋气憯以凄泪兮,桂枝落而销亡。"

## 有所思①

西征登陇首②,东望不见家。关树抽紫叶③,塞草发青芽。昆明当欲满④,蒲萄应作花⑤。流泪对汉使,因书寄狭邪⑥。

〔注释〕

①此诗亦收录在《乐府诗集》之《鼓吹曲辞》中,为"汉铙歌"十八曲之第十二曲。唐吴兢《乐府古题要解》曰:"其辞大略言'有所思,乃在大海南。何用问遗君?双珠玳瑁簪。闻君有他心,烧之当风扬其灰。从今已往,勿复相思,而与君绝'也。"诗歌从边塞征夫的角度感时伤怀,思念家乡,情感表达真挚感人,令人潸然泪下。

②陇首:陇山之巅。

③关树:边关的树。
④昆明:昆明池,汉武帝为训练水军而开凿,在长安近郊。
⑤蒲萄:同"葡萄"。汉武帝时张骞通西域,将葡萄带入中原。
⑥狭邪:小街曲巷。典出古乐府《相逢狭路间》,见卷一。

## 夜夜曲①

河汉纵且横②,北斗横复直。星汉空如此,宁知心有忆③。孤灯暧不明④,寒机晓犹织⑤。零泪向谁道?鸡鸣徒叹息。

〔注释〕

①此诗亦收录在《乐府诗集》之《杂曲歌辞》中。《乐府诗集》题解云:"《夜夜曲》,梁沈约所作也。梁《乐府解题》曰:'《夜夜曲》,伤独处也。'"诗歌表现了思妇独居的孤寂凄凉。清张玉毂《古诗赏析》评曰:"此闺怨诗,亦皆从夜景生情。前四,星汉写夜景也,却即慨其不知心忆,就景即情,用笔灵活。后四,实赋空房不寐,莫诉自伤之事,语亦简赅。"
②河汉:银河。
③宁知:怎么能知道。
④暧(ài):昏暗。
⑤晓:天明。

## 咏 月①

月华临静夜,夜静灭氛埃②。方晖竟户入③,圆影隙中来。高楼切思妇④,西园游上才⑤。网轩映珠缀⑥,应门照绿苔⑦。洞房殊未晓⑧,清光信悠哉⑨。

〔注释〕

①此诗亦收录在《文选》卷三十,题作《应王中丞思远咏月》。本诗是

对王思远咏月的和作。王思远,南朝齐琅琊临沂(今山东临沂)人。初为宋建平王景素南徐州主簿,深被礼遇。齐世,为文惠太子、竟陵王萧子良所重,举荐给朝廷,授吴郡丞,迁御史中丞。诗写月色,情景如画,清丽婉转。清陈祚明《采菽堂古诗选》评曰:"'方晖'二句故作拙,然自极写,末四句更使人悠然。诗固能感人若是。"

②氛(fēn)埃:尘埃。
③方晖:从四角窗户中透进来的月光。
④切思妇:深切相思的妇女。
⑤上才:具有杰出才能的人。
⑥网轩:装饰有网状雕刻的门窗。
⑦应门:正门。
⑧洞房:幽深的内室,指闺房。殊:尚且。
⑨清光:清幽的光辉,这里指月光。悠:远。

## 六忆诗四首[①]

### 其一

忆来时,的的上阶墀[②]。勤勤聚离别[③],慊慊道相思[④]。相看常不足,相见乃忘饥。

〔注释〕

①诗题为"六忆",《玉台新咏》只选了四首。诗歌站在男子的角度分别从来、坐、食、眠四个方面,描写出了心爱之人的各种情态及心理活动。清陈祚明《采菽堂古诗选》评曰:"极俚率,长庆不远矣。然形容曲尽,且各有致。"
②的(dí)的:鲜明貌。阶墀(chí):台阶。
③勤勤:恳切诚挚。
④慊(qiàn)慊:心不满足。

## 其二

忆坐时,点点罗帐前。或歌四五曲,或弄两三弦。笑时应无比,嗔时更可怜①。

〔注释〕

①嗔(chēn):生气。可怜:可爱。

## 其三

忆食时,临盘动容色。欲坐复羞坐,欲食复羞食。含哺如不饥①,擎瓯似无力②。

〔注释〕

①含哺(bǔ):口衔食物。哺,底本作"唯",今据郑玄抚本改。
②擎(qíng)瓯(ōu):举着杯子。

## 其四

忆眠时,人眠强未眠。解罗不待劝①,就枕更须牵。复恐傍人见,娇羞在烛前。

〔注释〕

①罗:罗衣,轻软丝织品制成的衣服。

## 古　意①

挟瑟丛台下②,徙倚爱容光③。伫立日已暮④,戚戚苦人肠⑤。露葵已堪摘⑥,湛水未沾裳⑦。锦衾无独暖⑧,罗衣空自香。明月虽外照,宁知心内伤?

〔注释〕

①此诗是一首闺怨诗,描写思妇的孤独与哀怨。清陈祚明《采菽堂古诗选》评曰:"'明月虽外照,宁知心内伤',以质见古,虽浅实深。"
②丛台:战国台名,一为赵筑,一为楚筑,诗中所指不明。
③徙倚:徘徊。容光:阳光照射下的各种美景。
④伫(zhù)立:长久站立。
⑤戚戚:忧伤貌。
⑥露葵:冬葵。多在秋冬时种,春季采收嫩叶食用。李时珍《本草纲目·草五·葵》:"古人采葵必待露解,故曰露葵。"
⑦湛水:源出今河南宝丰县东南,经平顶山市、叶县,至襄城县界入北汝河。一作"淇水"。《诗经·鄘风·桑中》:"期我乎桑中,要我乎上宫,送我乎淇之上矣。"后暗指男女幽会之地。
⑧锦衾:锦缎制成的被子。

# 悼 亡①

去秋三五月②,今秋还照房。今春兰蕙草③,来春复吐芳。悲哉人道异④,一谢永销亡。屏筵空有设⑤,帷席更施张⑥。游尘掩虚座⑦,孤帐覆空床。万事无不尽,徒令存者伤。

〔注释〕

①诗题一作《悼往》。诗歌在悼亡感伤的同时,发出了对生命有限的感慨。清陈祚明《采菽堂古诗选》评曰:"起四句稍以拖沓成弱。休文所患惟是弱耳。后段警切,结意更能曲至,切切古音。"
②三五月:农历十五的月亮。

③兰蕙草:兰草和蕙草,都是香草名。
④人道异:人与月亮花草不同,不能复生。
⑤屏筵(yán):屏风和酒席。
⑥帷席:帷帐和床席。施张:安放。
⑦虚座:空座。

# 柳 恽

柳恽(465—517),字文畅,河东解县(今山西运城)人,南齐司空柳世隆之子。年幼时好学。齐时,任法曹参军、太子洗马、鄱阳相、骠骑从事中郎、相国右司马等职。入梁,历吴兴太守、广州刺史、秘书监等,为政清静。工诗,善尺牍,精医术,善琴、棋。《隋书·经籍志》著录《中护军柳恽集》十二卷,已散佚。其生平事迹见《梁书》卷二十一、《南史》卷三十八。

## 捣衣诗一首①

孤衾引思绪②,独枕怆忧端。深庭秋草绿,高门白露寒。思君起清夜,促柱奏幽兰③。不怨飞蓬苦④,徒伤蕙草残⑤。(其一)

〔注释〕

①此诗共五章,既能各自成篇,又相互联系,着力表现了思妇的闺怨愁情,情思哀婉,前人以为有唐诗余韵。清陈祚明《采菽堂古诗选》评第一章曰:"居然是以唐响,希古调,故甚类太白。"评第二章云:"'亭皋'二句,果是佳句,盛唐之杰构也。"评第三首曰:"'秋风'二句,岂不与太白类?"

②孤衾(qīn):独宿。衾,被子。
③促柱:急弦,支弦的柱移近首部则弦紧。幽兰:《幽兰操》,古琴曲名,曲调悠扬,象征着品德高洁。
④飞蓬:比喻漂泊不定的生活。
⑤徒:只。

行役滞风波①,游人淹不归②。亭皋木叶下③,陇首秋云飞④。寒园夕鸟集,思牖草虫悲⑤。嗟兮当春服,安见御冬衣。(其二)

〔注释〕

①滞:凝积。风波:风浪。比喻动荡或漂泊不定。
②淹:久留。
③亭皋(gāo):水边的平地。
④陇首:陇山之巅。
⑤思牖(yǒu):一作"思囿"。

鹤鸣劳永叹,采菉伤时暮①。念君方远徭,望妾理纨素②。秋风吹绿潭,明月悬高树。佳人饰净容,招携从所务③。(其三)

〔注释〕

①菉(lù):即菉草,又名荩草,茎和叶可做黄色染料。捣衣之后需要染色。
②望:一作"贱"。纨(wán)素:洁白精致的细绢。
③招携:招邀偕行。

步阁杳不极①,离家肃已扃②。轩高夕杵散③,气爽夜砧鸣④。瑶华随步响⑤,幽兰逐袂生⑥。踟蹰理金翠⑦,容与纳宵清⑧。(其四)

〔注释〕

①杳(yǎo):昏暗。
②肃:严正,认真。扃(jiōng):关门。
③轩:有窗的廊子。杵(chǔ):捣衣的木棒。
④砧(zhēn):捶东西的时候垫在底下的器具,这里指捣衣石。
⑤瑶华:美玉,这里指玉佩。
⑥幽兰:幽深的兰香。袂(mèi):衣袖。
⑦踟(chí)蹰(chú):徘徊停留。金翠:金钗与翠翘,指女子的饰品。
⑧容与:从容闲舒貌。

泛艳回烟彩①,渊旋龟鹤文②。凄凄合欢袖③,苒苒兰麝芬④。不怨杼轴苦⑤,所悲千里分。垂泣送行李,倾首迟归云⑥。(其五)

〔注释〕

①泛艳:水面上的光纹。
②龟鹤文:龟和鹤的纹路,古人以龟鹤为长寿之物。
③合欢袖:绣着合欢花的袖子。
④苒苒:草盛貌。兰麝:兰和麝香,名贵的香料。
⑤杼(zhù)轴:织布机上的两个部件,用来持理纬线,使经线能穿入的器具,称为"杼",承受经线的器具,称为"轴"。这里代指纺织。
⑥倾首:仰起头。归云:喻指丈夫。

## 鼓吹曲二首

### 独不见[1]

别岛望风台[2],天渊临水殿[3]。芳草生未积,春花落如霰[4]。出从张公子,还过赵飞燕[5]。奉帚长信宫[6],谁知独不见。

〔注释〕

[1]此诗亦收录在《乐府诗集》之《杂曲歌辞》中。唐吴兢《乐府古题要解》云:"《独不见》,皆言思而不得见也。"诗歌描写了一位失宠宫妃的哀怨与绝望。清陈祚明《采菽堂古诗选》评曰:"末句押题名,并自然浏亮。"

[2]别岛:孤岛。风台:敞露透风的台榭。

[3]天渊:水池名。《初学记》:"汉上林有池十五所,一曰天泉(避唐高宗李渊讳,改'渊'为'泉'。)池,上有连楼阁道,中有紫宫。"临水殿:临水的殿堂。

[4]霰(xiàn):空中降落的白色小冰粒。

[5]出从张公子,还过赵飞燕:事见《汉书·张汤传》。张公子指富平侯张放,西汉杜陵(今陕西西安)人。汉成帝的宠臣,常随成帝微服私游民间,斗鸡走马,无所不为。一次微服出行,来到阳阿公主家,遇到赵飞燕,将其带回宫中。时有童谣云:"燕燕尾涎涎。张公子,时相见。"

[6]奉帚(zhǒu)长信宫:指班婕妤因避赵飞燕谗言,自请入长信宫事。奉帚,持帚洒扫,多指嫔妃失宠。

### 度关山[1]

少长倡家女,出入燕南陲[2]。惟持德自美,本以容见知[3]。旧闻关山远,何事总金羁[4]。妾心日已乱,秋风鸣细枝。

〔注释〕

①此诗亦收录在《乐府诗集》之《相和歌辞·相和曲》中。唐吴兢《乐府古题要解》曰:"曹魏乐奏武帝所赋'天地间,人为贵',言人君当自勤苦,省方黜陟,省刑薄赋也。若梁戴暠云'昔听陇头吟,平据已流涕',但叙征人行役之思焉。"诗歌表达了对征人的思念与哀怨。

②陲(chuí):边疆。

③见知:受宠爱。

④金羁(jī):金饰的马络头,这里指受羁绊无法回家。

# 长门怨①

玉壶夜愔愔②,应门重且深③。秋风动桂树,流月摇轻阴。绮檐清露滴④,网户思虫吟⑤。叹息下兰阁⑥,含愁奏雅琴。何由鸣晓佩⑦,复得抱宵衾⑧。无复金屋念⑨,岂照长门心。

〔注释〕

①此诗亦收录在《乐府诗集》之《相和歌辞·楚调曲》中。唐吴兢《乐府古题要解》曰:"《长门怨》,为汉武帝陈皇后作也。后,长公主嫖女,字阿娇。及卫子夫得幸,后退居长门宫,愁闷悲思。闻司马相如工文章,奉黄金百斤,令为解愁之辞。相如作《长门赋》,帝见而伤之,复得亲幸者数年。后人因其赋而为《长门怨》焉。"本诗通过大量的环境描写,营造凄凉的气氛,表现了陈皇后的孤寂与哀怨。清陈祚明《采菽堂古诗选》评曰:"意浅,音节不滞。"

②壶:漏壶,古代计时的器具。愔(yīn)愔:幽深貌。

③应门:古代皇宫的正门,这里指宫门。

④绮(qǐ)檐:华丽的屋檐。
⑤网户:雕刻有网状花纹的门窗。
⑥兰阁:闺房。
⑦鸣晓佩:玉佩相击发出的声音,这里借指帝王降临。
⑧抱宵衾:抱着被子入睡,借指陪伴帝王。
⑨金屋:汉武帝刘彻年幼时曾被姑母长公主嫖抱至膝上,许下诺言,愿取长公主女儿阿娇为妻,并以金屋藏之。阿娇即后来失宠的陈皇后。

## 江南曲①

汀洲采白蘋②,日落江南春。洞庭有归客③,潇湘逢故人④。故人何不返?春华复应晚。不道新知乐⑤,且言行路远。

〔注释〕

①此诗亦收录在《乐府诗集》之《相和歌辞·相和曲》中。本诗构思精巧,将丈夫不归的怨恨和花颜易逝的感伤合为一体,语意浑融,情景相生。清王夫之《古诗评选》评曰:"含吐曲直,流连辉映,足为千古风流之祖。"
②汀洲:水中小洲。白蘋(pín):水草名。
③洞庭:洞庭湖,在湖南省北部、长江南岸。
④潇湘:潇水与湘江的并称,借指今湖南地区。
⑤新知:新结交的知己。

# 江 洪

江洪,生卒年不详,南朝齐、梁间人,祖籍济阳(今河南兰考)。善作文,曾以文学游于竟陵王萧子良门下。入梁,为建阳令,因事被杀。《隋书·经籍志》著录《梁建阳令江洪集》二卷,已散佚。其生平事迹见《梁书》卷四十九。

## 咏歌姬[1]

宝镊间珠花[2]，分明靓妆点[3]。薄鬓约微黄[4]，轻红澹铅脸[5]。发言芳已驰，复加兰蕙染[6]。浮声易伤叹[7]，沉唱安而险。孤转忽徘徊，双蛾乍舒敛[8]。不持全示人，半用轻纱掩。

〔注释〕

[1]此诗从衣饰、歌声、神态三方面入手，细腻地刻画了一位美丽动人、歌声轻扬的歌姬。

[2]宝镊：缀在簪钗上的一种首饰。珠花：用珍珠穿缀而成的花状头饰。

[3]靓(liàng)妆：华美的妆饰。妆，底本作"庄"，今据郑玄抚本改。

[4]薄鬓：发型名。以膏沐掠鬓，将鬓发梳理成薄片之状，紧贴于面颊。因其轻如云雾，薄如蝉翼，因此又名"蝉鬓""云鬓""雾鬓"。约微黄：即"约黄"，古代妇女在鬓角涂饰黄色化妆品。

[5]轻红：淡红色。澹(dàn)铅脸：轻轻地将铅粉扑到脸上。澹，同"淡"。

[6]兰蕙：兰草、蕙草，香草名，这里指以香草熏衣服。

[7]浮声：轻唱。与下面的"沉声"都指不同唱法。

[8]双蛾：双眉。乍：忽然。舒敛：舒缓。

## 高　爽

高爽，生卒年不详，南朝齐、梁间人，祖籍广陵（今江苏扬州）。博学多才，下笔成文。齐永明中举孝廉，任国子博士。入梁,为临川王参军,出为晋陵令。坐事被系,作《镬鱼赋》以自喻,其文甚工整。后遇赦免。

## 咏 镜①

初上凤皇墀②,此镜照蛾眉③。言照长相守,不照长相思。虚心会不采④,贞明空自欺⑤。无言故此物,更复对新期。

〔注释〕

①此诗以镜喻人,镜子虚空自己,映照他人,却被空置,自己坚贞纯洁却遭遇被弃。清陈祚明《采菽堂古诗选》评曰:"直致,翻有古意。"
②凤皇墀(chí):同"凤凰台",相传为春秋时秦穆公之女弄玉夫妇所居。
③蛾眉:像蚕蛾触须弯曲细长的秀眉。
④虚心:虚情假意。
⑤贞明:坚贞贤明。

## 鲍子卿

鲍子卿,生卒年不详,南朝诗人。

## 咏画扇①

细丝本自轻,弱彩何足眄②。直为发红颜③,谬成握中扇④。乍奉长门泣⑤,时承柏梁宴⑥。思妆开已掩⑦,歌容隐而见。但画双黄鹤⑧,莫作孤飞燕。

〔注释〕

①此诗以画扇喻人,表现了失宠女子的哀怨。本来不起眼的素扇,画上美女后受到重视,然而终究不过是一个陪衬。
②弱彩:颜色柔嫩。眄(miǎn):斜着眼睛看。
③发红颜:这里指在扇面画上美丽的女子。
④谬(miù):错误。
⑤乍奉长门泣:这里指侍奉长门宫失宠的陈皇后。
⑥柏梁宴:指汉武帝在柏梁台与臣子诗酒唱和举行宴会。
⑦妆:底本作"庄",今据郑玄抚本改。
⑧鹤:一作"鹊"。

# 何子朗

何子朗,生卒年不详,南朝齐、梁间人。字世明,东海郯(今山东郯城)人。少有才思,善清谈。与何思澄、何逊俱有文名,时人谓"东海三何,子朗最多"。历官员外散骑侍郎、固山令。

## 学谢体①

桂台清露拂②,铜陛落花沾③。美人红妆罢,攀钩卷细帘。思君击促柱④,玉指何纤纤。未应为此别,无故坐相嫌⑤。

〔注释〕

①谢体:即永明体。永明体又称新体诗,是南朝齐武帝永明年间,由沈约、谢朓、王融等人倡导的讲求声律和谐、对仗工稳的诗体。此诗描写

了思妇怀人的场景,构思精巧,笔调清丽,音韵和谐。

②桂台:汉未央宫台名,汉武帝筑以祈仙。

③铜陛:用铜套覆的台阶。

④促柱:急弦。柱,底本作"织",今据郑玄抚本改。

⑤嫌:猜疑。

# 范靖妇

范靖妇,南朝梁征西记室范靖的妻子沈满愿,生卒年不详,吴兴武康(今浙江湖州)人,沈约孙女。《隋书·经籍志》著录《梁征西记室范靖妻沈满愿集》三卷,已散佚。

## 咏步摇花①

珠华萦翡翠②,宝叶间金琼③。剪荷不似制,为花如自生。低枝拂绣领,微步动瑶瑛④。但令云髻插⑤,蛾眉本易成⑥。

〔注释〕

①此诗从精美材质、精良制作、曼妙动态入手,歌咏了步摇花。清陈祚明《采菽堂古诗选》评曰:"三、四生致隽绝。"步摇:古代妇女的一种首饰,上有垂珠,行步则动摇。

②萦:绕。

③金琼:黄金和美玉。

④瑶瑛:玉的精华,这里指玉坠。

⑤云髻(jì):高耸的发髻。

⑥蛾眉:像蚕蛾触须弯曲细长的秀眉。

## 咏 灯[①]

绮筵日已暮[②],罗帷月未归[③]。开花散鹄彩[④],含光出九微[⑤]。风轩动丹焰[⑥],冰宇澹清晖[⑦]。不吝轻蛾绕,惟恐晓蝇飞。

[注释]

①此诗是一首咏物诗,最后两句以灯喻人,表达了对进谗小人的忧惧。清王夫之《古诗评选》评曰:"就题平叙,自有意致。"
②绮(qǐ)筵(yán):华丽丰盛的筵席。
③罗帷:丝制帷幔。
④开花:点灯。
⑤九微:灯名。
⑥轩:有窗槛的长廊或小室。
⑦冰宇:有灯光的房屋。澹:恬静、安然的样子。

## 何 逊

何逊(472—519?),字仲言,东海郯县(今山东郯城)人。历任奉朝请、诸王参军、记室、尚书水部郎等。世称"何记室"或"何水部"。善诗文,文与刘孝绰并重于世,时称"何刘"。诗与谢朓齐名。又与何子朗、何思澄并称"东海三何"。《隋书·经籍志》著录《梁仁威记室何逊集》七卷,已散佚。明张溥辑有《何记室集》一卷。其生平事迹见《梁书》卷四十九、《南史》卷三十三。

## 日夕望江赠鱼司马①

溢城带溢水②,溢水萦如带③。日夕望高城,耿耿青云外④。城中多宴赏⑤,丝竹常繁会⑥。管声已流悦⑦,弦声复凄切。歌黛惨如愁⑧,舞腰疑欲绝。仲秋黄叶下⑨,长风正骚屑⑩。早雁出云归,故燕辞檐别。昼悲在异县,夜梦还洛汭⑪。洛汭何悠悠⑫,起望登西楼。的的帆向浦⑬,团团日隐洲。谁能一羽化⑭,轻举逐飞浮。

〔注释〕

①此诗作于湓(pén)州(今江西九江)。诗歌描写了离愁别绪和思乡之情,同时也表达了对仕宦生活的厌倦。清陈祚明《采菽堂古诗选》评曰:"其声调则《西洲》之遗。超忽无之,而言情亦切。"鱼司马:即鱼弘,襄阳(今湖北襄阳)人。累从征讨,常为军锋,历南谯、盱眙、竟陵太守、平西湘东王司马等。崇尚享乐,常语人曰:"我为郡,所谓四尽:水中鱼鳖尽,山中麋鹿尽,田中米谷尽,村里民庶尽。丈夫生世,如轻尘栖弱草,白驹之过隙。人生欢乐富贵几何时!"于是恣意酣赏,侍妾百余人,不胜金翠,服玩车马,皆穷一时之绝,时人称"四尽太守"。生平事迹见《梁书》卷二十八。

②溢城:江州别称,今江西九江。溢水:古水名,又名溢江、溢浦或龙开河。源出今江西瑞昌西南的清溢山,东流穿过江西九江西部,北经溢浦口流入长江。

③萦:缠绕。

④耿耿:高远貌。

⑤宴赏:设宴犒赏。

⑥丝竹:弦乐器和管乐器,代指音乐。繁会:交响,谓繁多的音调互相参错。

⑦流悦:流畅欢快。

⑧歌黛:歌女的眉毛。
⑨仲秋:秋季的第二个月,即农历八月。
⑩骚屑:风声。
⑪洛汭(ruì):位于洛水的下游,洛水入黄河处。水北曰汭。传说洛水神女宓妃是黄河之神河伯的配偶,洛汭是二者相会的地方。
⑫悠悠:遥远。
⑬的(dí)的:分明貌。浦:河流入海的地方。
⑭羽化:飞升成仙。

## 闺 怨①

晓河没高栋②,斜月半空庭。窗中度落叶,帘外隔飞萤。含情下翠帐,掩涕闭金屏③。昔期今未反④,春草寒复青。思君无转易⑤,何异北辰星⑥。

〔注释〕

①此诗诗题一作《和萧谘议岑离闺怨诗》。诗歌表现闺怨,借景抒情,讲究辞藻,但不过分雕琢。清王夫之《古诗评选》评曰:"艳诗不失风骨。"
②晓河:拂晓时的银河。高栋:高大的房屋。
③掩涕:掩面流泪。金屏:华丽的屏风。
④反:同"返"。
⑤转易:转移,改变。
⑥北辰星:北极星,从地球上看,其位置几乎不变,人们常靠它来辨别方向。

## 咏七夕①

仙车驻七襄②,凤驾出天潢③。月映九微火④,风吹百和香⑤。来欢暂巧笑⑥,还泪已啼妆⑦。依稀犹洛汭⑧,倏忽似高唐⑨。别离不得见,河汉渐汤汤⑩。

〔注释〕

①诗歌以神话传说为背景,描绘了七月七日牛郎织女相会的情景。
②七襄:谓织女星白昼移位七次。
③凤驾:仙人的座驾。天潢:天河。
④九微:灯名。
⑤百和香:由各种香料混合而成的香。
⑥巧笑:美好的笑。
⑦啼妆:古代妇女的一种妆式,流行于东汉。薄施脂粉于眼角下,视若啼痕,故名。
⑧洛汭(ruì):位于洛水的下游,洛水入黄河处。水北曰汭。传说洛水神女宓妃是黄河之神河伯的配偶,洛汭是二者相会的地方。
⑨倏忽:顷刻。高唐:战国时楚国台观名。传说楚怀王游高唐,梦见巫山神女,幸之而去。后因以指代男女相会之地。
⑩河汉:银河。汤(shāng)汤:水势浩大貌。

# 王　枢

王枢,南朝梁人,生平事迹不详。

## 古意应萧信武教①

朝取饥蚕食,夜缝千里衣。复闻南陌上②,日暮采莲归。青苔覆寒井,红药间青薇③。人生乐自极,良时徒见违④。何由及新燕⑤,双双还共飞。

〔注释〕

①此诗为思妇诗,表现了思妇独自劳苦,愿与夫君共甘苦而不得的情怀。萧信武,即萧昌,字子建,梁武帝从父弟也。天监九年(510),分湘州置衡州,萧昌为信武将军、衡州刺史。教:令,指明本诗为应制诗。
②南陌:南面的道路。
③红药:芍药花。青薇:即薇草,萝藤科多年生草本植物。薇,底本作"微",今据郑玄抚本改。
④徒:白白。
⑤何由:怎能。

## 徐尚书座赋得可怜①

红莲披早露,玉貌映朝霞。飞燕啼妆罢②,顾步插余花③。滥匝金钿满④,参差绣领斜。暮还垂瑶帐⑤,香灯照九华⑥。

〔注释〕

①此诗运用比拟、白描、铺陈等手法为我们精心刻画了一位艳丽动人的美女形象。徐尚书:生平不详。赋得:以某种事物为题赋诗。可怜:可爱,这里代指美女。
②飞燕:即赵飞燕,这里指代美人。啼妆:古代妇女的一种妆式,流行于东汉。薄施脂粉于眼角下,视若啼痕,故名。
③顾步插余花:一作"顾插步摇花"。
④滥(kè)匝(zā):布满貌。金钿(diàn):嵌有金花的发饰。
⑤瑶帐:华丽的床帐。
⑥九华:宫殿名,这里指女子的居室。

# 庾 丹

庾丹,南朝梁人,庾景休之子。少有俊才。为建康令,坐事流广州。武帝天监时为萧朗记室,以忠谏被害。

## 秋闺有望[1]

耿耿横天汉[2],飘飘出岫云[3]。月斜树倒影,风至水回文[4]。已泣机中妇,复悲堂上君[5]。罗襦晓长襞[6],翠被夜徒薰[7]。空汲银床井[8],谁缝金缕裙[9]。所思竟不至,空持清夜分[10]。

[注释]

①此诗表现闺怨。借景抒情,情景相生,在描绘思妇日常生活的同时,注重对思妇复杂心理的刻画。
②耿耿:明亮貌。天汉:银河。
③岫(xiù)云:山间的云彩。
④回文:水面回旋曲折的纹理。
⑤堂上君:父母。堂,底本作"床",今据郑玄抚本改。
⑥罗襦(rú):绸制短衣。襞(bì):衣服上的褶裥。
⑦翠被:绣有翡翠纹饰的被子。
⑧银床井:带有栏杆的井。
⑨金缕裙:金线勾饰的裙子。
⑩持:守。

# 卷 六

## 吴 均

吴均(469—520),字叔庠,吴兴故鄣(今浙江安吉)人。家世贫寒,善作文。文体清逸有古风,时人仿学,称"吴均体"。历任建安王萧伟记室、奉朝请等。普通元年卒。《隋书·经籍志》著录《梁奉朝请吴均集》二十卷,已散佚。明张溥辑有《吴朝请集》一卷。其生平事迹见《梁书》卷四十九、《南史》卷七十二。

### 和萧洗马子显古意三首[①]

#### 贱妾思不堪[②]

贱妾思不堪,采桑渭城南[③]。带减连枝绣[④],发乱凤凰篸[⑤]。花舞衣裳薄,蛾飞爱绿潭。无由报君此,流涕向春蚕。

〔注释〕

①这组闺怨诗原有六首,此处选三首。萧洗马子显,即萧子显,详见卷八萧子显《乐府二首》作者简介。
②此诗亦收录在《乐府诗集》之《相和歌辞·相和曲》中,题作《采桑》。诗歌表现了思妇的相思之情。
③渭城:地名,秦称咸阳,汉武帝元鼎三年(前114)更名渭城。
④带减连枝绣:因思念憔悴,需要减短绣有连理枝的衣带。
⑤篸(zān):通"簪"。

## 妾家横塘北①

妾家横塘北②,发艳小长干③。花钗玉腕转④,珠绳金络丸⑤。羃房悬青凤⑥,逶迤摇白团⑦。谁堪久见此,含恨不相看。

〔注释〕

①诗歌描写了女子怕被丈夫抛弃的忧惧心理。
②横塘:古堤名。三国吴大帝时于建业(今江苏南京)南淮水(今秦淮河)南岸修筑。
③发艳:显现出艳丽的容貌。小长干:古建康(今江苏南京)里巷名。
④花钗:以花为饰的发钗。
⑤金络丸:金饰的璎珞。
⑥羃(mì)房(lí):烟貌,这里女子遮面之巾。青凤:鸟名。
⑦逶(wēi)迤(yí):舒展自如貌。白团:团扇。

## 匈奴数欲尽①

匈奴数欲尽,仆在玉门关②。莲花穿剑锷③,秋月掩刀环。春机鸣窈窕,夏鸟思绵蛮④。中人坐相望⑤,狂夫终未还⑥。

〔注释〕

①此诗以征夫的角度描写思妇,诗境开阔,气韵颇高。
②仆:谦辞,旧时男子称自己。玉门关:关名,汉武帝置。汉时为通往西域各地的门户,故址在今甘肃敦煌西北小方盘城。
③剑锷(è):剑刃。
④绵蛮:鸟鸣声。
⑤中人:内人,这里指思妇。

⑥狂夫:古代妇人称其夫的谦辞。

## 与柳恽相赠答三首①

### 黄鹂飞上苑②

黄鹂飞上苑,绿芷出汀洲。日映昆明水③,春生鸧鹊楼④。飘扬白花舞⑤,澜漫紫萍流⑥。书织回文锦⑦,无因寄陇头⑧。思君甚琼树⑨,不见方离忧。

〔注释〕

①柳恽任吴兴太守时,吴均为其主簿,二人经常作诗互赠,本诗当作于此时。这组诗原有六首,此处选三首,均表现了思妇的寂寞相思。
②上苑:皇家的园林。
③昆明水:昆明池水,汉武帝为训练水军而开凿,在长安近郊。
④鸧(zhī)鹊楼:汉宫观名,汉武帝建元中建,在长安甘泉宫外。
⑤白花:白色的花,这里指杨花。
⑥澜(lán)漫:杂乱貌。紫萍:水草名。表面绿色,背面紫色,夏季开花。
⑦回文锦:织有回文诗的锦。据《晋书》载,秦王苻坚时,秦州刺史窦滔娶才女苏蕙,后滔以罪被徙流沙。苏氏思之,织锦为《回文璇玑图诗》以赠滔,辞甚凄婉。
⑧无因:无所凭借。陇头:陇山,借指边塞。
⑨琼树:玉树,喻品格高洁的人。

### 白日隐城楼①

白日隐城楼,劲风扫寒木。离析隔西东②,执手异凉燠③。相思咽不言④,洞房清且肃⑤。岁去甚流烟,年来如转轴。别鹤千里飞,孤雌夜未宿。

〔注释〕

①白日:太阳。
②离析:分离。
③凉燠(yù):凉热,指冷暖,寒暑。
④咽:哽咽。
⑤洞房:幽深的内室,指闺房。

## 闺房宿已静

闺房宿已静,落泪有余辉。寒虫隐壁思,秋蛾绕烛飞。绝云断更合①,离禽去复归。佳人今何在?迢递江之沂②。一为别鹤弄③,千里泪沾衣。

〔注释〕

①绝云:断云。
②迢(tiáo)递:遥远貌。江之沂(yí):即沂水,在今山东。
③别鹤弄:即《别鹤操》,乐府琴曲名。晋崔豹《古今注》载:"《别鹤操》,商陵牧子所作也。娶妻五年而无子,父兄将为之改娶。妻闻之,中夜起,倚户而悲啸。牧子闻之,怆然而悲,乃歌曰:'将乖比翼隔天端,山川悠远路漫漫,揽衣不寝食忘餐!'后人因为乐章焉。"

## 拟古三首

### 陌上桑①

袅袅陌上桑②,荫陌复垂塘。长条映白日,细叶隐鹂黄③。蚕饱妾复思④,拭泪且提筐。故人宁知此,离恨煎人肠。

〔注释〕

①此诗亦收录在《乐府诗集》之《相和歌辞·相和曲》中。诗拟汉乐府《陌上桑》,诗中明丽的春日与哀伤的情思形成鲜明的对比,反衬出采桑女的相思之情。

②袅袅:细长柔软随风飘动貌。

③鹂黄:黄鹂。

④饱:一作"饥"。

## 秦王卷衣①

咸阳春草芳②,秦帝卷衣裳。玉检茱萸匣③,金泥苏合香④。初芳熏复帐⑤,余辉曜玉床⑥。当须晏朝罢⑦,持此赠华阳⑧。

〔注释〕

①此诗亦收录在《乐府诗集》卷七十三《杂曲歌辞》。唐吴兢《乐府古题要解》曰:"《秦王衣曲》,言咸阳春景及宫阙之美。秦王卷衣以赠所欢也。"明杨慎《升庵诗话》称赞前两句"虽律也,而含古意,皆起句之妙,可以为法"。

②咸阳:秦朝都城。在今陕西咸阳东北。

③玉检:玉牒书的封箧。茱萸匣:由香气浓烈的茱萸制成的匣子。

④金泥:以水银和金粉为泥,作封印之用。苏合香:香名。

⑤复帐:古代冬季使用的一种华丽的夹帐。

⑥玉床:玉制或饰玉的床。

⑦晏朝:晚朝。

⑧华阳:《史记·吕不韦列传》:"安国君有所甚爱姬,立以为正夫人,号曰华阳夫人。"

## 采莲[1]

锦带杂花钿[2],罗衣垂绿川[3]。问子今何去?出采江南莲。辽西三千里[4],欲寄无因缘[5]。愿君早旋反[6],及此荷花鲜。

[注释]

[1]此诗亦收录在《乐府诗集》之《清商曲辞·江南弄》中,为吴均《采莲曲二首》的第二首。诗以采莲为场景,实写相思。
[2]锦带:锦制的带子。花钿(diàn):古代妇女的发饰。
[3]绿川:绿水。
[4]辽西:辽河以西的地区,今辽宁省的西部以及河北省山海关以北。
[5]因缘:凭借。
[6]旋反:回归。反,同"返"。

## 咏少年[1]

董生惟巧笑[2],子都信美目[3]。百万市一言,千金买相逐[4]。不道参差菜,谁论窈窕淑[5]?愿君奉绣被,来就越人宿[6]。

[注释]

[1]此诗亦收录在《乐府诗集》之《杂曲歌辞》中,题为《少年子》。诗歌以女子的口吻,表达了对"娈童"这一社会现象的不满。
[2]董生:董贤(前23—前1),字圣卿,西汉云阳(今陕西淳化)人,为人姣美,被汉哀帝宠幸,官至大司马。
[3]子都:公孙子都,古美男子,春秋郑国(今河南新郑)人,相貌出色,武艺高强,深得郑庄公宠爱。

④相逐:相随。

⑤不道参(cēn)差(cī)荇,谁论窈窕淑:语出《诗经·周南·关雎》:"参差荇菜,左右流之。窈窕淑女,寤寐求之。"参差荇,长短不齐的荇菜。

⑥愿君奉绣被,来就越人宿:据刘向《说苑·善说》载:春秋时代,楚王母弟鄂君子晳在河中游玩,摇船的越女用越语对他唱:"今夕何夕兮,搴舟中流。今日何日兮,得与王子同舟。蒙羞被好兮,不訾诟耻。心几烦而不绝兮,得知王子。山有木兮木有枝,心悦君兮君不知。"鄂君子晳令人翻译成楚语后,走过去拥抱越女,给她盖上绣花被,愿与之同床共寝。越人,越国的女子。

# 王僧孺

王僧孺(465—522),字僧孺,东海郯县(今山东郯城)人。聪颖好学,家贫,为人抄书养母,抄毕即能讽诵。齐时任太学博士,因善辞藻入幕于竟陵王萧子良门下。入梁,历任南海太守、尚书左丞、御史中丞等。好藏书,与沈约、任昉并为当时三大藏书家。《隋书·经籍志》著录《梁中军府咨议王僧孺集》三十卷,已散佚。明张溥辑有《王左丞集》一卷。其生平事迹见《梁书》卷三十三、《南史》卷五十九。

## 春 怨①

四时如湍水,飞奔竞回复②。夜乌响嘤嘤,朝光照煜煜③。厌见花成子,多看笋为竹。万里断音书,十载异栖宿。积愁落芳鬓,长啼坏美目。君去在榆关④,妾留住函谷⑤。惟对昔邪房⑥,如见蜘蛛屋。独与响相酬⑦,还将影自逐。象床易毡簟⑧,罗衣变单复。几过度风霜,犹能保荣独⑨。

〔注释〕

①此诗着力描写了思妇的孤独与寂寞。清陈祚明《采菽堂古诗选》评曰:"极写久别之情,淋漓曲尽。"
②回复:水流回旋貌。
③煜(yù)煜:明亮貌。
④榆关:古关名,即今山海关。这里泛指北方边塞。
⑤函谷:即函谷关,在今河南省境内。
⑥昔邪:乌韭,生长在墙垣上的苔类。
⑦相酬:唱和。
⑧象床:象牙装饰的床。毡:用兽毛做的防寒垫子。簟(diàn):竹席。
⑨茕(qióng)独:孤独。

## 夜 愁①

檐露滴为珠,池冰合成璧。万行朝泪泻,千里夜愁极。孤帐闭不开,寒膏尽复益②。谁知心眼乱,看朱忽成碧。

〔注释〕

①此诗又题作《夜愁示诸宾》。诗歌着力抒写愁情。清陈祚明《采菽堂古诗选》评曰:"'积'字深曲,对'泻'字更趣。后四字从此一字演出。'尽复益'佳,写愁令无穷。'看朱成碧',从何处想得?大奇。"
②寒膏:这里指灯油。益:添加。

## 捣 衣①

足伤金管处②,多怆缇光促③。露团池上紫,风飘庭里绿④。下机骛西眺⑤,鸣砧遽东旭⑥。芳汗似兰汤⑦,

雕金辟龙烛⑧。散度广陵音⑨,操写渔阳曲⑩。别鹤悲不已⑪,离鸾断更续⑫。尺素在鱼肠⑬,寸心凭雁足⑭。

〔注释〕

①此诗通过铺写思妇捣衣,传达了思妇内心的哀怨凄凉。
②金管:金属制的吹奏乐器。
③怆(chuàng):悲伤。缇(tí)光:橘红色的光,指夕阳。
④露团池上紫,风飘庭里绿:底本无此句,今据郑玄抚本添加。
⑤骛(wù):奔驰,乱跑。西眺:向西远望。
⑥砧(zhēn):砸东西的时候垫在底下的器具,这里指捣衣石。遽(jù):急促。东旭:曙光。
⑦兰汤:熏香的浴水。
⑧雕金:刻镂的金饰。龙烛:龙纹烛。
⑨广陵音:《广陵散》,古琴名曲。
⑩操:一作"掺"。渔阳曲:即《渔阳参挝》,鼓曲名。
⑪别鹤:《别鹤操》,乐府琴曲名,是一首表达夫妻离情的乐曲。
⑫离鸾:比喻与配偶分开的人。这里指琴曲《双凤离鸾曲》。
⑬尺素在鱼肠:有鱼传尺素之典,或曰于鲤鱼腹中藏书信,以鲤鱼相寄,或曰将书信置于状如鲤鱼的木匣中,以木匣相寄。
⑭寸心凭雁足:化用雁足传书之典故。据《汉书·苏武传》载,苏武被匈奴扣留多年,汉使者要求匈奴放还苏武,匈奴谎称苏武已死,汉使者对单于说:"天子射上林中,得雁,足有系帛书,言武等在某泽中。"匈奴只能归还苏武。

## 鼓瑟曲 有所思①

夜风吹熠耀②,朝光照昔邪③。几销蘼芜叶④,空落蒲萄花⑤。不堪长织素⑥,谁能独浣纱⑦。光阴复何极,望促反成赊⑧。知君自荡子⑨,奈妾亦倡家⑩。

卷 六 | 163

[注释]

①此诗亦收录在《乐府诗集》之《鼓吹曲辞》中。诗歌为我们刻画了一位孤单、寂寞、哀伤的女子,表达了无尽的相思。清陈祚明《采菽堂古诗选》评曰:"'奈妾亦倡家',语妙。可知难以悠闲贞静自持。"

②熠(yì)耀:光彩,这里指烛火。

③朝光:早晨的阳光。昔邪:乌韭,生长在墙垣上的苔类。

④蘼芜:香草名,川芎的苗。

⑤蒲萄:同"葡萄"。

⑥素:白绢。古诗《上山采蘼芜》:"新人工织缣,故人工织素。"

⑦浣(huàn)纱:洗纱。相传西施曾在若耶溪浣纱。

⑧促:短促,快。赊:长远,慢。

⑨荡子:辞家远出、羁旅忘返的男子。

⑩倡家:从事音乐歌舞的艺人。《古诗十九首·青青河畔草》:"昔为倡家女,今为荡子妇。荡子行不归,空床难独守。"

# 张 率

张率(475—527),字士简,吴郡吴县(今江苏苏州)人。少颖悟,善属。齐时历任著作郎、尚书殿中郎等。入梁,历任秘书丞、中书侍郎、黄门侍郎、新安太守等。《隋书·经籍志》著录《梁黄门郎张率集》三十八卷,已散佚。其生平事迹见《梁书》卷三十三、《南史》卷三十一。

## 拟乐府 三首

### 相逢行①

相逢夕阴阶②,独趋尚冠里③。高门既如一,甲第复相似④。凭轼日欲昏⑤,何处访公子?公子之所在,所在良易知。青楼出上路⑥,渐台临曲池⑦。堂上抚流徵⑧,雷尊朝夕施⑨。橘柚芬华实⑩,朱火燎金枝⑪。兄弟两三人,裾佩纷陆离⑫。朝从禁中出⑬,车骑并驱驰。金鞍玛瑙勒⑭,聚观路傍儿⑮。入门一顾望,鳬鹄有雄雌⑯。雄雌各数千,相鸣戏羽仪⑰。并在东西立,群次何离离⑱。大妇刺方领⑲,中妇抱婴儿。小妇尚娇稚,端坐吹参差⑳。丈人无遽起㉑,神凤且来仪㉒。

[注释]

①此诗亦收录在《乐府诗集》之《相和歌辞·清调曲》中。诗拟汉乐府《相逢狭路间》,诗旨与原诗相同,但文字更为典丽。清陈祚明《采菽堂古诗选》评曰:"梁人仿《相逢行》者甚多,皆直袭无趣,但改一二字,便拙。如'大子''中子',改作'大息''中息',成何等语?惟此篇差有作意,加'凭轼日欲昏'句,相逢时有一景,便异。'橘柚'二字写成隐隐阗阗,华缛景象,景象中有情事。'兄弟'数句,不分疏,稍异。'路傍儿'插入此处,亦见不同。'并在'二句,仿罗列成行之意,亦佳。此可得拟古乐府。常谓拟古乐府须胜于古乃佳。古何可胜?惟有别出机杼,使读者耳目一新,即胜之也。此纵不能胜,亦不致饮下流之余,为古所缚。"

②夕阴阶:长安八街九陌之一。《长安志》云:"夕阴街在右扶风南。"阶,一作"街"。

③尚冠里:长安里名。

④甲第:旧时豪门贵族的宅第。

⑤凭轼:倚在车前横木上。

⑥青楼:青漆涂饰的豪华楼房。上路:大路。

⑦渐台:台名,汉武帝修建章宫,太液池中有渐台。渐,浸。曲池:曲折回绕的水池。

⑧流徽:"徽"是古琴用来标示音位的标识,共有十三徽。后以"流徽"代指琴。
⑨雷尊:同"雷樽",一作"罍樽",饰有云雷状花纹的酒樽。
⑩橘柚:橘树和柚子树。华实:开花结果。
⑪朱火:红色的火焰。金枝:饰金的灯。
⑫裾(jū)佩:长裾和玉佩。陆离:色彩绚丽繁杂。
⑬禁中:帝王所居宫苑。
⑭金鞍:以黄金装饰的马鞍。玛瑙勒:玛瑙制成的马笼头。
⑮聚观:围观。
⑯凫(fú)鹄(hú):野鸭和天鹅,这里偏指天鹅。
⑰羽仪:翼翅。
⑱次:顺序。离离:井然有序貌。
⑲方领:方形衣领。古代儒生之服方领。
⑳参(cēn)差(cī):古代乐器名,即洞箫,无底的排箫,亦名笙。相传为舜造,像凤翼参差不齐。
㉑无遽(jù)起:不要马上起来。
㉒来仪:指凤凰来舞而有容仪,古人以为瑞应。

## 对酒①

对酒诚可乐,此酒复能醇②。如华良可贵③,如乳更非珍。何以留上客?为寄掌中人④。金尊清复满,玉碗亟来亲⑤。谁能共迟暮⑥?对酒及芳辰⑦。君歌当来罢,却坐避梁尘⑧。

〔注释〕

①此诗亦收录在《乐府诗集》之《相和歌辞·相和曲》中。唐吴兢《乐府古题要解》曰:"《对酒行》,曹魏乐奏武帝所赋'对酒歌太平',其旨言王者德泽广被,政理人和,万物咸遂。"清陈祚明《采菽堂古诗选》评曰:"结句

使事新警,得此法,一事百使,愈佳。"

②醇:酒味厚。

③华:同"花"。良:很。

④掌中人:即赵飞燕,相传其体态轻盈,能掌中起舞。这里指心中美女。

⑤亟(qì):屡次。

⑥迟暮:傍晚,这里指暮年、晚年。

⑦芳辰:美好的时光。

⑧梁尘:比喻嘹亮动听的歌声,振动梁上的尘土。《太平御览》卷五七二引汉代刘向《别录》:"汉兴以来,善歌者鲁人虞公,发声清哀,盖动梁尘。"后因以"梁尘飞"形容歌曲高妙动人。

## 远期①

远期终不归②,节物坐将变③。白露怆单栖④,秋风息团扇。谁能久离别?他乡且异县。浮云蔽重山,相望何时见?寄言远行者,空闺泪如霰⑤。

[注释]

①此诗亦收录在《乐府诗集》之《鼓吹曲辞·汉铙歌》中,题为《远如期》,为"汉铙歌"十八曲之一。诗歌描写了女子在时序变换时对丈夫的思念,也有对丈夫变心的忧惧。

②远期:鼓吹曲辞汉铙歌名。又名《远如期》。

③节物:各个季节的风物景色。

④怆(chuàng):悲伤。

⑤霰(xiàn):下雪前空中凝结的小冰粒。

# 费 昶

费昶,生卒年不详,南朝梁人,江夏(今湖北武汉)人。民间才子,善作乐府,曾作鼓吹曲,为梁武帝所重,赐绢褒奖,称其"才意新拔,有足嘉异"。《隋书·经籍志》著录《梁新太令费昶集》三卷,已散佚。

## 华观省中夜闻城外捣衣①

阊阖下重关②,丹墀吐明月③。秋气城中冷,秋砧城外发④。浮声绕雀台⑤,飘响度龙阙⑥。婉转何藏摧⑦,当从上路来⑧。藏摧意未已,定自乘轩里⑨。乘轩尽世家⑩,佳丽似朝霞。圆珰耳上照⑪,方绣领间斜。衣薰百和屑⑫,鬓摇九枝花⑬。昨暮庭槐落,今朝罗绮薄。拂席卷鸳鸯⑭,开缦舒龟鹤⑮。金波正容与⑯,玉步依砧杵⑰。红袖往还萦⑱,素腕参差举。徒闻不得见,独夜空愁伫。独夜何穷极,怀之在心侧。阶垂玉衡露⑲,庭舞相风翼⑳。沥滴流星辉㉑,灿烂长河色㉒。三冬诚足用㉓,五日无粮食㉔。杨云已寂寥㉕,今君复弦直㉖。

〔注释〕

①华观:一作"华光",洛阳宫殿名。省中:宫禁之中。诗写捣衣,体制宏大,将不同场景的景象叠映在一起,想象丰富,颇为精妙。

②阊(chāng)阖(hé):这里指宫殿。

③丹墀(chí):宫殿的赤色台阶或赤色地面。

④砧(zhēn):砸东西的时候垫在底下的器具,这里指捣衣石。

⑤雀台:铜雀台,曹操所建。这里指宫中女眷住的地方。

⑥龙阙:帝王的宫阙。

⑦藏(cáng)摧:凄怆,悲伤。

⑧上路:大路。

⑨乘轩里:这里指官员居住的地方。乘轩,大夫乘坐的车子,后代指做官。
⑩世家:世代贵显的大家。
⑪圆珰(dāng):圆形玉耳环。
⑫百和屑(xiè):百和香,是由各种香料混合而成的香。屑,碎末。
⑬九枝花:古代妇女的一种头饰。
⑭鸳鸯:这里指绣有鸳鸯图案的席子。
⑮缦:一作"幔",没有彩色花纹的丝织品。舒龟鹤:打开有龟鹤的帐子。
⑯金波:代指月光。容与:从容闲舒貌。
⑰砧(zhēn)杵(chǔ):代指捣衣声。
⑱萦:萦绕。
⑲玉衡露:夜晚的露水。玉衡,北斗七星中的第五星,代指北斗。
⑳相风:观测天象的仪器,即"相乌",以木或铜制成乌鸟的形状,插在竿上放在屋顶或船只的桅杆上,有风时就会转动。
㉑沥滴:水下滴。
㉒长河:银河。
㉓三冬诚足用:《汉书·东方朔传》曰:"年十三,学书三冬,文史足用。"
㉔五日无粮食:清吴兆宜引谢承《后汉书》注:"沈景为河间太守,拜为二千石,妻子不历官舍,五日一炊。"
㉕杨云:即扬雄,字子云,汉代著名辞赋家。《汉书·扬雄传》记载,当时京师人评价扬"惟寂寞,自投阁;爱清净,作符命"。
㉖弦直:《后汉书·五行志》记载,太尉李固直言清河王当立,竟被免官坐罪死,暴尸当路;而对其事缄口不言的太尉胡广等得封侯。时童谣云:"直如弦,死道边。曲如钩,反封侯。"

# 采 菱①

妾家五湖口②,采菱五湖侧。玉面不关妆,双眉本翠色。日斜天欲暮,风生浪未息。宛在水中央③,空作两相忆。

〔注释〕

①此诗亦收录在《乐府诗集》之《清商曲辞·江南弄》中。诗歌描写了采菱女对丈夫的思念,望而不得,徒生感伤。清陈祚明《采菽堂古诗选》评曰:"宛宛有情,当以曼声咏之。"

②五湖:历来说法不一,多指太湖。

③宛在水中央:《诗经·秦风·蒹葭》:"蒹葭苍苍,白露为霜。所谓伊人,在水一方。溯洄从之,道阻且长。溯游从之,宛在水中央。"指可望而不可即。

## 长门后怨①

向夕千愁起,自悔何嗟及。愁思且归床,罗襦方掩泣②。绛树摇风软③,黄鸟弄声急④。金屋贮娇时⑤,不言君不入。

〔注释〕

①此诗亦收录在《乐府诗集》之《相和歌辞·楚调曲》中,题为《长门怨》。长门,长门宫,汉武帝时陈皇后失宠后被幽禁之所。后,指陈皇后。诗歌代陈皇后抒写了君怀难入的哀怨与愁闷。

②罗襦(rú):绸制短衣。

③绛(jiàng)树:神话传说中的仙树。

④黄鸟:黄莺。

⑤金屋贮娇:指筑金屋以藏美人。据《汉武故事》记载,长公主嫖曾抱小刘彻(即幼时武帝)于膝上,笑着问他想不想娶媳妇,并把周围宫女一一指给他看,小刘彻都不许,当指到长公主之女阿娇(即后来的陈皇后)的时

候,小刘彘欣然允诺:"若得阿娇作妇,当作金屋贮之也。"

## 鼓吹曲二首

### 巫山高①

巫山光欲晚,阳台色依依②。彼美岩之曲,宁知心是非。朝云触石起,暮雨润罗衣。愿解千金佩③,请逐大王归④。

〔注释〕

①此诗亦收录在《乐府诗集》之《鼓吹曲辞·汉铙歌》中。巫山,山名,在今重庆。宋玉《高唐赋》序中记载楚怀王曾于此处与巫山神女梦中相会之事,本诗即由此生发,描绘了这位巫山神女。
②阳台:巫山神女居住的地方。依依:轻柔披拂貌。
③愿解千金佩:西汉刘向《列仙传·江妃二女》载,江妃二女游于江汉之滨,逢郑交甫,交甫求佩,遂解而与之。
④逐:追逐。

### 有所思①

上林乌欲栖②,长安日行暮。所思郁不见③,空想丹墀步④。帘动忆君来,雷声似车度⑤。北方佳丽子,窈窕能回顾。夫君自迷惑,非为妾心妒。

〔注释〕

①此诗亦收录在《乐府诗集》之《鼓吹曲辞·汉铙歌》中。诗歌抒写了女子对丈夫的思念,望君不至,于是怀疑夫君另有所恋。清陈祚明《采菽堂古诗选》评曰:"轻而雅。"

②上林:宫苑名。秦旧苑,汉初荒废,至汉武帝时重新扩建。故址在今陕西西安西。
③郁:忧愁。
④丹墀(chí):宫殿的赤色台阶或赤色地面。
⑤雷声似车度:司马相如《长门赋》:"雷殷殷而响起兮,声象君之车音。"

## 姚 翻

姚翻,南朝梁人,生平事迹不详。逯钦立《先秦两汉魏晋南北朝诗》存其诗四首。

### 同郭侍郎采桑①

雁还高柳北,春归洛水南。日照茱萸领②,风摇翡翠簪③。桑间视欲暮,闺里遽饥蚕④。相思君助取,相望妾那堪。

〔注释〕

①此诗亦收录在《乐府诗集》之《相和歌辞·相和曲》中,题为《采桑》。诗歌描写女子因采桑养蚕而念及夫君,希望他能够快点回来,共同养蚕收丝,朝夕相处。
②茱萸领:绣有茱萸的衣领。
③簪(zān):通"簪"。
④遽(jù):立即,赶快。

## 孔翁归

孔翁归,生卒年不详,南朝梁会稽(今浙江绍兴)人,曾为南平王大司马府记室。《梁书·何逊传》称其工于诗,有文集,已散佚。

## 奉和湘东王教班婕妤①

长门与长信②,日暮九重空③。雷声听隐隐④,车响绝珑珑⑤。恩光随妙舞⑥,团扇逐秋风⑦。铅华谁不慕⑧?人意自难终。

〔注释〕

①此诗亦收录在《乐府诗集》之《相和歌辞·楚调曲》中,题为《班婕妤》,郑玄抚本题为《班婕妤怨》。湘东王,即萧绎。此诗诗旨与班婕妤《怨诗》相同,抒写宫女失宠后的寂寞悲苦。
②长门:即长门宫,汉武帝陈皇后失宠后幽禁之所。长信:长信宫,班婕妤失宠后侍奉太后的居所。
③九重:这里指宫门九层。
④隐隐:象声词,形容打雷的声音。
⑤珑珑:象声词,形容车马声。
⑥恩光:恩泽。
⑦团扇:《团扇歌》,班婕妤作,表达了被弃后的哀怨。
⑧铅华:化妆用的铅粉,这里指妇女的美丽容貌、青春年华。

# 何思澄

何思澄(约479—约532),字元静,东海郯(今山东郯城)人,何敬叔之子。历任南康王侍郎、江州刺史、安成王参军兼记室等,官至武陵王中录事参军。少敏慧,工文辞,与族人何逊、何子朗并称"东海三何"。《梁书·何思澄传》载有文集五卷,已散佚。其生平事迹见《梁书》卷五十、《南史》卷七十二。

## 奉和湘东王教班婕妤①

寂寂长信晚②,雀声哦洞房③。蜘蛛网高阁,驳藓被长廊④。虚殿帘帷静,闲阶花蕊香。悠悠视日暮⑤,还复拂空床。

〔注释〕

①此诗亦收录在《乐府诗集》之《相和歌辞·楚调曲》中,题作《班婕妤》。湘东王,即萧绎。诗歌主要描写了长信宫的凄清静寂,衬托失宠宫女的孤独凄凉。

②长信:长信宫,班婕妤失宠后侍奉太后的居所。

③哦(é):吟哦,低唱。洞房:幽深的内室,指闺房。

④驳藓:颜色斑驳的苔藓。

⑤悠悠:忧思貌。

# 卷 七

## 梁武帝

梁武帝(464—549),即萧衍,字叔达,南兰陵(今江苏常州)人。梁朝开国皇帝。在位四十八年,尊儒崇佛,广修寺院。侯景之乱困饿而死。博学通达,善文学、书法、骑射,勤于著述。齐时曾以文学游于竟陵王萧子良门下,为"竟陵八友"之一。即位后,仍大力倡导文学。《隋书·经籍志》著录其撰有《梁武帝集》二十六卷、《诗赋集》二十卷、《杂文集》九卷、《净业赋》三卷、《制旨连珠》十卷等,大都散佚。明张溥辑有《梁武帝集》一卷。其生平事迹见《梁书》卷一、卷二、卷三与《南史》卷六、卷七。

## 捣 衣[①]

驾言易水北[②],送别河之阳[③]。沉思惨行镳[④],结梦在空床。既寤丹绿谬[⑤],始知纳素伤[⑥]。中州木叶下[⑦],边城应早霜。阴虫日惨烈[⑧],庭草复云黄[⑨]。金风但清夜[⑩],明月悬洞房[⑪]。袅袅同宫女[⑫],助我理衣裳。参差夕杵引[⑬],哀怨秋砧扬[⑭]。轻罗飞玉腕,弱翠低红妆。朱颜色已兴[⑮],眄睇目增光[⑯]。捣以一匡石[⑰],文成双鸳鸯[⑱]。制握断金刀[⑲],薰用如兰芳。佳期久不归[⑳],持此寄寒乡[㉑]。妾身谁为容[㉒],思君苦人肠。

〔注释〕

①这是一首思妇诗,伴随着捣衣单一且重复的动作,引发了思妇的相思和离愁。明陆时雍《古诗境》评此诗"清绝出响",清陈祚明《采菽堂古诗选》评曰:"宛宛苦思,得性情之正。'沉思'四语,捣衣以前之心。'中州'六句,捣衣以前之境。从容入题,情绪曲至。"

②驾言:出行。言,语助词,无义。《诗经·邶风·泉水》:"驾言出游,以写我忧。"易水:水名,在河北省西部。荆轲入秦行刺秦王,燕太子丹饯别于此。

③河之阳:古人谓山南水北为阳。

④行镳(biāo):行进的乘骑。镳,马衔。

⑤寤:同"悟",理解,明白。谬(miù):这里指草木凋零。

⑥纨(wán)素:洁白精致的细绢,代指思妇。

⑦中州:中原地区。

⑧阴虫:秋虫。

⑨云黄:同"芸黄"。《诗经·小雅·苕之华》:"苕之华,芸其黄矣。"这里指草木的枯黄。

⑩金风:秋风。底本作"冷风",今据郑玄抚本改。但:一作"徂"。

⑪洞房:幽深的内室,指闺房。

⑫袅袅:轻盈纤美貌。

⑬杵(chǔ):捣衣用的木棒。

⑭砧(zhēn):砸东西的时候垫在底下的器具,这里指捣衣石。

⑮朱颜:红润的容颜。

⑯眄(miǎn)睇(dì):同"睇眄",斜视,顾盼。

⑰匪石:喻意志坚定,永不变心。《诗经·邶风·柏舟》:"我心匪石,不可转也。"

⑱文成双鸳鸯:《客从远方来》:"文彩双鸳鸯。"文,同"纹"。

⑲断金刀:锋利的剪刀。

⑳佳期:男女约会的日期。
㉑寒乡:寒冷的地方。
㉒容:修饰,装扮。

## 拟长安有狭邪十韵①

洛阳有曲陌②,陌曲不通驿③。忽逢二少童,扶辔问君宅④。君宅邯郸右⑤,易忆复可知。大息组绷缊⑥,中息佩陆离⑦。小息尚青绮⑧,总丱游南皮⑨。三息俱入门,家臣拜门垂⑩。三息俱升堂,旨酒盈千卮⑪。三息俱入户,户内有光仪⑫。大妇理金翠⑬,中妇事么觿⑭。小妇独闲暇,调笙游曲池⑮。丈人少徘徊⑯,凤吹方参差⑰。

〔注释〕

①此诗亦收录在《乐府诗集》之《相和歌辞·清调曲》中,题为《长安有狭斜行》。这是一首拟诗,内容结构与古辞《长安有狭斜行》《相逢狭路间》相似,诗人拟取了原诗表现豪门大族的富贵清闲雅致之主题,然后对其结构进行了精简。狭邪:即"狭斜",小街曲巷。
②曲陌:曲折的道路。
③驿:本指驿站,供公职人员中途休息、换马的地方。这里指驿马和驿车,用来传递公文、情报等。
④扶辔(pèi):手拿缰绳。
⑤邯郸:战国时赵国都城,今河北邯郸。
⑥息:儿子。绷(yīn)缊(yūn):古代指天地阴阳二气交互作用的状态,这里指男女交合,即结婚成家。
⑦佩:系在衣带上的玉饰。陆离:光彩绚丽貌。
⑧尚:喜欢。青绮(qǐ):青色细绫,古时青年、学子以之为常服。
⑨总丱(guàn):古时儿童束发为两角,借指童年。南皮:县名,秦置,

今属河北省。汉末建安中,魏文帝曹丕为五官中郎将,与友人吴质等文酒射雉,欢聚于此,传为佳话。后指朋友间雅集宴游。

⑩垂:垂手而立,表示恭敬。

⑪旨酒:美酒。卮(zhī):古代盛酒的器皿。

⑫光仪:光彩的仪容。

⑬金翠:黄金和翠玉制成的饰物。

⑭幺(yāo):小。一作"玉"。觿(xī):古代一种解结的锥子,用骨、玉等制成,亦可作饰物。

⑮曲池:曲折回绕的水池。

⑯丈人:儿媳对公公的尊称。

⑰凤吹:对笙箫等细乐的美称。参(cēn)差(cī):指声调的高低起伏。

## 芳 树①

绿树始摇芳,芳生非一叶。一叶度春风②,芳芳自相接。色杂乱参差③,众花纷重叠。重叠不可思,思此谁能慊④?

〔注释〕

①此诗亦收录在《乐府诗集》之《鼓吹曲辞·汉铙歌》中。诗人借咏芳树描绘出一幅生机勃勃的春景,繁花盛开的景致反衬出思妇的孤独与伤感。诗歌运用了顶真手法,并以乐景衬哀情。

②度:经历。

③参差:纷纭繁杂。

④慊:慊意,满足,心情舒畅。

## 皇太子

皇太子,即萧纲(503—551),字世缵,梁武帝第三子。天监五年(506)封晋安王,中大通三年(531),昭明太子萧统死,继立为皇太子。太清三年(549),侯景攻破建康,武帝死,即位,即简文帝。后被废。大宝二年(551),为侯景所杀。庙号太宗。幼好诗文,为太子时,结交文人徐摛、庾肩吾等,以轻艳文辞描述宫廷生活,时称"宫体诗"。《隋书·经籍志》著录《梁简文帝集》八十五卷,后散佚。明张溥辑有《梁简文帝集》二卷。其生平事迹见《梁书》卷四、《南史》卷八。

## 圣制乐府三首

### 艳歌篇十八韵①

凌晨光景丽,倡女凤楼中②。前瞻削成小③,傍望卷旌空④。分妆间浅靥⑤,绕脸傅斜红⑥。张琴未调轸⑦,饮吹不全终⑧。自知心所爱,出入仕秦宫⑨。谁言连伊屈⑩?更是莫敖通⑪。轻韬缀皂盖⑫,飞辔轹云骢⑬。金鞍随系尾⑭,衔琐映缠鬃⑮。戈镂荆山玉⑯,剑饰丹阳铜⑰。左把苏合弹⑱,傍持大屈弓⑲。控弦因鹊血⑳,挽强用牛螉㉑。弋猎多登陇㉒,酣歌每入丰㉓。晖晖隐落日㉔,冉冉还房栊㉕。灯生阳燧火㉖,尘散鲤鱼风㉗。流苏时下帐㉘,象簟复韬筒㉙。雾暗窗前柳,寒疏井上桐。女萝托松际㉚,甘瓜蔓井东。拳拳持君宠㉛,岁暮望无穷。

[注释]

①此诗亦收录在《乐府诗集》之《相和歌辞·瑟调曲》中,题为《艳歌

行二首》,此为第一首。郑玄抚本题为《有女篇》。本诗描绘了一位倡女对意中人的幻想,诗歌可分为三部分:对倡女外貌的描绘、对意中人的幻想以及归于现实的无尽怅惘。诗人以赋的笔法,运用大量典故,塑造出了一个美艳过人却又孤苦无依但是有着美好期盼的倡女形象。

②倡女:以歌舞娱人的女子。凤楼:妇女的居处。

③前瞻:向前面看。削成:刻削而成,形容匀称。张衡《七辩》:"形似削成,腰如束素。"

④卷旌(jīng)空:言女子身形娇弱,好似旗在空中卷舒飘扬。

⑤靥(yè):酒窝。

⑥绕脸傅斜红:一种化妆方式。唐张泌《妆楼记》:"斜红绕脸,盖古妆也。"

⑦轸(zhěn):琴轸,古琴紧弦、调弦的部位。

⑧饮:一作"歌"。

⑨仕:为官,任职。

⑩连伊:楚官名。

⑪莫敖:官名,春秋战国楚置。掌军政,领兵征战。

⑫轻轺(yáo):古代的轻便马车。皂盖:官员所用的黑色蓬伞。

⑬飞辔(pèi):飞动的马辔。轹(lì):车轮碾压。云骢(cōng):骏马。

⑭金鞍:黄金装饰的马鞍。

⑮衔琐:衔勒。缠鬃:《琅玡王歌》:"伦马高缠鬃。"

⑯荆山玉:即和氏璧,因其出于荆山,故名。

⑰丹阳铜:《神异经》:"西方日宫之外有山焉,……有丹阳铜,似金,可锻以作错涂之器。"

⑱苏合弹:以苏合香沫制成的弹丸。

⑲大屈弓:良弓名。

⑳控弦:拉弓。鹊血:鹊血弓,良弓名。

㉑挽强:拉引硬弓。牛蟥(wēng):飞箭一类的兵器。

㉒弋(yì)猎:射猎。登陇:登上陇山。

㉓酣歌:尽兴高歌。

㉔晖晖:形容日光灼热。
㉕冉冉:缓慢地,形容月亮渐渐升起。房栊(lóng):窗棂。
㉖阳燧(suì):古代利用日光取火的凹面铜镜。
㉗鲤鱼风:九月秋风。
㉘流苏:一种下垂的以五彩羽毛或丝线等制成的穗子。
㉙象簟(diàn):象牙制作的席子。韬(tāo)筒:收藏卷起。韬,隐藏。
㉚女萝:亦作"女罗""松萝",多附生在松树上,成丝状下垂。
㉛拳拳:眷爱貌。

## 蜀国弦歌篇十韵①

铜梁指斜谷②,剑道望中区③。通星上分野④,作固为下都⑤。雅歌因良守⑥,妙舞自巴渝⑦。阳城嬉乐所⑧,剑骑郁相趋⑨。五妇行难至⑩,百两好游娱⑪。牲祈望帝祀⑫,酒酹蜀侯诛⑬。江妃纳重聘⑭,卓女受将雏⑮。停弦时系爪⑯,息吹更治朱⑰。春衫湔锦浪⑱,回扇避阳乌⑲。闻君握节反⑳,贱妾下城隅㉑。

〔注释〕

①此诗亦收录在《乐府诗集》之《相和歌辞·四弦曲》中,题为《蜀国弦》。这是一首表现蜀地山川地势、风俗人情的诗歌。

②铜梁:山名,在四川合川县南。山有石梁横亘,色如铜。斜(yé)谷:谷名,在陕西省终南山,两旁山势峻险。扼关陕而控川蜀,古来为兵家必争之地。

③剑道:剑阁道,又称剑门蜀道,因剑山峭壁间栈(古称阁)道而得名。《华阳国志》:"有剑阁道三十里最险。"位于今四川省剑阁县东北。中区:中原地区。

④通星上分野:地区与天上的星次相对应。分野,古人以十二星次的

位置划分地面上州、国的位置与之相对应。

⑤作固:造得坚固。下都:陪都,这里指蜀地。

⑥雅歌:风雅的歌吟。良守:贤能的州郡长官。

⑦巴渝:蜀古地名,有巴渝舞。

⑧阳城:蜀地古城楼名。

⑨郁:多。

⑩五妇:扬雄《蜀王本纪》载,秦王献美女与蜀王,蜀王遣五丁迎女,见一大蛇入山穴中,五丁并引蛇,山崩,五女皆上山,化为石。四川梓潼县有五妇山。

⑪百两:百辆车,指车很多,特指结婚用的车辆。《诗·召南·鹊巢》:"之子于归,百两御之。"毛传:"百两,百乘也,诸侯之子嫁于诸侯,送御者皆百乘。"

⑫牲:祭祀用的牛、羊、猪。望帝:据东晋常璩《华阳国志·蜀志》载,战国末年杜宇在蜀称帝,号望帝,为蜀除水患有功,后禅位,退隐西山,蜀人思之。时适二月,杜鹃啼鸣,以为魂化杜鹃,故名之为杜宇,为望帝。

⑬酒酹(lèi):即"酹酒",以酒浇地,表示祭奠。蜀侯诛:据东晋常璩《华阳国志·蜀志》载,秦灭开明氏,封子恽为蜀侯。孝文王听恽后母潛(诬陷),赐剑自裁。后闻恽枉,使使葬之。丧车至北门,忽陷入地中。蜀人因名北门曰"咸阳门",为蜀侯恽立祠。其神有灵,能兴云致雨,水旱祷之。

⑭江妃纳重聘:西汉刘向《列仙传·江妃二女》载,江妃二女游于江汉之滨,逢郑交甫,交甫求佩,遂解而与之。

⑮卓女受将雏:这里指卓文君与司马相如结为夫妻之事。《史记·司马相如列传》:"是时卓王孙有女文君,新寡。好音,故相如缪与令相重,而以琴心挑之。"后二人夜奔成家。卓女,卓文君。将雏,即古曲《凤将雏》。

⑯系爪:演奏弹拨乐器所用的工具,戴于指端,以保护指甲。

⑰息吹:停止演奏。更治朱:再描丹唇,即重新补妆。

⑱湔(jiān):洗。锦:锦江,岷江分支之一,在今四川成都平原。传说蜀人织锦濯其中则锦色鲜艳,濯于他水,则锦色暗淡,故称。

⑲阳乌:神话传说中在太阳里的三足乌,这里指太阳。
⑳节:符节,朝廷使者所持之节。反:同"返"。
㉑城隅(yú):城墙角上作为屏障的女墙。

## 妾薄命篇十韵①

名都多丽质,本自恃容姿②。荡子行未至③,秋胡无定期④。玉貌歇红脸⑤,长颦串翠眉⑥。衾镜迷朝色⑦,缝针脆故丝。本异摇舟昝⑧,何关窃席疑⑨。生离谁抚背⑩,溘死讵成迟⑪。王嫱貌本绝⑫,跟跄入毡帷⑬。卢姬嫁日晚⑭,非复好年时。传山犹可逐⑮,乌白望难期⑯。妾心徒自苦,傍人会见嗤⑰。

〔注释〕

①此诗亦收录在《乐府诗集》之《杂曲歌辞·瑟调曲》中,题作《妾薄命》。《乐府诗集》题解云:"魏曹植《乐府解题》曰:'《妾薄命》,曹植云:"日月既逝西藏。"盖恨燕私之欢不久。梁简文帝云:"名都多丽质。"伤良人不返,王嫱远聘,卢姬嫁迟也。'"此诗运用大量典故,细腻委婉地描绘了女子的心理状态,在美好而空逝、思君而难归、心苦而旁嗤中哀叹女子薄命。
②恃(shì):依赖,凭仗。
③荡子:辞家远出、羁旅忘返的男子。
④秋胡:春秋时鲁国人。西汉刘向《列女传·鲁秋洁妇》记载,秋胡娶妻五天后,便外出谋官,五年后才回乡,见到路边采桑女,便上前调戏,被女子严厉斥责。秋胡回到家,才发现采桑女正是五年未见的妻子。其妻为丈夫的轻薄举动感到羞愧愤恨,因此投河而死。此即"秋胡戏妻"的故事。
⑤歇:停止,这里指红颜衰老。

⑥颦(pín):皱眉。

⑦奁(lián):古代妇女梳妆用的镜匣。

⑧摇舟咎:事见《左传·僖公三年》:"齐侯与蔡姬乘舟于囿,荡公。公惧,变色;禁之,不可。公怒,归之,未之绝也,蔡人嫁之。"后形容妃妾行为轻狂。

⑨窃席疑:指周穆王宠妃越姬窃王后之子而育之事。

⑩抚背:抚摩脊背,表示安慰。

⑪溘(kè)死:人突然死亡。讵(jù):怎么。

⑫王嫱(qiáng):王昭君,汉元帝宫女,后嫁匈奴单于。王,底本作"毛",今据郑玄抚本改。

⑬踉(liàng)跄(qiàng):走路不稳,行步迟滞貌。毡帷:毡房,匈奴人的居所。

⑭卢姬嫁日晚:《乐府诗集·杂曲歌辞·卢女曲》题解云:"卢女者,魏武帝时宫人也。故将军阴升之姊,七岁入汉宫,善鼓琴。至明帝崩后,出嫁为尹更生妻。"

⑮传山:移山。

⑯乌白望难期:《艺文类聚·燕丹子》曰:"秦止燕太子丹为质,曰:'乌头白,乃可归。'丹仰天叹,乌即白头。"这里以乌头白喻难以发生之事。

⑰嗤(chī):讥笑。

# 代乐府三首

## 新成安乐宫①

遥看云雾中,刻桷映丹红②。珠帘通晓日③,金华拂夜风④。欲知声管处⑤,来过安乐宫⑥。

〔注释〕

①此诗亦收录在《乐府诗集》之《相和歌辞·瑟调曲》中。《乐府诗

集》引《乐府解题》:"《新城安乐宫行》,备言雕饰刻斫之美也。"此诗语言流畅清新,寥寥几笔描绘了安乐宫之美。成:一作"城"。

②刻桷(jué):有绘饰的方椽。丹红:红色。
③晓日:朝阳。
④金华:金花。
⑤声管:歌唱吹奏。
⑥来过:来访。

## 双桐生空井①

季月双桐井②,新枝杂旧株。晚叶藏栖凤,朝花拂曙乌③。还看西子照④,银床牵辘轳⑤。

〔注释〕

①此诗亦收录在《乐府诗集》之《相和歌辞·平调曲》中。《乐府诗集》引《乐府解题》:"晋陆机云'渴不饮盗泉水',言从远役,犹耿介,不以艰险改节也。又有《双桐生空井》,亦出于此。"魏明帝《猛虎行》中有"双桐生空井,枝叶自相加"之句,盖诗题所出。
②季月:每季的最后一个月,即农历三、六、九、十二月,这里指农历三月。
③乌:古代传说太阳中有三足乌,代指太阳。
④西子:西施,这里指美女。
⑤银床:辘轳架。辘轳:井上打水的起重装置。底本作"鹿卢",今据郑玄抚本改。

## 楚妃叹①

闺闲漏永永②,漏长宵寂寂。草萤飞夜户③,丝虫绕秋壁④。薄笑未为欣⑤,微叹还成戚⑥。金簪鬓下垂,玉箸衣前滴⑦。

卷七 | 185

〔注释〕

①此诗亦收录在《乐府诗集》之《相和歌辞·吟叹曲》中。《乐府诗集》引《乐府解题》:"陆机《吴趋行》云,'楚妃且勿叹',明非近题也。"楚妃,春秋时楚庄王贤妃樊姬,曾谏楚庄王狩猎及进贤事。此诗却借此曲塑造了一位伤感寂寞的女子形象。

②漏:古代计时器,以水滴或沙子的流逝来记录、标示时间。永永:漫长貌。

③草萤:萤火虫。

④丝虫:蜘蛛。

⑤薄笑:浅笑。

⑥戚:忧愁。

⑦玉箸:玉制的筷子,这里喻指眼泪。

## 和湘东王横吹曲三首①

### 洛阳道②

洛阳佳丽所,大道满春光。游童初挟弹③,蚕妾始提筐。金鞍照龙马④,罗袂拂春桑⑤。玉车争晚入⑥,潘果溢高箱⑦。

〔注释〕

①湘东王:即萧绎,萧纲之弟,详见本卷《登颜园故阁》作者简介。横吹曲,崔豹《古今注》卷三:"横吹,胡乐也。张博望入西域,传其法于西京,唯得《摩诃》《兜勒》二曲。李延年因胡曲,更进新声二十八解。"《乐府诗集》引《乐府解题》:"汉横吹曲,二十八解,李延年造。魏、晋已来,唯传十曲:一曰《黄鹄》,二曰《陇头》,三曰《出关》,四曰《入关》,五曰《出塞》,六曰《入塞》,七曰《折杨柳》,八曰《黄覃子》,九曰《赤之扬》,十曰《望行人》。

后又有《关山月》《洛阳道》《长安道》《梅花落》《紫骝马》《骢马》《雨雪》《刘生》八曲,合十八曲。"

②此诗亦收录在《乐府诗集》之《横吹曲辞·汉横吹曲》中。诗以欢快的情调描写春天洛阳郊外的景象。清陈祚明《采菽堂古诗选》评曰:"华气照灼。"

③挟(xié)弹(dàn):拿着弹弓。《世说新语·容止》中记载潘岳容貌俊美,曾"挟弹出洛阳道"游玩,妇人见到他后,都"连手共萦"。

④龙马:骏马。《周礼·夏官》:"马八尺以上为龙。"

⑤罗袂(mèi):丝罗的衣袖。

⑥玉车:以玉为饰的豪华之车。

⑦潘果:潘岳貌美,少时出游,妇人遇之者,皆投之以果,遂满车而归。

## 折杨柳①

杨柳乱成丝,攀折上春时②。叶密鸟飞碍,风轻花落迟。城高短箫发,林空画角悲③。曲中无别意,并为久相思。

〔注释〕

①此诗亦收录在《乐府诗集》之《横吹曲辞·汉横吹曲》中,作者署名为柳恽。《乐府诗集》引《唐书·乐志》:"梁乐府有胡吹歌云:'上马不捉鞭,反拗杨柳枝。下马吹横笛,愁杀行客儿。'此歌辞元出北国,即鼓角横吹曲《折杨柳枝》是也。"又引《宋书·五行志》云:"晋太康末,京洛为折杨柳之歌,其曲有兵革苦辛之辞。"因为"柳"与"留"音近,故古人有折柳送别之习。此诗表现满满的惜别相思之情。清陈祚明《采菽堂古诗选》评曰:"'风轻花落迟',不独写风花,而春和景媚可见。"清沈德潜《古诗源》也评曰:"'风轻花落迟'五字隽绝。"

②上春:孟春,指农历正月。

③画角:管乐器,传自西羌,形如竹筒,面有彩绘。发声哀厉高亢,古时多用于军中。

## 紫骝马[1]

贱妾朝下机,正值良人归[2]。青丝悬玉蹬[3],朱汗染香衣[4]。骤急珍珂响[5],蹀多尘乱飞[6]。雕胡幸可荐[7],故心君莫违。

〔注释〕

①此诗亦收录在《乐府诗集》之《横吹曲辞·汉横吹曲》中。《乐府诗集》引《古今乐录》:"《紫骝马》古辞云:'十五从军征,八十始得归。道逢乡里人,家中有阿谁?'又梁曲曰:'独柯不成树,独树不成林。念郎锦裲裆,恒长不忘心。'盖从军久戍,怀归而作也。"可见,此题多抒发久征怀归之情。本诗则以女子的口吻描写久征归来的丈夫,节奏热烈而欢快,婉约与刚健并存。紫骝,又称枣骝,赤色马。

②良人:古时女子对丈夫的称呼。

③青丝:青色的绳缆。玉蹬:马镫,挂在马鞍两边的脚踏。

④朱汗:指名贵的大宛马出的如血的汗。

⑤珍珂:马笼头上的珍饰。

⑥蹀(pū):《广韵》:"蹀,马屧迹也。"即马行走的踪迹。

⑦雕胡:菱白子实,即苽米,煮熟为雕胡饭。荐:进献。

## 秋闺夜思[1]

非关长信别[2],讵是良人征[3]?九重忽不见[4],万恨满心生。夕门掩鱼钥[5],宵床悲画屏[6]。迥月临窗度[7],吟虫绕砌鸣[8]。初霜陨细叶[9],秋风驱乱萤。故妆犹累日[10],新衣襞未成[11]。欲知妾不寐,城外捣衣声。

〔注释〕

①这是一首宫怨诗,以凄凉的秋夜之景烘托女子内心的孤独与寂寞。

清陈祚明《采菽堂古诗选》评曰:"此应写铜台之怨,语颇凄切。结句思致飘忽。"

②长信别:以班婕妤失宠之事喻女子被弃。长信,即长信宫,班婕妤失宠后侍奉太后的居所。

③讵(jù):怎么。良人:古时女子对丈夫的称呼。征:远行。

④九重:九层,多指宫门或天门。

⑤鱼钥:鱼形的锁。

⑥画屏:有画饰的屏风。

⑦迥月:远月。

⑧砌(qì):台阶。

⑨陨(yǔn):坠落,毁坏。

⑩累日:连日。

⑪襞(bì):给衣服打褶子。

## 艳歌曲①

云楣桂成户②,飞栋杏为梁③。斜窗通蕊气④,细隙引尘光。裁衣魏后尺⑤,汲水淮南床⑥。青骊暮当反⑦,预使罗裾香。

〔注释〕

①此诗亦收录在《乐府诗集》之《相和歌辞·瑟调曲》中,题为《艳歌行》,共收二首,此为第二首。这首诗刻画了一个等待丈夫回家的贵妇形象,细致地描写了女子的生活环境以及傍晚等待丈夫回家的心情。清陈祚明《采菽堂古诗选》评曰:"流艳是其恒态。'细隙引尘光'句佳。"

②云楣(méi):有云状纹饰的横梁。桂成户:桂木造的门。

③杏为梁:杏木所制的屋梁。

④蕊气:花香。

⑤魏后尺:即晋前尺。尺为一种长度计量单位,历代尺的规定长度各

有不同。《宋书·律志》:"后汉至魏,尺度渐长于古四分有余。"《隋书·律历志》:"晋后尺实比晋前尺一尺六分二厘。"

⑥淮南床:《晋书·乐志》《拂舞歌·淮南王篇》:"后园凿井银作床,金瓶素绠汲寒浆。"床,井上围栏。

⑦青骊(lí):青骊马,毛色青黑相杂的骏马。

## 怨①

秋风与白团②,本自不相安。新人及故爱,意气岂能宽③。黄金肘后铃④,白玉案前盘⑤。谁堪空对此,还成无岁寒⑥。

〔注释〕

①此诗亦收录在《乐府诗集》之《相和歌辞·楚调曲》中。本诗文辞虽艳,但并无艳情,诗歌有典故,有比喻,整体的语言风格平直,女子情感的抒发更似倾泻,表达了女子被弃的哀怨与愤懑。清王夫之在《古诗评选》中评价本诗:"简文诗非艳不作,顾有艳字而无艳情。此作亭亭自立,可以艳矣。"

②白团:白色团扇。

③意气:情绪。

④黄金肘后铃:即"肘后黄金铃"。铃,一作"印"。

⑤白玉案前盘:即"案前白玉盘"。

⑥岁寒:岁末寒冬。潘岳《悼亡诗》:"谁与同岁寒。"

## 赋乐府得大垂手①

垂手忽苕苕②,飞燕掌中娇③。罗衣恣风引,轻带任情摇。讵似长沙地④,促舞不回腰⑤。

〔注释〕

①此诗亦收录在《乐府诗集》之《杂曲歌辞》中,题为《大垂手》,作者署名为吴均。"大垂手"为古舞名,唐吴兢《乐府古题要解》云:"《大垂手》,言舞而垂其手。"《赋乐府得大垂手》即《赋得乐府大垂手》。此诗以舞蹈为名,生动地描写了舞者的曼妙轻盈。
②苕(tiáo)苕:举高貌。
③飞燕:汉成帝皇后赵飞燕,体态轻盈,相传能为掌上舞。
④讵(jù):怎么。
⑤促舞不回腰:在狭窄的地方起舞无法转身。《汉书·景十三王传》载,景帝子刘发为长沙定王,长沙为"卑湿贫国"。应劭注曰:"景帝后二年,诸王来朝,有诏更前称寿歌舞。定王但张袖小举手,左右笑其拙。上怪问之,对曰:'臣国小地狭,不足回旋。'帝乃以武陵、零陵、桂阳益焉。"

## 咏 舞①

可怜初二八②,逐节似飞鸿③。悬胜河阳妓④,暗与淮南同⑤。入行看履进,转面望鬟空⑥。腕动苕华玉⑦,袖随如意风。上客何须起⑧,啼乌曲未终⑨。

〔注释〕

①这是一首描写舞女的诗歌,从正侧两个方面咏赞了女子舞姿的优美。清陈祚明《采菽堂古诗选》评曰:"'入行'二句生动,结句安雅。"
②可怜:可爱。初二八:刚刚十六岁。
③节:节奏。飞鸿:飞行的鸿雁。
④河阳:古地名,在今河南省孟州市西,多出美女。
⑤淮南:指淮南善舞之人。张衡《舞赋》:"昔客有观舞于淮南者,美而赋之。"
⑥鬟(huán):古代妇女梳的环形发髻。

卷 七 | 191

⑦苕(tiáo)华玉:美玉名。《竹书纪年》:"癸命扁伐山民,山民进女于桀二人,曰琬曰琰。后爱二人。女无子焉,斲其名于苕华之玉,苕是琬,华是琰。"

⑧上客:尊客,贵宾。

⑨啼乌:指乐曲《乌夜啼》,清商曲辞《西曲歌》名。

## 赋得咏当垆①

十五正团团②,流光满上兰③。当垆设夜酒,宿客解金鞍。迎来挟瑟易,送别但歌难④。讵知心恨急⑤,翻令衣带宽⑥。

〔注释〕

①此诗亦收录在《乐府诗集》之《杂曲歌辞》中,题为《当垆曲》。郑玄抚本题作《当炉曲》。此诗表现了当垆女面对离别的无奈与惆怅。当垆:在酒垆前。《史记·司马相如列传》:"相如与(卓文君)俱之临邛,尽卖其车骑,买一酒舍酤酒,而令文君当垆。相如身自著犊鼻裈,与保佣杂作,涤器于市中。"辛延年《羽林郎》中亦有"胡姬年十五,春日独当垆"之句。

②团团:圆貌。

③流光:如水般流泻的月光。上兰:汉代上林苑中观名,这里指高大的院落。

④但歌:一种相和歌。演唱时不用乐器伴奏而加帮腔,由徒歌发展而成。《晋书·乐志下》:"但歌,四曲,出自汉世。无弦节,作伎最先唱,一人唱,三人和。"

⑤讵(jù):怎么。

⑥翻令:反使。

# 邵陵王纶

邵陵王,即萧纶(约507—551),字世调,梁武帝第六子,南兰陵(今江苏常州)人。天监十三年(514)封邵陵郡王。博学善文,然性格暴戾。历会稽太守、江州刺史、南徐州刺史等。侯景叛乱,率军援台城,兵败奔郢州。南平王萧恪拥为都督中外诸军事。后兵败于萧绎,为西魏军所杀。《隋书·经籍志》著录《梁邵陵王纶集》六卷,已散佚。其生平事迹见《梁书》卷二十九、《南史》卷五十三。

### 代秋胡妇闺怨[①]

荡子从游宦[②],思妾守房栊[③]。尘镜朝朝掩,寒床夜夜空。若非新有悦,何事久西东。知人相忆否?泪尽梦啼中。

〔注释〕

①这是诗人代秋胡妻子作的一首怨诗,前四句叙事,后四句抒情,表达了荡子久不归后妻子的孤独、思念和猜疑。秋胡妇:秋胡之妻。秋胡:春秋时鲁国人,秋胡戏妻之事详见卷四颜延之《秋胡诗》注①。

②荡子:辞家远出、羁旅忘返的男子。游宦:外出做官。

③房栊(lóng):泛指房屋。

## 湘东王绎

湘东王,即萧绎(508—554),字世诚,小字七符,自号金楼子,南兰陵(今江苏常州)人,梁武帝第七子。武帝天监十三年(514)封湘东王,历任会稽太守、江州刺史、荆州刺史等。公元552年,侯景之乱平,即位于江陵,改元承圣,史称梁元帝。承圣三年(554),西魏攻破江陵,不久被杀。《隋书·经籍志》著录《梁元帝集》五十二卷、《梁元帝小集》十卷,均已散佚。明张溥辑有《梁元帝集》一卷。其生平事迹见《梁书》卷五、《南史》卷八。

## 登颜园故阁①

高楼三五夜②,流影入丹墀③。先时留上客④,夫婿美容姿。妆成理蝉鬓⑤,笑罢敛蛾眉⑥。衣香知步近,钏动觉行迟。如何舞馆乐,翻见歌梁悲⑦。犹悬北窗扩⑧,未卷南轩帷⑨。寂寂空郊暮,非复少年时。

〔注释〕

①故地重游,最能引起多情人的哀思,诗人重登友人家的阁楼,"先时"的繁华与今时的萧索形成鲜明的对比,顿时感慨万分。颜园:即颜协的园子。颜协,曾为湘东王常侍,兼府记室,博览群书,工于书法。与吴郡顾协同名,才学相当,人称"二协"。《梁书》有传。

②三五夜:十五月圆之夜。

③流影:即"流光",如水倾泻的月光。丹墀(chí):宫殿的赤色台阶或赤色地面。

④上客:贵宾。

⑤蝉鬓:古代妇女的一种发式,两鬓薄如蝉翼。

⑥蛾眉:像蚕蛾触须弯曲细长的秀眉。

⑦翻:反。歌梁:歌馆的屋梁。典出《列子·汤问》:"昔韩娥东之齐,匮粮,过雍门,鬻歌假食。既去而余音绕梁欐,三日不绝。"

⑧扩(huǎng):同"幌",帷幔、屏风一类的东西。

⑨轩帷:窗帘。

# 卷　八

## 萧子显

萧子显(489—537),字景阳,南兰陵(今江苏常州)人,齐高帝孙。齐封宁都县侯,梁朝官至吴兴太守,谥号"骄"。好学,善作文,以才学为梁武帝所重。著有《齐书》六十卷,今称《南齐书》。另有《后汉书》一百卷、文集二十卷等,皆散佚。其生平事迹见《梁书》卷三十五、《南史》卷四十二。

### 乐府二首

#### 日出东南隅行[1]

大明上苕苕[2],阳城射凌霄[3]。光照窗中妇,绝世同阿娇[4]。明镜盘龙刻,簪羽凤凰雕[5]。逶迤梁家髻[6],冉弱楚宫腰[7]。轻纨杂重锦[8],薄縠间飞绡[9]。三六前年暮[10],四五今年朝[11]。蚕园拾芳茧,桑陌采柔条。出入东城里,上下洛西桥[12]。忽逢车马客,飞盖动襜袑[13]。单衣鼠毛织[14],宝剑羊头销[15]。丈夫疲应对,御者辍衔镳[16]。柱间徒脉脉[17],垣上几翘翘[18]。女本西家宿[19],君自上宫要[20]。汉马三万匹,夫婿任嫖姚[21]。鞶囊虎头绶[22],左珥兔卢貂[23]。横吹龙钟管[24],奏鼓象牙箫。十五张内侍[25],十八贾登朝[26]。皆笑颜郎老[27],尽讶董公超[28]。

〔注释〕

①此诗亦收录在《乐府诗集》之《相和歌辞·相和曲》中。题又名《陌上桑》《艳歌罗敷行》。唐吴兢《乐府古题要解》云:"旧说邯郸女子秦姓名罗敷,为邑人千乘王仁妻。仁后为赵王家令。罗敷出采桑陌上,赵王登台见而悦之,置酒欲夺焉。罗敷善弹筝,作《陌上桑》以自明,不从。案其歌词,称罗敷采桑陌上,为使君所邀,罗敷盛夸其夫为侍中郎以拒之,与旧说不同。"明许学夷《诗源辩体》谓该诗"篇幅虽长,不害为天成"。清王士禛《带经堂诗话》谓该诗"叙事措语之妙,爱不能割"。

②大明:太阳。苕(tiáo)苕:高远貌。

③阳城:春秋时楚国贵族的封邑。宋玉《登徒子好色赋》:"嫣然一笑,惑阳城,迷下蔡。"这里借指显贵聚居之地。凌霄:凌云。

④阿娇:陈阿娇,汉武帝陈皇后名,幼时曾被小刘彻许下金屋之宠。

⑤簪(zān)羽:羽状簪。

⑥梁家髻:即堕马髻。相传为东汉外戚梁冀的妻子所创。

⑦冉弱:柔弱。楚宫腰:指女子的细腰。《韩非子·二柄》:"楚灵王好细腰,而国中多饿人。"

⑧重锦:细熟的锦,指精美的丝织品。

⑨薄縠(hú):轻皱的纱。飞绡(xiāo):轻而薄的丝织品。

⑩三六:指十八岁。

⑪四五:指二十岁。

⑫洛西桥:河南洛阳富平津浮桥。

⑬襜(chān):车帷,古时马车四周的帘子。轺(yáo):轻便马车。

⑭鼠毛:火鼠布,即石棉布。

⑮羊头销:一种生铁制成的锋利的刀。《淮南子》:"苗山之铤,羊头之销。"高诱注:"羊头之销,白羊刀子也。"销,生铁。

⑯辍:停止、放下。衔镳(biāo):马嚼子,用以控制马的行止。

⑰脉(mò)脉:含情凝视貌。

⑱垣(yuán):墙。翘翘:企盼貌。

⑲西家宿:指女子已出嫁。应劭《风俗通》:"齐有一女,二家求之。其家语其女曰:'汝欲东家则左袒,欲西家则右袒。'其女两袒,父母问其故,对曰:'愿东家食而西家息。'以东家富而丑,西家贫而美也。"

⑳上宫:这里指相约之地。《诗·鄘风·桑中》:"期我乎桑中,要我乎上宫。"要:同"邀",邀请。

㉑嫖姚:汉代官名,霍去病曾任嫖姚校尉,意为骠勇劲急。

㉒鞶(pán)囊:革制的囊。古代职官用以盛印绶。

㉓珥(ěr):插。凫(fú)卢貂:以野鸭头上的锦毛制作的帽饰。

㉔龙钟管:指竹笛。龙钟,竹名。

㉕十五张内侍:即张良的次子张辟疆。《史记·吕太后本纪》:"留侯子辟疆,为侍中,年十五。"

㉖十八贾登朝:指贾谊。《汉书·贾谊传》:"(贾谊)年十八,以能诵《诗》《书》属文称于郡中。……文帝召以为博士。是时,谊年二十余,最为少。"

㉗颜郎:即颜驷,泛指怀才不遇而年事已高的人。《汉武故事》:"上尝辇至郎署,见一老翁,须眉皓白,衣服不整。上问曰:'公何时为郎?何其老也?'对曰:'臣姓颜名驷,江都人也,以文帝时为郎。'上问曰:'何其老而不遇也?'驷曰:'文帝好文而臣好武,景帝好老而臣尚少,陛下好少而臣已老,是以三世不遇,故老于郎署。'上感其言,擢拜会稽都尉。"

㉘董公:汉哀帝宠臣董贤,为人娇美,与哀帝出则同车,入则同卧,二十二岁就被封为大司马。

## 代乐府美女篇①

邯郸暂辍舞②,巴姬请罢弦③。佳人淇洧上④,艳赵复倾燕⑤。繁秾既为李⑥,照水亦成莲。朝沽成都酒⑦,暝数河间钱⑧。余光幸未借⑨,兰膏空自煎⑩。

卷 八 | 197

〔注释〕

①此诗亦收录在《乐府诗集》之《杂曲歌辞·齐瑟行》中,题为《美女篇》。诗歌起笔引人好奇,随后征引各种与古代美人相关的典故衬托美人的光彩夺目、风姿绰约,塑造出一位艳丽而风流的美女形象。

②邯郸:战国时赵国的都城,即今河北邯郸。此地出善歌舞的美女。刘劭《赵都赋》:"邯郸才舞。"辍(chuò):停止。

③巴姬:巴地的女子。巴,今重庆一带。左思《蜀都赋》:"巴姬弹弦,汉女击节。"

④淇(qí)洧(wěi):淇水和洧水,都在今天的河南。

⑤艳赵复倾燕:这里是说佳人美貌超过燕、赵两地的美女。

⑥繁秾(nóng):繁艳秾丽。

⑦朝沽成都酒:司马相如曾与卓文君于临邛当垆卖酒。

⑧暝数河间钱:桓帝时童谣曰:"河间姹女工数钱。"

⑨余光幸未借:这里指美女长夜独宿,还无所爱之人。《战国策·秦策二》:"甘茂亡秦,且之齐,出关遇苏子,曰:'君闻夫江上之处女乎?'苏子曰:'不闻。'曰:'夫江上之处女,有家贫而无烛者,处女相与语,欲去之。家贫无烛者将去矣,谓处女曰:"妾以无烛,故常先至,扫室布席,何爱余明之照四壁者?幸以赐妾,何妨于处女?妾自以有益于处女,何为去我?"处女相与语以为然而留之。今臣不肖,弃逐于秦而出关,愿为足下扫室布席,幸无我逐也。'苏子曰:'善。请重公于齐。'"

⑩兰膏:用泽兰炼成的灯油。

# 王 筠

王筠(481—549),字元礼,琅玡临沂(今山东临沂)人。七岁能撰文章,清静好学,秉性宽厚,少有声誉。历太子舍人、中书郎,累迁至太子詹事卒。著作颇丰,多佚。明张溥辑有

《王詹事集》一卷。其生平事迹见《梁书》卷三十三、《南史》卷二十二。

## 和吴主簿四首①

### 春月二首②

#### 日照鸳鸯殿③

日照鸳鸯殿,萍生雁鹜池④。游尘随影入,弱柳带风垂。青骹逐黄口⑤,独鹤惨羁雌⑥。同衾远游说⑦,结爱久生离。于今方溘死⑧,宁须萱草枝⑨?

〔注释〕

①吴主簿,吴均,详见卷六《和萧洗马子显古意三首》。
②此诗郑玄抚本题作《春日》。两首诗都写女子春日的情思,情调凄婉。
③鸳鸯殿:汉时宫殿名。
④雁鹜(wù)池:即雁池。《西京杂记》卷二:"梁孝王好营宫室苑囿之乐,作曜华之宫,筑兔苑。园中……又有雁池,池间有鹤洲凫渚。"
⑤青骹(xiāo):一种青腿的猎鹰。黄口:雏鸟。
⑥羁(jī)雌:被束缚的雌鸟,这里指思妇。
⑦同衾(qīn):共被而寝,这里指丈夫。
⑧溘(kè)死:忽然而死。
⑨萱草:植物名,俗称黄花菜,古人以为种植此草,可以使人忘忧,因称忘忧草。

#### 心未发①

菶葹心未发,蘼芜叶欲齐②。春蚕方曳绪③,新燕正衔泥。野雉呼雌雊④,庭禽挟子栖。从君客梁后⑤,方昼掩春闺⑥。山川隔道里,芳草徒萋萋⑦。

〔注释〕

①菤(juǎn)葹(shī):同"卷施",草名,相传此草拔心不死。
②蘼芜:草名。川芎的苗,叶有香气。
③曳(yè)绪:抽丝。
④雊(gòu):野鸡叫。
⑤客梁:客游于梁。梁,地名,今河南开封一带。
⑥昼:白天。
⑦萋萋:草木茂盛貌。

## 秋夜二首①

### 九重依夜馆②

九重依夜馆,四壁惨无晖③。招摇顾西落④,乌鹊向东飞。流萤渐收火⑤,络纬欲催机⑥。尔时思锦字⑦,持制行人衣⑧。所望丹心达,嘉客傥能归⑨。

〔注释〕

①此二诗为思妇诗。通过状写秋天的景物,抒写秋夜思妇的思念和哀伤。
②九重:九层,泛指高。
③惨:惨淡,昏暗。
④招摇:北斗的第七星,又称摇光。
⑤流萤:萤火虫。
⑥络纬:虫名,俗称络丝娘、纺织娘。夏秋夜间振羽作声,声如纺线。
⑦锦字:锦字诗,前秦苏蕙曾寄给丈夫织锦回文诗。

⑧持制:缝制。
⑨嘉客:贵宾,这里指丈夫。

### 露华初泥泥①

露华初泥泥,桂枝行㯩㯩②。杀气下重轩③,轻阴满四屋④。别宠增修夜⑤,远征悲独宿。愁紫翠羽眉⑥,泪满横波目⑦。长门绝往来⑧,含情空杼轴⑨。

〔注释〕

①泥泥:露水浓重貌。
②㯩(sù)㯩:同"簌簌",落叶声。
③杀气:肃杀之气。重轩:高屋。
④轻阴:淡淡的寒气。
⑤修夜:长夜。
⑥翠羽眉:形似翠羽的黛眉。
⑦横波目:比喻女子眼神流动,如水波之横流。
⑧长门绝往来:汉武帝时陈皇后失宠后居于长门宫,后以"长门"借指失宠女子的居所。
⑨杼(zhù)轴:代指织机。

# 刘孝绰

刘孝绰(481—539),本名冉,字孝绰,彭城(今江苏徐州)人。七岁能撰文,少号"神童"。初为著作佐郎,历秘书丞、太府卿。文章为当世所宗,但负才仗气,与人多忤,迁廷尉卿,因事免,复用为湘东王萧绎咨议参军,官至秘书监卒。其诗多长篇,风格秾丽。《隋书·经籍志》著录《梁廷尉卿刘孝绰集》十四卷,已散佚。明张溥辑有《刘秘书集》一卷。其生平事迹见《梁书》卷三十三、《南史》卷三十九。

## 夜听妓赋得乌夜啼①

鹍弦且辍弄②,鹤操暂停徽③。别有啼乌曲,东西相背飞。倡人怨独守,荡子游未归。若逢生离曲,长夜泣罗衣④。

〔注释〕

①此诗亦收录在《乐府诗集》之《清商曲辞·西曲歌》中,题为《乌夜啼》。《旧唐书·音乐志二》载:"《乌夜啼》,宋临川王义庆所作也。元嘉十七年,徙彭城王义康于豫章。义庆时为江州,至镇,相见而哭,为帝所怪,征还宅,大惧。妓妾夜闻乌啼声,扣斋阁云:'明日应有赦。'其年更为南兖州刺史,作此歌。……今所传歌似非义庆本旨。"后世所作《乌夜啼》,多写男女恋情。
②鹍(kūn)弦:用鹍鸡筋做的琵琶弦。辍(chuò):停止。
③鹤操:《别鹤操》,表达别离的琴曲。停徽:停止弹琴。徽,古琴用来标示音位的标识。
④罗衣:轻软丝织品制成的衣服。

## 赋得遗所思①

遗簪雕玳瑁②,赠绮织鸳鸯。未若华滋树③,交枝荡子房。别前秋已落,别后春更芳。所思不可寄,惟怜盈袖香。

〔注释〕

①此诗以屈原《楚辞·九歌·山鬼》"折芳馨兮遗所思"一句为题,诗

旨与《古诗十九首·庭中有奇树》趋同,给人以深情委婉之感。清陈祚明《采菽堂古诗选》评曰:"'交枝'句,饶生致。"赋得:凡摘取古人成句为诗题,题首多冠以"赋得"二字。遗(wèi):赠送。

②簪(zān)瑇(dài)瑁(mào):由瑇瑁的甲壳雕刻成的簪子。

③未若:不如。华滋树:枝叶繁茂的树。

# 刘 遵

刘遵(488—535),字孝陵,彭城(今江苏徐州)人。初为著作郎、太子舍人。曾任晋安王萧纲记室参军,累迁至中庶子,深受宠遇。尝为萧纲编《东宫四部目录》。萧纲称其"文史该富""辞章博赡"。诗风绮丽,而诗格卑弱。其生平事迹见《梁书》卷四十一、《南史》卷三十九。

## 繁华应令①

可怜周小童②,微笑摘兰丛。鲜肤胜粉白,慢脸若桃红③。挟弹雕陵下④,垂钓莲叶东。腕动飘香麝,衣轻任好风。幸承拂枕选⑤,得奉画堂中⑥。金屏障翠被⑦,蓝帕覆薰笼。本欲伤轻薄,含辞羞自通。剪袖恩虽重⑧,残桃爱未终⑨。蛾眉讵须嫉⑩,新妆递入宫。

〔注释〕

①此诗应皇太子萧纲之命所作,歌咏了美男周小史。

②周小童:即周小史,晋朝美男子。晋张翰《周小史》诗曰:"翩翩周生,婉娈幼童。年十有五,如日在东。香肤柔泽,素质参红。团辅圆颐,菡萏芙蓉。尔形既淑,尔服亦鲜。轻车随风,飞雾流烟。转侧绮靡,顾盼便

妍。和颜善笑,美口善言。"

③慢脸:同"曼脸",美丽的脸。

④挟(xié)弹(dàn):拿着弹弓。雕陵:栗林名。《庄子·山木》:"庄周游乎雕陵之樊,睹一异鹊自南方来者,翼广七尺,目大运寸,感周之颡而集于栗林……(周)执弹而留之。"

⑤拂枕:侍奉枕席。

⑥画堂:华丽的堂舍。

⑦金屏:金色的屏风。翠被:织有翡翠纹饰的被子。

⑧剪袖:剪断衣袖。用汉哀帝曾为男宠董贤裁断衣袖之事。

⑨残桃:用卫灵公宠臣弥子瑕之事,弥尝从卫灵公游果园,以食余之桃啖君,公以为爱。

⑩蛾眉:像蚕蛾触须弯曲细长的秀眉,这里代指美女或美貌。

# 王 训

王训(511—536),字怀范,琅玡临沂(今山东临沂)人。历秘书郎、太子舍人、太子中庶子,深受昭明太子信任与重用,旋迁侍中。文章华美,时谓为后进领袖,年二十六病卒,谥温子。其生平事迹见《梁书》卷二十一、《南史》卷二十二。

## 奉和率尔有咏①

殿内多仙女,从来难比方。别有当窗艳,复是可怜妆。学舞胜飞燕,染粉薄南阳②。散黄分黛色③,薰衣杂枣香④。简钗新辗翠⑤,试履逆填墙⑥。一朝恃容色,非复守空房。君恩若可恃⑦,愿作双鸳鸯。

〔注释〕

①此诗是对皇太子萧纲《率尔成咏》的应和诗,都是描写宫中美女。

前两句引入，中间八句细描，末四句抒情。诗人细致描摹舞姬的妆饰，以此来衬托美女绝美的容颜。末尾对君恩难久的担忧，虽套用了宫体诗末尾抒情的惯式，但感情真挚，流畅自然。奉和：奉命和诗。率尔：随便，无拘束貌。

②染粉薄南阳：江淹《扇上彩画赋》："粉则南阳铅泽，墨则上党松心。"薄，轻视。

③散黄：涂饰的额黄。黛色：黛眉。

④枣：枣膏，一种香膏。范晔《和香方序》："枣香昏钝。"

⑤简：选择。辗：同"碾"，碾压。

⑥逆：迎。填墙：涂饰色彩的墙。

⑦恃：凭借。

# 庾肩吾

庾肩吾（487—551），字子慎。原籍南阳新野（今属河南）人。简文帝近侍之臣，以文才为其所重，历仕太子中庶子、江州刺史等职，封武康县侯。与刘孝威等十人并称"高斋学士"，为诗重声律，工雕琢。《隋书·经籍志》著录《梁度支尚书庾肩吾集》十卷，已散佚。明张溥辑有《庾度支集》一卷。其生平事迹见《梁书》卷四十九、《南史》卷五十。

## 咏得有所思[①]

佳期竟不归[②]，春物坐芳菲[③]。拂匣看离扇，开箱见别衣。井桐生未合，宫槐卷复稀[④]。不及衔泥燕，从来相逐飞。

〔注释〕

①此诗亦收录在《乐府诗集》之《鼓吹曲辞·汉铙歌》中,题为《有所思》。《有所思》是乐府古题,古辞写一女子与丈夫的决裂,后成为专写离情的诗题,诗人用此诗题来表现思妇情感。"春物"句语含双关,表面是说春物芳菲而无人欣赏,实际是说自己正值青春年华却无人相伴,"拂匣"二句似在眼前,具有很强的画面感。清陈祚明《采菽堂古诗选》评曰:"'开箱见别衣'句,佳。"

②佳期:男女约定的日期。

③坐:空,徒然。芳菲:花草盛美。

④宫槐:指守宫槐,其叶白日聚合,夜间舒展。

## 赋得横吹曲长安道①

桂宫连复道②,黄山开广路③。远听平陵钟④,遥识新丰树⑤。合殿生光彩⑥,离宫起烟雾⑦。日落歌吹还⑧,尘飞车马度。

〔注释〕

①此诗亦收录在《乐府诗集》之《横吹曲辞·汉横吹曲》中,题为《长安道》。同题诗共二十一首。唐吴兢《乐府古题要解》说:"汉横吹曲,二十八解,李延年造。魏晋已来,唯传十曲。"后又增八曲,共十八曲。《长安道》为十八曲之一,内容多写长安道上的景象和客子的感受。此篇展现了长安的恢宏气象以及贵族的豪奢生活。

②桂宫:宫名。汉武帝太初四年(前101)建。故址在今陕西西安西北。复道:楼阁间架空的通道。

③黄山:汉宫名。汉惠帝所建,在陕西兴平西南。

④平陵:县名,在今陕西咸阳东北。

⑤新丰：县名，在今陕西西安临潼区东北。汉高祖定都关中，其父太上皇居长安宫中，思乡心切，郁郁不乐。高祖乃依故乡丰邑街里房舍格局改筑骊邑，并迁来丰民，改称新丰。
⑥合殿：合欢殿，汉未央宫殿名。
⑦离宫：正宫之外供帝王出巡时居住的宫室。
⑧歌吹：歌声和乐声。

# 刘孝威

刘孝威（496—549），梁朝彭城（今江苏徐州）人，初为晋安王主簿，累迁太子中舍人、庶子、率更令、掌文牒。侯景之乱时，自建康城逃出，随司州刺史柳仲礼西上，至安陆病卒。孝威与徐摛、庾肩吾等并称"高斋十学士"。《隋书·经籍志》著录《梁太子庶子刘孝威集》十卷，已散佚。明张溥辑有《刘庶子集》一卷。其生平事迹见《梁书》卷四十一。

## 侍宴赋得龙沙宵月明①

鹊飞空绕树，月轮殊未圆②。嫦娥望不出，桂枝犹隐残③。落照移楼影④，浮光动堑澜⑤。枥马悲羌吹⑥，城乌啼塞寒。传闻机杼妾⑦，愁余衣服单。当秋终已脆，衔啼织复难⑧。敛眉虽不乐，舞剑强为欢。请谢函关吏⑨，行当泥一丸⑩。

〔注释〕

①此诗为边塞诗，诗中既有边塞苦寒的悲情，也有思念妻子的哀伤。龙沙：泛指塞外沙漠。宵月：夜晚的月亮。

②殊:很。
③桂枝:传说月中有桂树。
④落照:这里指月光。
⑤浮光:水面反射的光。堑(qiàn)澜:护城河的水波。
⑥枥(lì)马:拴在马槽上的马。羌吹:吹羌笛的声音。
⑦机杼(zhù)妾:纺织的妻子。
⑧衔啼:含着眼泪。
⑨谢:告诉。函关:函谷关,这里代指边关。
⑩泥一丸:用一丸泥阻挡敌人。

# 徐君蒨

徐君蒨(420—589),字怀简,南朝梁人,祖籍东海郯县(今山东郯城)。幼聪明好学,善弦歌,以豪侈称。仕梁为湘东王咨议参军。有轻艳之才,新声巧变,人多讽习,卒于官。其生平事迹见《南史》卷十五。

## 共内人夜坐守岁①

欢多情未极,赏至莫停杯。酒中挑喜子②,粽里觅杨梅③。帘开风入帐,烛尽炭成灰。勿疑鬓钗重,为待晓光来。

〔注释〕

①此诗是一首守岁诗。描写诗人与妻子一同守岁的情景。内人:妻子。守岁:除夕终夜不睡,以迎候新年的到来。
②喜子:即"蟢子",一种长脚的小蜘蛛。古人以此物出现作为有喜事的征兆。

③粽里觅杨梅:在以杨梅为馅料的粽子中寻杨梅干。

# 鲍　泉

鲍泉(？—551),字润岳,南朝梁人,祖籍东海(今山东郯城)。少事元帝,累迁至信州刺史。后为郢州长史,侯景破城后被杀。《隋书·经籍志》著录《梁平北府长史鲍泉集》一卷,已散佚。其生平事迹见《梁书》卷三十、《南史》卷六十二。

## 南苑看游者①

洛阳小苑地②,车马盛经过。缘沟驻行幰③,傍柳转鸣珂④。履高含响佩,袜轻半隐罗。浮云无处所,何用转横波。

〔注释〕

①此诗描绘了到南苑春游时的情景。南苑:京都建康(今江苏南京)皇宫中南面的苑囿,从南朝宋以后,成为人们游览之地,见《南史·宋明帝纪》。
②洛阳:这里借指建康。
③行幰(xiǎn):行进的车子。幰,车的帷幔。
④鸣珂:马笼头上的玉饰发出的声响。

# 刘　缓

刘缓(？—约540),字含度,南朝梁人,祖籍平原高唐(今山东高唐)。曾为湘东王安西府记室,累迁通直郎、中录事。《隋书·经籍志》著录《安西记室刘缓集》四卷,已散佚。其生平事迹见《梁书》卷四十九、《南史》卷七十二。

## 敬酬刘长史咏名士悦倾城[①]

不信巫山女[②],不信洛川神[③]。何关别有物,还是倾城人。经共陈王戏[④],曾与宋家邻[⑤]。未嫁先名玉[⑥],来时本姓秦[⑦]。粉光犹似面,朱色不胜唇。遥见疑花发,闻香知异春。钗长逐鬟髻[⑧],袜小称腰身[⑨]。夜夜言娇尽,日日态还新。工倾荀奉倩[⑩],能迷石季伦[⑪]。上客徒留目[⑫],不见正横陈[⑬]。

〔注释〕

①此诗为一首和诗,歌咏的是一位倾国倾城的美人。前八句引入远古仙女,并极尽夸饰美人的艳丽风姿。接着转入体貌、服饰等局部描写。末四句又以故实相衬托,一个娇艳的美人跃然纸上。清陈祚明《采菽堂古诗选》评此诗"妖艳之极"。刘长史:刘之遴与刘之亨都曾任湘东王长史,未知此处提到的是谁。悦倾城:梁杂曲歌辞。

②巫山女:指巫山神女。宋玉《高唐赋》序:"昔者先王尝游高唐,怠而昼寝,梦见一妇人,曰:'妾巫山之女也,为高唐之客,闻君游高唐,愿荐枕席。'王因幸之。去而辞曰:'妾在巫山之阳,高丘之岨,旦为朝云,暮为行雨,朝朝暮暮,阳台之下。'"

③洛川神:洛水女神宓妃,见曹植《洛神赋》。

④陈王戏:陈思王曹植《远游篇》:"远游临四海,俯仰观洪波。……仙人翔其隅,玉女戏其阿。"

⑤宋家邻:宋玉《登徒子好色赋》中极力描绘的东邻美女。宋玉《登徒子好色赋》:"天下之佳人,莫若楚国;楚国之丽者,莫若臣里;臣里之美者,

莫若臣东家之子。东家之子,增之一分则太长,减之一分则太短;著粉则太白,施朱则太赤。眉如翠羽,肌如白雪;腰如束素,齿如含贝;嫣然一笑,惑阳城,迷下蔡。"

⑥未嫁先名玉:吴王夫差的女儿。干宝《搜神记》:"吴王夫差女,小名曰紫玉,年十八,才貌俱美。童子韩重,年十九,有道术。女悦之,私交信问,许为之妻。重学于齐鲁之间,临去,属其父母,使求婚。王怒,不与女。玉结气而死,葬阊门外。三年,重归,诘其父母。父母曰:'大王怒,女结气死,已葬矣。'重哭泣哀恸,具牲币往于墓前。玉魂从墓中出,见重,流涕谓曰:'昔尔行之后,令二亲从王相求,度必克从大愿,不图别后遭命,奈何。'玉乃左顾,宛颈而歌曰……"

⑦姓秦:指秦罗敷,古诗《日出东南隅》(又名《陌上桑》)中的美女。

⑧髲(bì):假发。

⑨袜(mò):胁衣,女人的内衣,如肚兜、抹胸。

⑩荀奉倩:荀粲。《三国志·魏志·荀彧传》裴松之注引《晋阳秋》:"粲常以妇人者,才智不足论,自宜以色为主。骠骑将军曹洪女有美色,粲于是聘焉。容服帷帐甚丽,专房欢宴。"

⑪石季伦:石崇,西晋富豪,尚奢,曾与王恺斗富,美妾众多。

⑫留目:注目。

⑬横陈:美人横卧。

# 邓 铿

邓铿,梁南郡当阳(今湖北当阳)人。其父邓元起,天监初,任益州刺史,封当阳县侯。于狱自缢,有司追劾,削爵土,诏减邑之半,乃更封松滋县侯,卒后其子铿嗣。其生平事迹见《梁书·邓元起传》。

## 和阴梁州杂怨①

别离虽未久,遂如长别离②。丛桂频销叶③,庭树几攀枝。君言妾貌改,妾畏君心移。终须一相见,并得两相知。

〔注释〕

①此诗为和诗,表达思妇的哀怨。诗作感情深挚,文辞质朴。清陈祚明《采菽堂古诗选》评曰:"楚楚情真。"阴梁州,即阴子春,字幼文,武威姑臧(今甘肃武威凉州区)人,官至梁、秦二州刺史。

②遂如:就如。

③销叶:落叶。

## 甄　固

甄固,南朝梁时人,生平不详。

### 奉和世子春情①

昨晚褰帘望②,初逢双燕归。今朝见桃李,不啻数花飞③。以愁春欲度,无复寄芳菲④。

〔注释〕

①此诗主要抒发一位女子春日的情思,思妇形单影只却偏逢燕子双飞,更显独守时的孤寂落寞。数花飘零,更添芳华易逝之悲。清陈祚明《采菽堂古诗选》评曰:"自然情深。"世子:梁简文帝萧纲,有《春情曲》一首。

②褰(qiān):掀起,揭开。

③不啻(chì):不仅,不只有。

④寄芳菲:古人折芳寄远表达情意。芳菲,花草。

# 庾　信

庾信(513—581),字子山,南阳新野(今河南新野)人。仕梁时,曾任湘东国常侍、东宫学士、建康令,与父肩吾及徐摛、徐陵父子出入宫廷,诗文绮丽,世称"徐庾体"。后奉命出使西魏,因梁为西魏所灭,遂留居北方,官至车骑大将军、开府仪同三司。北周代魏后,更迁骠骑大将军、开府仪同三司,封临清县子,世称其为"庾开府"。是南北文风融合的代表人物。《隋书·经籍志》著录《后周开府仪同庾信集》二十一卷,已散佚。后人辑有《庾子山集》(或名《庾开府集》)。其生平事迹见《周书》卷四十一、《北史》卷八十三。

## 奉和咏舞①

洞房花烛明②,燕余双舞轻③。顿履随疏节④,低鬟逐上声⑤。半转行初进,飘衫曲未成⑥。回鸾镜欲满⑦,鹄顾市应倾⑧。已曾天上学,讵似世中生⑨?

〔注释〕

①简文帝萧纲有《咏舞》诗二首,见卷七,这首当为和作。此诗歌咏筵席上的舞蹈。"顿履"二句,清陈祚明《采菽堂古诗选》评曰:"如有节奏。"
②洞房:幽深的内室,指闺房。
③燕余:燕地的美女,泛指舞女。
④顿履随疏节:随着轻缓的音乐节拍踏足。
⑤低鬟(huán):低头。
⑥飘衫:一作"衫飘"。

⑦回鸾镜欲满:像鸾鸟转身那样,满镜几乎都是鸾影。南朝宋范泰《鸾鸟诗序》:"昔罽宾王结罝峻卯之山,获一鸾鸟,王甚爱之,欲其鸣而不致也。乃饰以金樊,飨以珍羞,对之愈戚,三年不鸣。其夫人曰:'尝闻鸟见其类而后鸣,何不悬镜以映之?'王从其意,鸾睹形悲鸣,哀响中霄,一奋而绝。"回鸾,一作"鸾回"。

⑧鹄(hú)顾市应倾:化用典故,形容女子舞姿优美。《吴越春秋》记载:吴王阖闾葬女于阊门外,舞白鹤于吴市中,令万民随而观之,遂使男女与鹤俱入墓门。

⑨讵(jù):怎么。

## 七　夕①

牵牛遥映水,织女正登车。星桥通汉使②,机石逐仙槎③。隔河相望近,经秋离别赊④。愁将今夕恨,复著明年花⑤。

〔注释〕

①此诗咏七夕牛郎织女之事。七夕,农历七月初七晚上。民间传说七夕之时织女渡过天河,与牛郎相会。

②星桥:传说中的鹊桥。汉使:指张骞。《荆楚岁时记》:"汉武帝令张骞使大夏,寻河源。乘槎经月,而至一处,见城郭如州府,室内有一女织。又见一丈夫牵牛饮河。织女取榰机石与骞而还。"

③机石:榰机石,垫在织机下的石头。槎(chá):竹筏或木筏。

④赊(shē):长久。

⑤著(zhuó):附着。

## 刘　邈

刘邈,南朝梁彭城(今江苏徐州)人。侯景作乱,久攻台城不下,他劝说侯景乞和以保全师,被侯景采纳。其生平事迹略见《梁书·侯景传》。

## 万山见采桑人①

倡妾不胜愁②,结束下青楼③。逐伴西蚕路,相携东陌头④。叶尽时移树,枝高乍易钩⑤。丝绳挂且脱⑥,金笼写复收⑦。蚕饥日已暮,讵为使君留⑧?

[注释]

①此诗亦收录在《乐府诗集》之《相和歌辞·相和曲》中,题为《采桑》。这是一首描写采桑女的诗歌,最后两句化用乐府旧题《陌上桑》秦罗敷拒绝使君的故事,妙趣横生。万山:今湖北襄樊市西万山,又名汉皋山、方山。

②倡妾:以歌舞为业的艺人。

③结束:装束,打扮。

④陌头:路边。

⑤乍:忽然。

⑥丝绳:笼绳。

⑦金笼:提笼。《龙辅女红余志》:"青琴采桑,携金笼玉钩。"写:同"卸",放下。

⑧讵(jù):岂,怎么。使君:汉时对太守、刺史的称呼。《日出东南隅行》中有调戏罗敷的使君,这里借指对采桑女有非分之想的人。

# 纪少瑜

纪少瑜,字幼㻬,南朝梁人,祖籍丹阳秣陵(今江苏南京)。本姓吴,为纪氏所养,故改姓。博通六经,善玄言,有辩才。历为晋安国中尉、宣城王侍读、东宫学士,官至武陵王记室参军卒。其生平事迹见《南史》卷七十二。

## 建兴苑①

丹陵抱天邑②,紫渊更上林③。银台悬百仞④,玉树起千寻⑤。水流冠盖影⑥,风扬歌吹音。踟蹰怜拾翠⑦,顾步惜遗簪⑧。日落庭花转,方幰屡移阴⑨。终言乐未极,不道爱黄金。

〔注释〕

①此诗亦收录在《乐府诗集》之《杂曲歌辞》中。诗人描写园林,从地理位置到园中景物,再到歌舞美人,极力表现建兴苑为游览者带来的欢乐。建兴苑:御花园名,在今江苏南京西南,秦淮河南岸。《梁书·武帝纪》载,天监四年(505),立建兴苑于秣陵建兴里。

②丹陵:地名,传说为尧的诞生地,这里指秣陵。抱:环绕。天邑:这里指京都建康(今江苏南京)。

③紫渊:水名。《史记·司马相如列传》:"左苍梧,右西极,丹水更其南,紫渊径其北。"更:经过。上林:宫苑名。秦旧苑,汉初荒废,至汉武帝时重新扩建。故址在今陕西西安西。

④银台:传说中王母所居处,这里指苑中楼台。百仞:古时七尺或八尺为一仞。百仞形容极高。

⑤千寻:古时八尺为一寻,千寻形容极高或极长。

⑥冠盖:官员的冠服和车乘,借指达官显贵。

⑦踟(chí)蹰(chú):徘徊停留。

⑧顾步:边走边回头。

⑨幰(xiǎn):车的帷幔,代指车。

# 闻人倩

闻人倩,今存吴均《酬闻人侍郎别诗三首》,可知应为梁人,做过侍郎。"倩",一作"蒨"。

## 春　日[①]

高台动春色,清池照日华[②]。绿葵向光转[③],翠柳逐风斜。林有惊心鸟,园多夺目花。相与咸知节[④],叹子独离家。行人今不返,何劳空折麻[⑤]?

〔注释〕

①此诗是一首思妇诗,前六句写景,后四句抒情。写春景的部分十分细致,表现出了春天盎然的生机。"相与"一句承上启下,如此明媚之景,他人都能知晓,唯"子"离家不归,无人共赏,表达了内心的失落和忧伤。
②日华:太阳的光华。
③绿葵:蔬菜名,长于水乡。
④相与:交好的人。
⑤折麻:《楚辞·九歌·大司命》:"折疏麻兮瑶华,将以遗兮离居。"后多以"折麻"比喻离别相思。

# 徐孝穆

徐孝穆(507—583),即徐陵,字孝穆,东海郯县(今山东郯城)人。八岁能作文,年十二,通《庄子》《老子》义。历为梁东宫学士、通直散骑常侍。出使时曾为东魏所留,后还。入陈,历任御史中丞、吏部尚书、尚书仆射等职,封建昌县侯。谥曰章。今存《徐孝穆集》六卷。《玉台新咏》十卷即为其所编。

## 和王舍人送客未还闺中有望①

倡人歌吹罢②,对镜览红颜。拭粉留花称③,除钗作小鬟④。绮灯停不灭⑤,高扉掩未关⑥。良人在何处⑦?惟见月光还。

〔注释〕

①这是一首和诗。王舍人,即王褒,字子渊,北周琅玡临沂(今山东临沂)人。博览史传,尤工属文。仕梁、北周二朝。明帝好文学,以褒与庾信才名最高,特加亲待。武帝亦重之。官至宜州刺史,卒年六十四。有《王司空集》辑本。
②倡人:歌舞艺人。
③花称(chèng):即花胜,剪彩而成的一种首饰。
④鬟(huán):环形的发髻。
⑤绮灯:华灯。
⑥高扉:高门。
⑦良人:古时女子对丈夫的称呼。

## 为羊兖州家人答饷镜①

信来赠宝镜②,亭亭似圆月③。镜久自逾明④,人久情逾歇⑤。取镜挂空台,于今莫复开。不见孤鸾鸟⑥,亡魂何处来?

〔注释〕

①此诗是代羊侃妻子写的一首诗。羊侃派人给妻子送去一面镜子,

这首诗就是妻子的回答。《南史·羊侃传》记载羊侃"性豪侈,姬妾列侍,穷极奢靡,有弹筝人陆太……舞人张静婉……又有孙荆玉……",可见佳人众多。诗人站在羊侃妻子的角度,借侃遥赠的宝镜来抒发怨情。羊兖州:即羊侃(495—548),字祖忻,泰山梁甫(今山东泰安东南)人。初为魏泰山太守,后率部降梁,历任徐州刺史、兖州刺史,北伐有功,封高昌县侯。侯景围建康城时屡败景军。同年病卒于城内。饷(xiǎng):赠送。

②信:信使。

③亭亭:明亮美好貌。

④逾:更加。

⑤歇:停止。

⑥孤鸾鸟:孤单的鸾鸟。比喻失去配偶或没有配偶的人。南朝宋范秦《鸾鸟诗序》:"昔罽宾王结罝峻卯之山,获一鸾鸟,王甚爱之,欲其鸣而不致也。乃饰以金樊,飨以珍羞,对之愈戚,三年不鸣。其夫人曰:'尝闻鸟见其类而后鸣,何不悬镜以映之?'王从其意,鸾睹形悲鸣,哀响中霄,一奋而绝。"

# 吴 孜

吴孜,南朝梁时吴兴故鄣(今浙江安吉)人,梁武帝太清二年(548)任学士。

## 春闺怨①

玉关信使断②,借问不相谙③。春光太无意,窥窗来见参④。久与光音绝⑤,忽值日东南。柳枝皆蜩燕⑥,桑叶复催蚕。物色顿如此⑦,孀居自不堪⑧。

〔注释〕

①此诗写丈夫戍守边关,失去音信,春天妻子独守空房,心中充满哀

怨。双飞之燕、初生之蚕,春日的生机平添思妇的哀愁与忧虑。

②玉关:玉门关,通往西域的边关,在今甘肃敦煌西北。

③谙(ān):熟悉。

④参:问候。

⑤光音:这里指丈夫的音容笑貌。

⑥嬲(niǎo)燕:相互纠缠、戏弄的燕子。

⑦物色:景象。顿:忽然。

⑧孀(shuāng)居:本指夫亡守寡,这里代指独居的已婚妇女。

## 汤僧济

汤僧济,南朝梁时人,生平事迹不详。

### 咏渫井得金钗①

昔日倡家女,摘花露井边②。摘花还自插,照井还自怜。窥窥终不罢③,笑笑自成妍④。宝钗于此落,从来不忆年。翠羽成泥去,金色尚如先。此人今不在,此物今空传。

〔注释〕

①此诗写人们在井中淘泥得到一枚金钗,诗人就此展开丰富的联想。倡女井边摘花,对井自怜,金钗掉落。诗人让金钗成为美人的代表。时隔多年,钗上的翠羽早已脱落,唯有金色的钗身依然光亮如前。佳人不在,空留金钗,诗人睹物之时也产生了无尽的怅惘。渫(xiè)井:即淘井,清除井中淤泥。

②露井:没有盖的井。

③窥窥:小看貌。

④妍:美丽。

# 徐悱妻刘氏

刘令娴,生卒年不详,南朝梁彭城(今江苏徐州)人。刘孝绰三妹,嫁东海徐悱为妻。有才学,能为文。徐悱仕晋安郡,卒,丧归京师。令娴为祭文,凄怆哀感,为世传诵。《隋书·经籍志》著录《梁太子冼马徐悱妻刘令娴集》三卷,已散佚。其生平事迹见《梁书》卷三十三。

## 和婕妤怨[①]

日落应门闭[②],愁思百端生。况复昭阳近[③],风传歌吹声[④]。宠移终不恨,谗枉太无情[⑤]。只言争分理[⑥],非妒舞腰轻[⑦]。

〔注释〕

①此诗亦收录在《乐府诗集》之《相和歌辞·楚调曲》中,题为《班婕妤》。作者作"王叔英妻沈氏"。诗人描写了班婕妤失宠后的心理活动。太阳落山,宫门紧闭,愁思百生,君王新宠的欢乐歌声随风飘来,更添落寞。婕妤:班婕妤,汉成帝妃子,因赵飞燕姐妹得宠,她遭谗失宠,便自求供养太后于长信宫。详见卷一班婕妤《怨诗》。

②应门:王宫的正门。

③况复:何况。昭阳:汉宫殿名,汉成帝宠妃赵合德居住的宫殿。

④歌吹:歌唱吹奏。

⑤谗枉:诽谤冤枉。

⑥分理:分辩事理。

⑦舞腰轻:指赵飞燕。相传其体态轻盈,能掌中起舞。

# 王叔英妻刘氏

王叔英妻刘氏,生卒年不详,彭城(今江苏徐州)人。刘孝绰大妹,有才学,工诗。其生平事迹见《梁书·刘孝绰传》。清吴兆宜注引《乐苑》:"王叔英,琅玡人。妻刘氏,刘缮女,孝绰之妹。孝绰有三妹,并有才学,一适张悚,一适徐悱。"

## 和昭君怨①

一生竟何定,万事良难保②。丹青失旧图③,玉匣成秋草④。相接辞关泪⑤,至今犹未燥⑥。汉使汝南还⑦,殷勤为人道。

〔注释〕

①此诗亦收录在《乐府诗集》之《琴曲歌辞》中,题为《昭君怨》。诗人以极强的概括力写出了昭君出塞和亲之事。昭君:王昭君,名嫱,字昭君,南郡秭归(今湖北秭归)人,汉元帝宫女,后远嫁匈奴单于。事见《后汉书·南匈奴传》。

②良:确实。

③丹青:丹砂和青䨼,可作颜料,其色艳而不易泯灭,这里代指画像。相传王昭君因未向画工毛延寿行贿,导致画像失真变丑,因而不得皇帝召见。

④玉匣成秋草:西晋石崇《王明君》:"昔为匣中玉,今为粪上英。朝华不足欢,甘与秋草并。"

⑤相接:一作"想妾"。

⑥燥:干。

⑦汝南:郡名,在今河南境内。古代昭君故里说法不一,有人认为汝南为昭君故里。

# 卷 九

## 歌辞 二首

### 其 一①

东飞伯劳西飞燕②,黄姑织女时相见③。谁家女儿对门居,开华发色照里间④。南窗北牖挂明光⑤,罗帷绮帐脂粉香。女儿年岁十五六,窈窕无双颜如玉⑥。三春已暮花从风⑦,空留可怜与谁同。

〔注释〕

①此诗亦收录在《乐府诗集》之《杂曲歌辞》中,题作《东飞伯劳歌》,为古辞,共收十一首,此为第一首。《文苑英华》题作《东飞百劳歌》,作者作梁武帝。诗作借牵牛织女引出女儿无限春愁,叹息佳偶难遇,韶华易逝。明陆时雍《诗镜总论》评价此诗和下一首《河中之水歌》云:"亦古亦新,亦华亦素,此最艳词也。所难能者,在风格浑成,意象独出。"清王夫之《古诗评选》云:"与《河中之水歌》足为双绝。自汉以下,乐府皆填古曲,自我作古者,惟此萧家老二公二歌而已。托体虽艳,其风神音旨,英英遥遥,固已笼罩百代。后来拟此者车载斗量,何能分渠少许?生翼自飞,纸鸢何学焉?"

②伯劳:鸟名,多独居,善鸣。

③黄姑:牵牛星。在银河南,与银河北的织女星相对。

④里间(lú):乡里。

⑤牖(yǒu):窗。
⑥窈窕:美好貌。
⑦三春:即春天的三个月,分别是孟春、仲春和季春。

# 其 二①

河中之水向东流,洛阳女儿名莫愁。莫愁十三能织绮,十四采桑南陌头②。十五嫁为卢家妇,十六生儿字阿侯。卢家兰室桂为梁③,中有郁金苏合香④。头上金钗十二行,足下丝履五文章⑤。珊瑚挂镜烂生光⑥,平头奴子提履箱⑦。人生富贵何所望,恨不嫁与东家王⑧。

〔注释〕

①此诗亦收录在《乐府诗集》之《杂曲歌辞》中,题作《河中之水歌》,作者作梁武帝。此诗借东流之水起兴,歌咏了勤劳贤惠的美女莫愁,在极力铺排其婚后的富贵奢靡生活中反衬其内心的不如意,表达了"恨不嫁与东家王"的哀怨。清陈祚明《采菽堂古诗选》评曰:"风华流丽,调甚高古,竟似汉魏人词。"

②陌头:路边。
③兰室:芳香高雅的妇女居室。
④郁金:郁金香,香草名。苏合:香料名。
⑤五文章:杂错成"五"字形的花纹。
⑥烂:灿烂,光明。
⑦平头奴子:不戴冠巾的奴仆。
⑧恨:遗憾。东家王:或指东家王昌。晋习凿齿《襄阳耆旧传》:"王昌,字公柏,为东平相、散骑常侍。早卒。妇任城王曹子文女。"后用以代指理想的丈夫或情人。

## 越人歌一首并序[1]

楚鄂君子皙者[2],乘青翰之舟[3],张翠羽之盖[4],榜枻越人悦之[5],櫂楫而越歌[6],以感鄂君,欢然举绣被而覆之[7]。其辞曰:

今夕何夕,搴舟中流[8]。今日何日,与王子同舟[9]!山有木兮木有枝,心悦君兮君不知。

〔注释〕

[1]此诗亦收录在《乐府诗集》之《杂歌谣辞》中。最早载于西汉刘向《说苑·善说》中。诗歌表达了划船越人对楚公子子皙的爱慕之情。越,又称"百越"或"百粤",是古代南方的一个少数民族。
[2]楚鄂君子皙(xiū):子皙,刘向《说苑·善说》作"子皙"。子皙(?—前529),春秋时楚国人,楚灵王同母弟。公子围杀康王自立,为灵王。灵王十二年(前530),子比和子皙、弃疾逐灵王,子皙任令尹,后为弃疾所诛。
[3]青翰之舟:涂以青色,刻饰鸟形的船。
[4]翠羽之盖:饰以翠鸟羽毛的篷盖。
[5]榜(bàng)枻:一作"榜枻(yì)",即船桨,这里指划船。
[6]櫂(zhào)楫(jí):船桨,长曰櫂,短曰楫。这里指划船。
[7]欢然:欢乐貌。
[8]搴(qiān)舟:这里指划船。搴,拔取。中流:河流中央。
[9]与王子同舟:此句郑玄抚本下有"蒙羞被好兮,不訾诟耻。心几烦而不绝兮,得知王子"四句。蒙羞被好:害羞地接受爱意。訾(zī):衡量,计量。诟(gòu)耻:羞耻。

## 司马相如

司马相如(约前179—前118),字长卿,西汉蜀郡成都(今

卷 九 | 225

四川成都)人。少好读书、击剑,工辞赋。汉景帝时为武骑常侍。会梁孝王来朝,随从皆善辞赋,心悦之,因称病免官,客游梁,作《子虚赋》。孝王卒,归蜀,依临邛令王吉。遇卓文君,与之私奔,沽酒为生。武帝好辞赋,召相如,作《上林赋》,任为郎。后拜中郎将,曾出使西南,转迁孝文园令。《隋书·经籍志》著录《汉文园令司马相如集》一卷,已散佚。明张溥辑有《司马文园集》一卷。其生平事迹见《史记》卷一百十七、《汉书》卷五十七。

## 琴歌二首并序[①]

司马相如游临邛[②],富人卓王孙有女文君新寡,窃于壁间窥之。相如鼓琴,歌挑之[③],曰:

### 其一

凤兮凤兮归故乡[④],遨游四海求其皇[⑤]。时未通遇无所将[⑥],何悟今夕升斯堂[⑦]。有艳淑女在此方,室迩人遐独我肠[⑧],何缘交颈为鸳鸯[⑨]?

〔注释〕

①这两首诗又名《凤求凰》,亦收录在《乐府诗集》之《琴曲歌辞》中。诗中司马相如以凤自喻,将卓文君比作凰,表达了自己的爱慕之情。据《史记·司马相如列传》载:"是时卓王孙有女文君新寡,好音,故相如缪与令相重,而以琴心挑之。相如之临邛,从车骑,雍容闲雅甚都;及饮卓氏,弄琴,文君窃从户窥之,心悦而好之,恐不得当也。既罢,相如乃使人重赐文君侍者通殷勤。文君夜亡奔相如,相如乃与驰归成都。家居徒四壁立。卓王孙大怒曰:'女至不材,我不忍杀,不分一钱也。'人或谓王孙,王孙终

不听。文君久之不乐,曰:'长卿第俱如临邛,从昆弟假贷犹足为生,何至自苦如此!'相如与俱之临邛,尽卖其车骑,买一酒舍酤酒,而令文君当垆。相如身自着犊鼻裈,与保庸杂作,涤器于市中。卓王孙闻而耻之,为杜门不出。昆弟诸公更谓王孙曰:'有一男两女,所不足者非财也。今文君已失身于司马长卿,长卿故倦游,虽贫,其人材足依也,且又令客,独奈何相辱如此!'卓王孙不得已,分予文君僮百人,钱百万,及其嫁时衣被财物。文君乃与相如归成都,买田宅,为富人。"

②临邛(qióng):县名,在今四川邛崃。
③挑:挑逗。
④凤:传说中的神鸟,凤为雄。
⑤皇:同"凰",传说中的神鸟,凰为雌。
⑥通遇:通达,被赏识。将:拿,获得。
⑦何悟:没想到。升斯堂:登此堂上。
⑧迩(ěr):近。遐(xiá):远。独:一作"毒"。肠:一作"伤"。
⑨何缘:何时有缘。

## 其二

皇兮皇兮从我栖,得托孳尾永为妃①。交情通体心和谐,中夜相从知者谁②。双兴俱起翻高飞,无感我心使予悲③。

〔注释〕

①孳尾:交尾,交配。妃:配偶。
②中夜:半夜。
③感(hàn):通"憾",遗憾。予:我。

# 乌孙公主

乌孙公主,即刘细君,西汉江都王刘建之女。汉武帝为联合乌孙国共抗匈奴,使其以公主身份和亲乌孙国国王昆莫,昆莫卒后改嫁其孙岑陬,生一女。后卒于乌孙。其生平事迹见《汉书·西域传》。

## 歌诗一首并序[1]

汉武元封中[2],以江都王女细君为公主,嫁与乌孙昆弥[3]。至国,而自治室官,岁时一再会[4],言语不通,公主悲愁,自作歌曰:

吾家之嫁我兮天一方,远托异国兮乌孙王。穹庐为室兮毡为墙[5],肉为食兮酪为浆。常思汉土兮心内伤,愿为飞黄鹄兮还故乡[6]。

〔注释〕

[1]此诗亦收录在《乐府诗集》之《杂歌谣辞》中,无序,题作《乌孙公主歌》。郑玄抚本题作《悲歌》,主要表达了乌孙公主远嫁后的悲愁与思乡之情。

[2]元封:汉武帝年号,公元前110至公元前105年。

[3]乌孙:古代西域国名,在今伊犁河谷。昆弥:昆取昆莫,为乌孙王的王号,弥取猎骄靡,为乌孙王的名,因弥、靡同音,故称。

[4]一再:一两次。

[5]穹庐:游牧民族居住的毡帐。

[6]黄鹄(hú):天鹅。

## 汉成帝时童谣歌二首并序[1]

汉成帝赵皇后名飞燕,宠幸冠于后宫,常从帝出入。时富平侯张放亦称佞幸②,为期门之游③。故歌云"张公子,时相见"也。飞燕娇妒,成帝无子,故云"啄皇孙",华而不实。王莽自云代汉者德土④,色尚黄,故云"黄雀"。飞燕竟以废死,故"为人所怜"者也。

## 其 一

燕燕尾殿殿⑤,张公子,时相见。木门苍狼根⑥,燕飞来,啄皇孙。

〔注释〕

①此诗亦收录在《乐府诗集》之《杂歌谣辞》中,第一首题作《汉成帝时燕燕童谣》,最后有"皇孙死,燕啄矢"句;第二首题作《汉成帝时歌谣》,前有"邪径败良田,谗口乱善人"句。诗歌以汉成帝皇后赵飞燕由盛宠一时到被废而死之事为背景,对宫廷生活的荒淫和残酷进行了无情的嘲讽和批判。《汉书·五行志》记载了这两首童谣,并云:"其后帝为微行出游,常与富平侯张放俱称富平侯家人,过阳阿主作乐,见舞者赵飞燕而幸之,故曰'燕燕尾涎涎',美好貌也。张公子谓富平侯也。'木门仓琅根',谓宫门铜锾,言将尊贵也。后遂立为皇后。弟昭仪贼害后宫皇子,卒皆伏辜,所谓'燕飞来,啄皇孙,皇孙死,燕啄矢'者也。"又云:"桂,赤色,汉家象。华不实,无继嗣也。王莽自谓黄象,黄雀巢其颠也。"汉成帝:即刘骜(前51—前7),字太孙,又字俊,谥号孝成皇帝,西汉第十二位皇帝,荒于政事,导致各地相继爆发农民起义。同时又任由外戚专政,为王莽篡汉埋下了的祸根。其生平事迹见《汉书·成帝纪》。

②佞(nìng)幸:以谄媚而得君主的宠幸。

③期门之游:指作为皇帝的护卫同皇帝微行。期门,汉武帝微行而置的护从官。

④德土:五德之一。战国时期的阴阳家邹衍提出"五德终始说",以五

行相生相克来附会王朝变更的命运,土胜者为土德。据《汉书·王莽传》载,西汉末年,王莽篡权,建立新朝,宣布新朝为土德,色尚黄,故以"黄雀"喻之。

⑤殿殿:一作"涎涎",光泽貌。

⑥苍狼根:一作"仓琅根",装置在大门上的青铜铺首及铜环,一般指富贵人家。

## 其 二

桂树华不实,黄雀巢其颠①。昔为人所羡,今为人所怜。

〔注释〕

①颠:最高的部分。

## 汉桓帝时童谣歌二首①

## 其 一②

大麦青青小麦枯,谁当获者妇与姑③,丈夫何在西击胡④。吏买马,君具车⑤,请为诸君鼓咙胡⑥。

〔注释〕

①这两首诗亦收录在《乐府诗集》之《杂歌谣辞》中,第一首题作《后汉桓帝初小麦童谣》,第二首题作《后汉桓帝初城上乌童谣》。汉桓帝:即刘志(132—168),谥号孝桓皇帝,东汉第十一位皇帝。在位时荒淫不堪,宦官专权。后人甚至认为其为大汉"致乱之由"。其生平事迹见《后汉

书·孝桓帝纪》。

②此诗描写了汉桓帝时朝廷征兵买马与胡人激战,百姓敢怒不敢言的无奈。《后汉书·五行志》记载了这首歌谣,并云:"案元嘉中凉州诸羌一时俱反,南入蜀、汉,东抄三辅,延及并、冀,大为民害。命将出众,每战常负,中国益发甲卒,麦多委弃,但有妇女获刈之也。'吏买马,君具车'者,言调发重及有秩者也。'请为诸君鼓咙胡'者,不敢公言,私咽语也。"

③获:收割。妇与姑:儿媳妇与婆婆。

④胡:这里指凉州诸羌。

⑤具:备办。

⑥鼓咙胡:鼓动喉咙,不要把话讲出来。咙胡,喉咙。

# 其　二①

城上乌,尾毕逋②。公为吏,儿为徒。一徒死,百乘车③。车班班④,至河间⑤。至河间,姹女能(工)数钱⑥。钱为室,金为堂,户上春肮粱⑦。肮粱之下有悬鼓⑧,我欲击之丞相怒⑨。

〔注释〕

①此诗以城上的乌鸦来比兴,讽刺统治者荒淫奢靡的生活,表达了下层百姓对此的痛恨与不满。《后汉书·五行志》记载了这首歌谣,并云:"案此皆谓为政贪也。'城上乌,尾毕逋'者,处高利独食,不与下共,谓人主多聚敛也。'公为吏,子为徒'者,言蛮夷将畔逆,父既为军吏,其子又为卒徒往击之也。'一徒死,百乘车'者,言前一人往讨胡既死矣,后又遣百乘车往。'车班班,入河间'者,言上将崩,乘舆班班入河间迎灵帝也。'河间姹女工数钱,以钱为室金为堂'者,灵帝既立,其母永乐太后好聚金以为堂也。'石上慊慊春黄粱'者,言永乐虽积金钱,慊慊常苦不足,使人春黄粱而食之也。'梁下有悬鼓,我欲击之丞卿怒'者,言永乐主教灵帝使卖官

卷　九 | 231

受钱,所禄非其人,天下忠笃之士怨望,欲击悬鼓以求见丞卿,主鼓者亦复谄顺,怒而止我也。"

②尾毕逋(bū):尾巴全秃了。毕,尽,全。逋,欠缺。

③百乘(shèng):百辆车。

④班班:络绎不绝貌。

⑤至河间:指桓帝驾崩后,众人前往河间迎立灵帝刘宏。河间,地名,今河北河间。

⑥姹(chà)女:美女,指灵帝母亲董太后。能,一作"工"。

⑦户上春朊梁:一作"石上慊慊舂黄粱"。朊(wǔ),肥美。

⑧梁之下:一作"梁下"。悬鼓:古时官署门前挂的鼓,供击鼓求见用。

⑨丞相:一作"丞卿"。

# 张　衡

张衡,见卷一《同声歌》作者简介。

## 四愁诗四首①

### 其一

一思曰:我所思兮在太山②,欲往从之梁甫艰③,侧身东望涕沾翰④。美人赠我金错刀⑤,何以报之英琼瑶⑥。路远莫致倚逍遥⑦,何为怀忧心烦劳⑧!

〔注释〕

①这四首诗亦收录在《文选》卷二十九中,且有序云:"张衡不乐久处机密,阳嘉中,出为河间相。时国王骄奢,不遵法度,又多豪右并兼之家。衡下车,治威严,能内察属县,奸猾行巧劫,皆密知名,下吏收捕,尽服擒

诸豪侠游客,悉惶惧逃出境。郡中大治,争讼息,狱无系囚。时天下渐弊,郁郁不得志,为《四愁诗》。屈原以美人为君子,以珍宝为仁义,以水深雪氛为小人。思以道术相报,贻于时君,而惧谗邪不得以通。其辞曰……"序文说明了《四愁诗》的写作背景、原因与主旨。诗歌继承了屈原"香草美人"手法,借怀人不得,抒发自己愤懑不得志之情。清吴淇《六朝选诗定论》认为此诗深受《楚辞》影响:"宋玉《招魂》有四方上下之文,张平子用其意,作《四愁诗》寄其思。"王世贞《艺苑卮言》称赞《四愁诗》是"千古绝唱"。沈德潜《古诗源》评价此诗"心烦纡郁,低徊情深"。

②所思:所思慕的人。太山:今山东泰山。

③从:跟从,追随。梁甫:一作"梁父",泰山下的小山,在今山东新泰西。

④翰:鸟羽,这里指衣襟。

⑤金错刀:镀金的刀。错,镀金。

⑥英琼瑶:皆是美玉。英,同"瑛"。

⑦致:送。倚:同"猗",语助词,无义。逍遥:彷徨不安。

⑧劳:忧。

## 其二

二思曰:我所思兮在桂林①,欲往从之湘水深②,侧身南望涕沾襟。美人赠我琴琅玕③,何以报之双玉盘。路远莫致倚惆怅④,何为怀忧心烦怏⑤!

〔注释〕

①桂林:郡名,秦置,今属广西桂平。汉改置为郁林郡。

②湘水:湘江,源出于广西,流入湖南。

③琴琅(láng)玕(gān):用琅玕装饰的琴。琅玕,似珠玉的美石。

④惆怅:因失意而伤感貌。

⑤怏(yàng):不高兴。

## 其三

三思曰:我所思兮在汉阳①,欲往从之陇阪长②,侧身西望涕沾裳。美人赠我貂襜褕③,何以报之明月珠。路远莫致倚踟蹰④,何为怀忧心烦纡⑤!

〔注释〕

①汉阳:郡名,西汉时称天水郡,东汉明帝时改为汉阳郡,治所在今甘肃甘谷。
②陇阪(bǎn):山名,即陇山。阪,山坡。
③襜(chān)褕(yú):直襟的单衣。
④踟(chí)蹰:同"踟躇",徘徊不前貌。
⑤纡(yū):愁闷郁结。

## 其四

四思曰:我所思兮在雁门①,欲往从之雪纷纷,侧身北望涕沾巾。美人赠我锦绣段②,何以报之青玉案③。路远莫致倚增叹,何为怀忧心烦惋④?

〔注释〕

①雁门:郡名,秦置,在今山西代县。
②段:同"缎"。
③青玉案:青玉所制的小几。
④惋:怨恨。

# 秦 嘉

秦嘉,见卷一《赠妇诗三首》作者简介。

## 赠妇诗一首四言[①]

暧暧白日[②],引曜西倾[③]。啾啾鸡雀,群飞赴楹[④]。皎皎明月,煌煌列星[⑤]。严霜凄怆[⑥],飞雪覆庭。寂寂独居,寥寥空室[⑦]。飘飘帷帐,荧荧华烛[⑧]。尔不是居[⑨],帷帐焉施[⑩]。尔不是照,华烛何为?

〔注释〕

①此诗借景抒情,抒发对妻子徐淑的相思之情。清陈祚明《采菽堂古诗选》评曰:"前段景中寓情,殊饶隽致。叔夜四言,乃类于是。"又云:"'飞雪覆庭',景活。"

②暧(ài)暧:昏昧不明貌。

③引曜:照射。

④楹:堂屋前面的柱子。

⑤煌煌:明亮貌。

⑥凄怆(chuàng):严寒貌。

⑦寥寥:空虚貌。

⑧荧荧:烛光闪烁貌。

⑨尔不是居:即"尔不居是",你不住在这里。

⑩施:设置,摆放。

# 魏文帝

魏文帝,即曹丕,见卷二《于清河见挽船士新婚与妻别》作者简介。

# 乐府燕歌行二首①

## 其一

秋风萧瑟天气凉,草木摇落露为霜。群燕辞归雁南翔,念君客游多思肠。慊慊思归恋故乡②,君为淹留寄他方③。贱妾茕茕守空房④,忧来思君不可忘⑤。不觉泪下沾衣裳,援琴鸣弦发清商⑥,短歌微吟不能长⑦。明月皎皎照我床,星汉西流夜未央⑧。牵牛织女遥相望,尔独何辜限河梁⑨!

〔注释〕

①这两首诗最早见于《宋书·乐志》。亦收录在《乐府诗集》之《相和歌辞·平调曲》中,同题共十四首,这里所选的为第一首和第二首。唐吴兢《乐府古题要解》:"'秋风萧瑟天气凉''别日何易会日难'二篇,言时序迁换而行役不归,佳人怨旷无所诉也。"第一首亦收录在《文选》卷二十七。这是中国诗歌史上所能见到的最早的完整七言诗,是传统的思妇题材,音韵和畅,情景交融,凄婉感人。清王夫之《古诗评选》评曰:"倾情、倾度、倾色、倾声,古今无两。从'明月何皎皎'入第七解,一径酣适。殆天授,非人力。"清沈德潜《古诗源》亦云:"和柔巽顺之意,读之油然相感。节奏之妙,不可思议。句句用韵,掩仰徘徊,'短歌微吟不能长',恰似自言其诗。"清吴乔的《围炉诗话》认为此诗为"唐人歌行之祖"。

②慊(qiàn)慊:心不满足貌。
③淹留:逗留。
④茕(qióng)茕:孤单貌。
⑤不可:一作"不敢"。
⑥援琴:持琴。清商:凄清悲凉之声。商声,五音中极为悲凉之音。

⑦微吟：低声吟咏。
⑧星汉：银河。未央：未半。
⑨河梁：桥梁，这里指银河。

## 其二

别日何易会日难，山川悠远路漫漫。郁陶思君未敢言①，寄声浮云往不还。涕零雨面毁容颜，谁能怀忧独不叹。展诗清歌聊自宽②，乐往哀来摧肺肝。耿耿伏枕不能眠③，披衣出户步东西，仰看星月观云间。飞鸧晨鸣声可怜④，留连顾怀不能存⑤。

〔注释〕

①郁陶：忧思积聚貌。
②展诗：吟唱诗歌。清歌：不用乐器伴奏的歌唱。
③耿耿：心事重重貌。
④飞鸧(cāng)：鸧鹒，即黄鹂。
⑤顾怀：眷顾怀念。

# 曹　植

曹植，见卷二《杂诗五首》作者简介。

## 乐府妾薄命行一首①

日月既是西藏，更会兰室洞房②。华镫步障舒光③，皎若日出扶桑④，促樽合坐行觞⑤。主人起舞娑盘⑥，能者冗触别端⑦。腾觚飞爵阑干⑧，同量等色齐颜⑨。任意

卷　九 | 237

交属所欢,朱颜发外形兰⑩。袖随礼容极情⑪,妙舞仙仙体轻⑫。裳解履遗绝缨⑬,俯仰笑喧无呈⑭。览持佳人玉颜⑮,齐接金爵翠盘。手形罗袖良难⑯,腕弱不胜珠环⑰,坐者叹息舒颜⑱。御巾裛粉君傍⑲。中有霍纳都梁⑳,鸡舌五味杂香㉑。进者何人齐姜㉒,恩重爱深难忘。召延亲好宴私㉓,但歌杯来何迟。客赋《既醉》言归㉔,主人称露未晞㉕。

[注释]

①此诗亦收录在《乐府诗集》之《杂曲歌辞》中,同题诗共收二首,此为第二首。唐吴兢《乐府古题要解》云:"《妾薄命》,盖恨宴私之欢不久。"诗歌着力描绘了通宵纵情饮宴歌舞的场面,画面生动逼真,铺陈淋漓尽致。清陈祚明《采菽堂古诗选》评曰:"此亦《燕歌行》之流,促节相同,而此更以繁声见异,敷扬琐屑,流态生姿,与儿女子昵昵私语,情不可已。"又说:"六言易得矫劲,难为曼声,此体于曼声之中,又有促节,太柔则不古,太刚则不秀。侔色揣声,极难合度。独此辞风情流丽,百咏不厌。'朱颜'句,'腕弱'句,有生致。中有数句,古雅。"

②兰室:芳香高雅的妇女居室。洞房:幽深的内室,指闺房。

③镫:同"灯",油灯。步障:用以遮蔽风尘或视线的一种屏幕。舒光:散发光芒。

④扶桑:神树名,传说太阳出于扶桑之下。

⑤合坐:所有在座的人。行觞(shāng):即行酒,依次敬酒。觞,酒杯。

⑥媻(suō)盘:婆娑,优美的舞姿。

⑦能者:舞者。冗触别端:舞蹈的一个技巧动作。冗,一作"穴"。

⑧腾觚(gū):举杯,传杯。觚,古代酒器,喇叭口,细腰,高圈足。飞爵:意与"腾觚"同,举杯。爵,古代酒器,三足。阑干:纵横交错貌。

⑨同量等色齐颜:相同的酒量,共同的酒色和脸色。

⑩朱颜:红颜。发外:显现于外。
⑪礼容:体态仪容。
⑫仙仙:轻盈貌。
⑬履遗:遗履,丢掉鞋子。绝缨:扯断冠带,形容男女聚会,不拘形迹。
⑭俯仰:低头抬头。无呈:即"无程",没有规矩。呈,通"程"。
⑮览:通"揽"。
⑯手形:手的姿态。良难:很难。良,很。
⑰不胜(shēng):承受不了,经不起。珠环:缀珠的环形饰物。
⑱舒颜:展开笑颜。
⑲御:使用。裛(yì)粉:用香粉熏,这里指香气袭人。
⑳霍纳:藿香。都梁:香名。
㉑鸡舌:鸡舌香,即丁香。
㉒齐姜:齐国宗室的女儿,这里指贵族美女。
㉓延:请。宴私:公余闲暇时的游宴。
㉔《既醉》:指《诗经·大雅·既醉》。
㉕露未晞:露未干,指太阳还没出来,留客之词。晞,干。

# 傅　玄

傅玄,见卷二《乐府诗四首》作者简介。

## 拟北乐府二首

### 车遥遥篇①

车遥遥兮马洋洋②,追思君兮不可忘。君安游兮西入秦,愿为影兮随君身。君在阴兮影不见③,君依光兮妾所愿④。

〔注释〕

①此诗亦收录在《乐府诗集》之《杂曲歌辞》中,作者作梁代车鳌。诗歌表达了女子对丈夫的思念之情。清沈德潜《古诗源》评曰:"乐府中极聪明语,开张、王一派,然出张、王手,语极恬熟。"

②遥遥:摇摆不定貌。洋洋:行走迟缓貌。

③阴:暗处。

④光:明处。

## 燕人美篇①

燕人美兮赵女佳②,其室则迩兮限层崖③。云为车兮风为马,玉在山兮兰在野④。云无期兮风有止,思心多端兮谁能理?

〔注释〕

①此诗亦收录在《乐府诗集》之《杂歌谣辞》中,题作《吴楚歌》。诗歌情感缠绵,描写了对美人的追求,以及求之不得的惆怅与忧伤。

②燕人、赵女:指美女。《古诗十九首》其十二:"燕赵多佳人,美者颜如玉。"

③迩:近。限:隔着。层崖:层层山崖。

④玉、兰:这里比喻佳人。

# 苏伯玉妻

苏伯玉妻,生卒年不详,明冯惟讷《古诗纪》、清沈德潜《古诗源》均作汉人,《玉台新咏》将其放在傅玄之后,张载之前,可见归为晋人。

## 盘中诗一首[①]

山树高,鸟鸣悲。泉水深,鲤鱼肥。空仓雀,常苦饥。吏人妇,会夫希[②]。出门望,见白衣[③]。谓当是,而更非。还入门,中心悲[④]。北上堂,西入阶。急机绞[⑤],杼声催[⑥]。长叹息,当语谁?君有行,妾念之。出有日,还无期。结中带[⑦],长相思。君忘妾,天知之。妾忘君,罪当治。妾有行[⑧],宜知之。黄者金,白者玉。高者山,下者谷。姓为苏,字伯玉。作人才多智谋足,家居长安身在蜀,何惜马蹄归不数[⑨]。羊肉千斤酒百斛[⑩],令君马肥麦与粟。今时人,智不足。与其书,不能读。当从中央周四角[⑪]。

[注释]

①相传苏伯玉出使蜀地,久而不归,其妻居长安思念之深,乃作此诗书于盘中,屈曲成文,故称"盘中诗"。诗歌内容曲折复杂,既有思念又有哀怨,还有女子的赌咒发誓,誓言中有怀疑,也有坚持。清沈德潜《古诗源》评曰:"使伯玉感悔,全在柔婉,不在怨怒,此深于情……似歌谣,似乐府,杂乱成文,而用意忠厚,千秋绝调。"

②希:同"稀"。

③白衣:白衣官服,代指官员。

④中心:心中。

⑤机:织布机。

⑥杼(zhù):织布的梭子。

⑦结中带:把中衣带系成同心结,以象征坚贞的爱情。

⑧行:德行,品质。

⑨数:通"速",疾速,快。

⑩斛(hú):古代量器,十斗为一斛,后来改为五斗。
⑪中央周四角:从中央"山"字读起,然后一圈一圈绕着读。周:环绕。

# 张 载

张载,生卒年不详,字孟阳,安平(今河北安平)人。蜀郡太守张收之子。初仕为佐著作郎,出为弘农太守,累官至中书侍郎,领著作。西晋末,辞官归里,卒于家。博学善文,著有《剑阁铭》《榷论》《濛氾赋》等,与弟张协、张亢齐名,世称"三张"。《隋书·经籍志》著录《晋中书郎张载集》七卷,已散佚。明张溥辑有《张孟阳集》一卷。其生平事迹见《晋书》卷五十五。

## 拟四愁诗四首①

### 其一

我所思兮在营州②,欲往从之路阻修③。登崖远望涕泗流,我之怀矣心伤忧。佳人遗我绿绮琴④,何以赠之双南金⑤。愿因流波超重深⑥,终然莫致增永吟。

〔注释〕

①此诗亦收录在《文选》卷三十中。张载原作四首,《玉台新咏》皆选,这里选了第四首。诗歌拟张衡的《四愁诗》,内容与形式多规摹原诗。
②营州:上古十二州之一,在今辽宁及周边地区。
③阻修:路途险阻漫长。
④绿绮琴:古琴名。传说汉司马相如作《玉如意赋》,梁王悦之,赐以绿绮琴。后用以指名琴。
⑤双南金:这里指黄金。
⑥重深:重重深渊。

# 鲍　照

鲍照,见卷四《玩月城西门》作者简介。

## 行路难四首[①]

### 其一[②]

中庭五株桃,一株先作花。阳春妖冶二三月[③],从风簸荡落西家[④]。西家思妇见之愁,零泪沾衣抚心叹。初送我君出户时,何言淹留节回换[⑤]。床席生尘明镜垢,纤腰瘦削发蓬乱。人生不得常称意,惆怅徙倚至夜半[⑥]。

〔注释〕

①此四首诗亦收录在《乐府诗集》之《杂曲歌辞》中,其中收鲍照同题诗共十八首,这里选取了其中的四首,分别为第八、第九、第一、第三首。唐吴兢《乐府古题要解》:"《行路难》,备言世路艰难及离别悲伤之意,多以'君不见'为首。"
②此诗描写思妇独守空房的忧思与惆怅。
③妖冶:艳丽。
④簸荡:飘荡。
⑤淹留:滞留。回换:变换。
⑥徙倚:徘徊。

### 其二[①]

剉蘖染黄丝[②],黄丝历乱不可治[③]。昔我与君始相值[④],尔时自谓可君意[⑤]。结带与我言[⑥],死生好恶不相置⁷。今日见我颜色衰,意中错漠与先异⁸。还君玉钗玳瑁簪,不忍见之益悲思。

〔注释〕

①此诗描写了弃妇的不幸与哀怨。清沈德潜《古诗源》评曰:"悲凉跌宕,曼声促节,体自明远独创。"
②剉(cuò):斩截。檗(bò):黄檗,其茎可制黄色染料。
③历乱:杂乱。治:整理。
④相值:相遇。
⑤尔时:那时。可君意:称你的心意。
⑥结带:衣带相结,表示相爱不分离。
⑦置:舍弃。
⑧错漠:冷落。

## 其三①

奉君金卮之酒碗②,玳瑁玉匣之雕琴,七彩芙蓉之羽帐③,九华蒲萄之锦衾④。红颜零落岁将暮⑤,寒花宛转时欲沉⑥。愿君裁悲且灭思⑦,听我抵节行路吟⑧。不见柏梁铜雀上⑨,宁闻古时清吹音⑩。

〔注释〕

①此诗表达了对岁月易逝的感慨,劝解人们要活在当下,不要沉溺于过去,及时行乐。明钟惺、谭元春《古诗归》评曰:"极悲凉,极柔厚,婉调幽衷,似晋《白纻》《杯盘》二歌。"
②金卮(zhī):金制酒器。酒碗:一作"美酒"。
③羽帐:以翠鸟羽毛装饰的帷帐。
④衾(qīn):被子。

⑤零落:凋零,衰老。
⑥寒花:一作"寒光"。宛转:光阴流逝。沉:消逝。
⑦裁悲:裁剪悲伤。灭:一作"减",消除。
⑧抵节:击节,打拍子。
⑨柏梁:柏梁台,汉宫名,武帝曾在此举办宴会。铜雀:铜雀台,曹操修建的宴游之所。
⑩宁(nìng):岂。清吹:清越的管乐。

## 其四①

璇闺玉墀上椒阁②,文窗绣户垂绮幕。中有一人字金兰,被服纤罗蕴芳藿③。春燕差池风散梅④,开帷对影弄禽雀⑤。含歌揽泪不能言,人生几时得为乐。宁作野中双飞凫⑥,不愿云间别翅鹤⑦。

〔注释〕

①此诗描绘了一位妇人虽身处富贵,却无法忘怀旧日恋人,心中伤感孤寂。
②璇(xuán):美玉。玉墀(chí):玉石砌成的台阶。椒阁:以花椒涂壁的阁楼,多指后妃、贵夫人的居处。
③被服:穿着。纤罗:细薄透气的丝织品。蕴:蕴含。藿:藿香。
④差(cī)池:羽毛参差不齐貌。
⑤弄:把玩。禽雀:鸟型的酒杯。
⑥凫(fú):野鸭。
⑦别翅鹤:孤翔的鹤。

# 释宝月

释宝月,生卒年不详,南朝萧齐时期的僧人,善为诗,精通音律。钟嵘《诗品》将其诗列为下品。其生平事迹略见《诗品》《南齐书·乐志三》。

### 行路难一首①

君不见孤雁关外发,酸嘶度杨越②。空城客子心肠断,幽闺思妇气欲绝。凝霜夜下拂罗衣,浮云中断开明月③。夜夜遥遥徒相思,年年望望情不歇④。寄我匣中青铜镜,倩人为君除白发⑤。行路难,行路难,夜闻南城汉使度⑥,使我流泪忆长安。

〔注释〕

①此诗亦收录在《乐府诗集》之《杂曲歌辞》中。钟嵘《诗品》认为此诗应为东阳柴廓所作,"宝月尝憩其家,会廓亡,因窃而有之。廓子赍手本出都,欲讼此事,乃厚赂止之"。诗人结合征夫和思妇两个视角,写出了恩爱双方分隔万里的深沉相思和悲伤。清陈祚明《采菽堂古诗选》评曰:"拙于初唐,而已开清隽之风。"

②酸嘶:哀鸣。杨越:一作"扬越",百越族的一支,生活在长江中下游及岭南一带。

③中断:从中间分开。

④歇:停止。

⑤倩(qìng):请。

⑥度:过。

## 沈　约

沈约,见卷五《登高望春》作者简介。

## 八咏一首

《八咏》共八首，这里选了第一首。《八咏》诗题来源于《登玄畅楼八咏》，其诗曰："登楼望秋月，会圃临春风。岁暮愍衰草，霜来悲落桐。夕行闻夜鹤，晨征听晓鸿。解佩去朝市，被褐守山东。"每句各为一个诗题。陈庆元《沈约事迹诗文系年》："万历《金华府志》卷三十：'《八咏》诗，旧南齐隆昌元年太守沈约所作，留题于玄畅楼壁间，时号绝唱。'玄畅楼宋至道间改名八咏楼。"

### 望秋月[1]

望秋月，秋月光如练[2]。照曜三爵台[3]，徘徊九华殿[4]。九华玳瑁梁[5]，华榱与壁珰[6]。以兹雕丽色，持照明月光[7]。凝华入黼帐[8]，清晖悬洞房[9]。先过飞燕户[10]，却照班姬床[11]。桂宫袅袅落桂枝[12]，露寒凄凄凝白露[13]。上林晚叶飒飒鸣[14]，雁门早鸿离离度[15]。湛秀质兮似规[16]，委清光兮如素[17]。照愁轩之蓬影[18]，映金阶之轻步[19]。居人临此笑以歌，别客对之伤且慕[20]。经衰圃[21]，映寒丛。凝清夜，带秋风。随庭雪以偕素，与池荷而共红。临玉墀之皎皎[22]，含霜霭之濛濛[23]。辔天衢而徒步[24]，轹长汉而飞空[25]。隐岩崖而半出，隔帷幌而才通[26]。散朱庭之奕奕[27]，入青琐而玲珑[28]。闲阶悲寡鹄[29]，沙洲怨别鸿[30]。昭姬泣胡殿[31]，明君思汉宫[32]。余亦何为者，淹留此山东[33]。

［注释］

①一作"登台望秋月"。全诗以中间的三言为界,前后分为两部分,先写景,后抒情。借秋月映照下的宫殿和园林,将客子的悲怆与思归之情表现得极为深沉和哀婉。清陈祚明《采菽堂古诗选》评曰:"铺张明月之华腴,结怨山城之寂寞。通篇不出此旨,特于结语言怀。又置此身于寡鹄别鸿之班,同悲共感,使情弥深。"

②练:白色的绢。

③三爵台:传说中的仙台。

④九华殿:汉宫殿名。

⑤玳(dài)瑁(mào)梁:画梁的美称。

⑥华榱(cuī):雕画的屋椽。璧珰:一作"璧珰",以璧玉装饰的瓦当。

⑦持:一作"特"。

⑧凝华:月光。黼(fǔ)帐:绣有黑白斧形花纹的帷帐。

⑨洞房:幽深的内室,指闺房。

⑩飞燕:赵飞燕。

⑪班姬:班婕妤。

⑫桂宫:月宫。袅袅:轻盈摇曳貌。

⑬凄凄:寒凉貌。

⑭上林:上林苑,宫苑名。秦旧苑,汉初荒废,至汉武帝时重新扩建。故址在今陕西西安西。

⑮雁门:雁门关,在山西代县北部,长城重要关口之一。离离:孤独忧伤貌。

⑯湛:清澈。规:圆规,指圆形。

⑰委:下垂,坠落,引申为向下投射。素:白绢。

⑱蓬影:蓬乱的身影。

⑲轻步:轻盈的步子。

⑳别客:远离家乡的游子。慕:思念。

㉑衰圃:植物凋零的园圃。
㉒墀(chí):玉台阶。
㉓濛濛:迷离貌。
㉔辚(lín):车轮碾过。天衢(qú):即天街。衢,四通八达的大道。
㉕轹(lì):车轮碾过。长汉:天上的银河。
㉖帷幌:室内的帷幔。
㉗朱庭:指皇宫。奕奕:光明貌。
㉘青琐:原指装饰皇宫门窗的青色连环花纹,代指宫门或宫廷。玲珑:明彻貌。
㉙鹄(hú):天鹅。
㉚鸿:大雁。
㉛昭姬:一作"文姬"。指蔡琰,字文姬,一说字昭姬。陈留郡圉县(今河南杞县)人,东汉末年文学家蔡邕之女。博学多才而又精通音律。在汉末战乱时,为匈奴所掳,嫁给左贤王,生二子。曹操统一北方后,花重金赎回,嫁给董祀。
㉜明君:指王昭君。名嫱,字昭君,南郡秭归(今湖北秭归)人,汉元帝宫女,后远嫁匈奴单于。事见《后汉书·南匈奴传》。
㉝淹留:滞留。山东:这里指东阳郡。

# 吴 均

吴均,见卷六《和萧洗马子显古意三首》作者简介。

## 行路难二首[①]

### 其一[②]

君不见上林苑中客[③],冰罗雾縠象牙席[④]。尽是得意忘言者,探肠见胆无所惜[⑤]。白酒甜盐甘如乳,绿觞皎镜华如碧⑥。少年持名不肯尝,安知白驹应过隙⑦。博山炉中百和香⑧,郁金苏合及都梁⑨。逶迤好气佳容貌⑩,经过青琐历紫房⑪。已入中山阴后帐⑫,复上皇帝班姬床⑬。班姬失宠颜不开,奉帚供养长信台⑭。日暮耿耿不能寐⑮,秋风切切四面来⑯。玉阶行路生细草,金炉香炭变成灰。得意失意须臾顷,非君方寸逆所裁⑰。

〔注释〕

①此诗亦收录在《乐府诗集》之《杂曲歌辞》中,其中收吴均同题诗四首,这里所选两首分别为第一首、第四首。唐吴兢《乐府古题要解》:"《行路难》,备言世路艰难及离别悲伤之意,多以'君不见'为首。"

②诗歌运用对比的手法,先描述少年得意时的意气风发,对富贵繁华进行了极度渲染,然后以名香引入失意的班婕妤,来说明得意失意须臾间,感慨人生的变幻无常。清王夫之《古诗评选》评曰:"前八句似正说实非正说,非比说又似比说,令浅人从何找觅?以实言之,乃引子耳。而赫奕动人,遽已如此。具此大腔板,荡人志气,启人眼耳,方可略尽欲言。如虎有威,如长篇之善术也。虽然,苟非其才又安敢为此哉!'博山炉中'以下,忽从香说去,托意超幻,递人班姬失宠,如神龙得胁寸之云,即尔腾上。又妙于冯后并说之余,旁分一枝以为正脉,既倏忽千里,羁鞚不施,但以'金炉香炭变成灰'微挂一痕。此等弄笔如丸、泼墨成锦之技,允为七言开山杰祖。明远为少林老胡,壁立千仞;叔庠为曹溪狯獠,独秉一花也。"

③上林苑:宫苑名。秦旧苑,汉初荒废,至汉武帝时重新扩建。故址在今陕西西安西。

④冰罗雾縠(hú):罗似冰般透亮,縠似雾般轻柔。罗縠,轻柔的丝织品。縠,有皱纹的纱。

⑤探肠见胆:比喻开诚对人,坦诚相待。

⑥觞(shāng):酒杯。皎镜:明亮的镜子。

⑦白驹应过隙:日影如白色的骏马飞快地驰过缝隙,形容时间过得极快。《庄子·知北游》:"人生天地之间,若白驹之过隙,忽然而已。"

⑧博山炉:古香炉名,因炉盖上的造型似传闻中的海中名山博山而得名。百和香:各种香料制成的香。

⑨郁金、苏合、都梁:皆为名香。

⑩逶(wēi)迤(yí):体态优美貌。好气:香气。

⑪青琐:原指装饰皇宫门窗的青色连环花纹,代指宫门或宫廷。紫房:即紫宫,天子居所。

⑫中山阴后:中山王王后阴姬,有美貌。据《战国策·中山》载,阴姬与江姬争为后,司马熹用计助阴姬,使其得立中山王后。阴,一作"冯"。即"中山冯后",指中山太后冯媛。据《汉书·外戚传》载,冯媛为汉元帝妃,生子刘兴,封为婕妤。后元帝封刘兴为信都王,封冯媛为昭仪。元帝崩,刘兴封为中山王,冯媛被称为中山太后。这里指得宠的女子。

⑬班姬:即班婕妤,汉成帝妃子,因赵飞燕姐妹得宠,她遭谗失宠,便自求供养太后于长信宫。

⑭奉帚:持帚洒扫,多指嫔妃失宠而被冷落。

⑮耿耿:心事重重貌。

⑯切切:萧瑟凄凉貌。

⑰方寸:心。逆:预料。裁:取舍,安排。

# 其二①

洞庭水上一株桐,经霜触浪困严风。昔时擢心曜白日②,今旦卧死黄沙中③。洛阳名工见咨嗟④,一剪一刻作琵琶。白璧规心学明月⑤,珊瑚映面作风花⑥。帝王见赏不见忘,提携把握登建章⑦。掩抑摧藏《张女弹》⑧,殷勤促柱《楚明光》⑨。年年月月对君子⑩,遥遥夜夜宿未央⑪。未央彩女弄鸣篪⑫,争见拂拭生光仪⑬。茱萸锦衣玉作匣⑭,安念昔日枯树枝。不学衡山南岭桂⑮,至今千年犹未知。

[注释]

①此诗亦运用对比的手法,借梧桐和桂树的不同命运,感慨人生际遇。
②擂(chōu)心:发芽,开花。擂,一作"抽"。
③卧死:倒伏枯死。
④咨嗟(jiē):感叹。
⑤白璧规心:依照白璧之形做成琵琶圆面。
⑥珊瑚映面作风花:表面刻上珊瑚形图案。风花,指华丽的花纹。
⑦建章:汉宫名,这里指帝王宫殿。
⑧掩抑:低沉。摧藏:极度伤心。《张女弹》:古曲名。
⑨促柱:急弦,形容节奏快。《楚明光》:古琴曲名。
⑩君子:一作"君王"。
⑪宿未央:放在宫殿。未央,即未央宫,汉宫殿名,这里泛指宫殿。
⑫彩女:宫女。篪(chí):竹制乐器,似笛,有八孔。
⑬光仪:光彩的仪容。
⑭茱萸锦衣:用茱萸锦缝制的琴袋。
⑮衡山:山名,又称南岳,为五岳之一,位于湖南中部。

# 皇太子

皇太子,即萧纲,见卷七《圣制乐府三首》作者简介。

## 乌栖曲四首①

### 其一

芙蓉作船丝作绋②,北斗横天月将落。采莲渡头碍黄河③,郎今欲渡畏风波。

〔注释〕

①此四首诗亦收录在《乐府诗集》之《清商曲辞·西曲歌》中,作者题为"梁简文帝(萧纲)",同题诗共收二十四首,此为前四首。《乌栖曲》,现存最早歌辞为萧纲所作,内容表现男女爱情,形式为七言四句,具有浓郁的南朝民歌特色。明胡应麟《诗薮》云:"简文《乌栖曲》四首,奇丽精工,齐、梁短古,当为绝唱。"
②芙蓉:荷花。绰(zuó):缆绳。
③采莲渡:一作"采桑渡",即采桑津,黄河上的一个渡口。

## 其二

浮云似帐月成钩,那能夜夜南陌头①。宜城醢酒今行熟②,停鞍系马暂栖宿③。

〔注释〕

①陌头:路边。
②宜城:县名,今湖北宜城。宜城盛产美酒。据《方舆胜览》载,宜城县东一里有金沙泉,造酒极美,世谓宜城春,又名竹叶酒。醢(haǐ):一作"酝"。行:一作"夜",将要。
③停鞍系马:一作"莫惜停鞍"。

## 其三

青牛丹毂七香车①,可怜今夜宿倡家。倡家高树乌欲栖,罗帷翠帐向君低。

〔注释〕

①青牛:黑毛的牛。毂(gǔ):车轮中心的圆木,代指车轮。七香车:用

多种香料涂饰或用多种香木制作的车,泛指华美的车。

## 其四

织成屏风银屈膝①,朱唇玉面镫前出②。相看气息望君怜,谁能含羞不自前。

〔注释〕

①屈膝:即屈戌,门窗、橱柜、屏风上的环纽、搭扣。
②镫:同"灯",油灯。

# 湘东王

湘东王,即萧绎,见卷七《登颜园故阁》作者简介。

## 春别应令四首①

## 其一

昆明夜月光如练②,上林朝花色如霰③。花朝月夜动春心,谁忍相思不相见。

〔注释〕

①这四首诗应皇太子萧纲之命所作。萧纲有《和萧侍中子显春别四首》,下文有萧子显《春别四首》。应是萧子显先以"春别"为题作诗,萧纲和之,萧绎又应萧纲之命作了这四首诗。诗歌均围绕"春别"表达离情,景致优美,情怀哀怨。清陈祚明《采菽堂古诗选》评第二首曰:"此情诚哀。"评第四首曰:"语甚健,然并不知'隔千里兮共明月'。"
②昆明:昆明池,汉武帝为训练水军而开凿,在今陕西西安近郊。

③上林:宫苑名。秦旧苑,汉初荒废,至汉武帝时重新扩建。故址在今陕西西安西。霰(xiàn):下雪前空中凝结的小冰粒。

## 其二

试看机上交龙锦①,还瞻庭里合欢枝②。映日通风影朱幔③,飘花拂叶度金池。不闻离人当重合④,惟悲合罢会成离。

〔注释〕

①交龙锦:织有蟠龙纹的丝织品。
②合欢:落叶乔木,小叶对生,夜间成对相合,俗称"夜合花"。
③朱幔(màn):红色帷幕。
④重合:重新团聚。

## 其三

门前杨柳乱如丝,直置佳人不自持①。适言新作裂纨诗②,谁悟今成织素辞③。

〔注释〕

①直置:只是,只如此。自持:自我控制。
②适:刚才。裂纨(wán)诗:即班婕妤的《怨诗》:"新裂齐纨素,鲜洁如霜雪。裁为合欢扇,团团似明月。"纨:细绢。
③谁悟:谁料。织素辞:这里比喻弃妇之辞。古诗《上山采蘼芜》中有"新人工织缣,故人工织素"之句。素,白绢。

## 其四

日暮徙倚渭桥西①,正见凉月与云齐。若使月光无近远,应照离人今夜啼。

〔注释〕

①徙倚:徘徊貌。渭桥:汉代长安附近渭水上的桥梁,时人多在此处送别。

# 萧子显

萧子显,见卷八《乐府二首》作者简介。

## 春别四首①

### 其一

翻莺度燕双比翼,杨柳千条共一色。但看陌上携手归②,谁能对此空中忆。

〔注释〕

①此四首诗均以美丽的春景反衬离别后的哀怨之情。诗成后,萧纲和了四首,即《和萧侍中子显春别四首》。又命萧绎作了四首,即《春别应令四首》,见前文。
②陌:田间小路。

### 其二

幽宫积草自芳菲①,黄鸟芳树情相依②。争风竞日常闻响,重花叠叶不通飞。当知此时动妾思,惭使罗袂拂君衣③。

〔注释〕

①幽宫:深宫。芳菲:花草的芳香。
②黄鸟:黄莺或者黄雀。
③袂(mèi):衣袖。

## 其三

江东大道日华春,垂杨挂柳扫轻尘。淇水昨送泪沾巾①,红妆宿昔已应新②。

〔注释〕

①淇水:水名,在河南北部。《诗经·鄘风·桑中》:"期我乎桑中,要我乎上宫,送我乎淇之上矣。"后暗指男女幽会之地。
②宿(sù)昔:即旦夕,早晚,短时间内。

## 其四

衔悲揽涕别心知①,桃花李色任风吹。本知人心不似树,可意人别似花离②。

〔注释〕

①揽涕:拭去眼泪。
②可意:一作"何意"。

# 刘孝绰

刘孝绰,见卷八《夜听妓赋得乌夜啼》作者简介。

## 元广州景仲座见故姬一首[①]

留故夫,不跱踞[②]。别待春山上,相看采蘼芜[③]。

〔注释〕

①又题作《代人咏见故姬》。元景仲,南朝梁人,元法僧次子,封枝江县公。梁中大通三年(531),出为平越中郎将、广州刺史。侯景作乱,他起兵响应。后西江督护陈霸先起兵攻之,景仲自缢而死。诗歌描写"故夫"与"故姬"在元景仲处偶遇的情景,有劝二人重归于好之意。

②跱踞:同"踟蹰",犹豫不决。

③采蘼芜:古诗《上山采蘼芜》是一首弃妇诗,中有"上山采蘼芜,下山逢故夫"之句。

# 卷 十

## 古绝句四首

古绝句,又称古绝。"绝句"一词始于南朝宋,一开始是指五言二韵的小诗,不讲求平仄格律。直到唐代才形成讲求格律的近体绝句。本卷所收均为古绝句。

### 其 一①

藁砧今何在②?山上复有山③。何当大刀头④?破镜飞上天⑤。

〔注释〕

①据姚兰《古代谜诗集锦》记载,此诗是东晋女诗人谢道韫所写,因有客来访,而丈夫王凝之外出未返,故以此诗答客,客读之即回。不知资料出于何处,但这情境倒与诗歌极合。此诗全篇隐语。唐吴兢《乐府古题要解》:"'藁砧今何在'藁砧,铁也,问夫何在也。'山上复有山'重'山'为'出'字,言夫不在也。'何当大刀头'刀头有'环',问夫何时当还也。'破镜飞上天'言月半当还也。"

②藁(gǎo)砧(zhēn):古代处死刑,罪人以藁为席,伏于砧上,用铁斩之。"铁"与夫谐音,后"藁砧"成为妇女称丈夫的隐语。

③山上复有山:重山为"出"字。

④大刀头:刀头有环,谐音"还"。

⑤破镜:圆镜破裂,仅有半圆,指月半之时。

## 其 二[①]

日暮秋云阴,江水清且深。何用通音信?莲花玳瑁簪[②]。

〔注释〕

①此诗写思妇盼望与思慕的男子通音信,无由得见,只能以莲花形的玳瑁簪寄托思念,情深意切。

②玳(dài)瑁(mào):脊椎动物,海龟科。其背甲呈黄褐色,有黑斑,光润美丽,前宽后尖,可做装饰品。

## 其 三[①]

菟丝从长风[②],根茎无断绝。无情尚不离,有情安可别。

〔注释〕

①此诗托物言情,借菟丝来表达思妇的坚贞不渝。清陈祚明《采菽堂古诗选》评曰:"妙极。此善于炼意。意炼则圆,圆则语警。所谓炼者,但知语有正反,从反得正,便圆。"清张玉毂《古诗赏析》卷六评曰:"此首表相思也,两句比拟,一句折落,一句点题,意极醒豁,而仍未说尽,故佳。"

②菟(tù)丝:一年生草本植物,蔓生,茎细长,多缠络于其他植物上。古诗多以此比喻女子爱恋和依从丈夫。长风:大风。

## 其 四[①]

南山一树桂[②],上有双鸳鸯。千年长交颈[③],欢爱不相忘。

〔注释〕

①此首以桂树、鸳鸯喻美好的爱情,与《孔雀东南飞》"东西植松柏"八句相类。
②树桂:一作"桂树"。
③交颈:颈与颈相互依摩,喻夫妻恩爱。

# 贾　充

贾充(217—282),字公间,平阳襄陵(今山西临汾)人。三国曹魏至西晋时期大臣。仕魏为尚书郎,从征毌丘俭、诸葛诞,以功升司空、廷尉。因刺杀高贵乡公曹髦而深得司马昭信任。及司马昭病笃,拥司马炎有功,进封公,加尚书仆射,其女贾南风为太子妃。平吴,为中军主帅,累官至骠骑大将军、侍中、尚书令。太康三年(282)死,谥武。《隋书·经籍志》著录《太宰贾充集》五卷,已散佚。其生平事迹见《晋书》卷四十。

## 与妻李夫人连句诗三首①

### 其一

室中是阿谁?叹息声正悲。(贾公)叹息亦何为?但恐大义亏②。(夫人)

### 其二

大义同胶漆③,匪石心不移④。(贾公)人谁不虑终?日月有合离。(夫人)

### 其三

我心子所达[⑤],子心我亦知。(贾公)若能不食言,与君同所宜[⑥]。(夫人)

[注释]

①这三首是贾充与元配李夫人的连句诗。以对话的形式,表达了夫妻二人的心意,也是对爱的宣言。诗歌是以妻子即将获罪为背景,二人的对话简短有力,在罪祸面前,他们互明心迹,力证真心。清陈祚明《采菽堂古诗选》评曰:"《世说》称李夫人有才气,以此诗观之,良然。首以大义制之,使不敢越。'匪石'二语,不得不承于是。复故为疑词以挠之,末乃归于同好。三段是三意,殊有擒纵之方,非唯事理宜然,即作诗章法,转掉反正,究于此,亦可得修辞之妙。"李夫人:即李婉。清吴兆宜注:"充前妻李氏,淑美有才行。父丰诛后,李氏坐流徙。后娶城阳太守郭配女广城君。李以赦得还,充母敕充迎李氏,以郭性妒,不果迎。疑此诗即流徙时作。"连句:也称"联句",相传始于汉武帝的《柏梁诗》,由两人或多人共作,一人一句或两句,合而成篇。

②大义:夫妇之义。

③胶漆:黏合之物。比喻感情极深。

④匪石心不移:不像石头那样可以转动,形容坚定不移。《诗经·邶风·柏舟》:"我心匪石,不可转也。"匪,同"非"。

⑤达:通晓,理解。

⑥宜:适宜,妥当。

# 孙　绰

孙绰(314—371),字兴公,太原中都(今山西平遥)人。少初仕为著作佐郎,后为庾亮、殷浩、王羲之等人的掾属,累迁散骑常侍,领著作郎。博学善属文,与许询同为玄言诗代表。《隋书·经籍志》著录《晋卫尉卿孙绰集》十五卷,已散佚。明张溥辑有《孙廷尉集》一卷。其生平事迹见《晋书》卷五十六。

## 情人碧玉歌二首①

### 其一

碧玉小家女,不敢攀贵德②。感郎千金意,惭无倾城色。

〔注释〕

①这两首诗收录在《乐府诗集》之《清商曲辞·吴声歌曲》中,题为《碧玉歌》。《乐苑》:"《碧玉歌》者,宋汝南王所作也。碧玉,汝南王妾名,以宠爱之甚,所以歌之。"这两首诗描写了一位小家女面对爱情时的心理和情态。
②贵德:显贵而有德行的人。

### 其二

碧玉破瓜时①,相为情颠倒②。感郎不羞难③,回身就郎抱。

〔注释〕

①破瓜:指女子十六岁。"瓜"字拆开为两个八字,即二八之年,故称。
②颠倒:因爱慕而痴迷。
③难:一作"郎",一作"赧"。

## 王献之

王献之(344—386),字子敬,琅玡临沂(今山东临沂)人。

王羲之第七子。少有盛名,高傲不羁,曾为一时风流之冠。工草隶,善丹青。与其父并称"二王"。初为州主簿、秘书郎,娶新安公主为妻。历建威将军、吴兴太守,累迁中书令,世称"王大令"。《隋书·经籍志》著录《金紫光禄大夫王献之集》十卷,已散佚。明张溥辑有《王大令集》一卷。其生平事迹见《晋书》卷八十。

## 情人桃叶歌二首①

### 其一

桃叶复桃叶,渡江不用楫②。但渡无所苦,我自迎接汝。

〔注释〕

①《情人桃叶歌二首》收录在《乐府诗集》之《清商曲辞·吴声歌曲》中,有四首,这是其中两首。《乐府诗集》引《古今乐录》:"《桃叶歌》者,晋王子敬之所作也。桃叶,子敬妾名,缘于笃爱,所以歌之。"这两首诗表达了对桃叶的殷勤爱意。清陈祚明《采菽堂古诗选》评第一首云:"情在言外远近之间,故佳。"

②楫(jí):船桨。

### 其二

桃叶复桃叶,桃叶连桃根①。相怜两乐事,独使我殷勤②。

〔注释〕

①桃根:宋阮阅《诗话总龟》认为桃根为桃叶的妹妹。
②殷勤:情意深厚。

# 桃　叶

桃叶,王献之爱妾,生平不详。

## 答王团扇歌三首①

### 其一

七宝画团扇②,粲烂明月光③。与郎却暄暑④,相忆莫相忘。

〔注释〕

①这三首诗收录在《乐府诗集》之《清商曲辞·吴声歌曲》中,题为《团扇歌》,共六首,第一、二首为其中两首,作无名氏古辞。又有《团扇郎》一首,即为这里的第三首,亦作无名氏古辞。唐徐坚《初学记》题第一首作《王献之桃叶团扇歌》,《艺文类聚》亦是。三首诗均通过描写团扇,来表达对情郎的爱恋。
②七宝:泛指多种宝物装饰。
③粲烂:即"灿烂",鲜明貌。
④却:去除。暄暑:暑热。暄,暖。

### 其二

青青林中竹,可作白团扇。动摇郎玉手,因风托方便。

### 其三

团扇复团扇,持许自障面①。憔悴无复理②,羞与郎相见。

〔注释〕

①持许:拿着这团扇。许,此,代指团扇。障面:遮面。
②理:整理,这里指梳妆打扮。

# 谢灵运

谢灵运(385—433),陈郡阳夏(今河南太康)人。小名客儿,人称"谢客",袭封康乐公,世称"谢康乐"。东晋将领谢玄之孙。东晋末,历任大司马参军、记室参军、中书侍郎、黄门侍郎等职。入宋,降封康乐县侯,历任散骑常侍、太子左卫率、永嘉太守、秘书监、临川太守。宋文帝元嘉十年(433),以"叛逆"罪处死。少好学,博览群书,工诗文,开山水诗一派。与颜延之齐名,并称"颜谢"。又与颜延之、鲍照并称"元嘉三大家"。《隋书·经籍志》著录《宋临川内史谢灵运集》十九卷,已散佚。明张溥辑有《谢康乐集》二卷。其生平事迹见《宋书》卷六十七、《南史》卷十九。

## 东阳溪中赠答二首①

### 其一

可怜谁家妇,缘流洒素足②。明月在云间,迢迢不可得③。

〔注释〕

①这是两首赠答诗。第一首为男子所唱,第二首则是女子所和,表达了彼此的爱意。清吴兆宜注:"《括苍志》:'谢灵运入沐鹤乡,有二女浣纱,嘲以诗曰:"我是谢康乐,一箭射双鹤。试问浣纱娘,箭从何处落?"二女不

顾。又嘲之曰:"浣纱谁氏女?香汗湿新雨。两人默无言,何事甘辛苦?"既而二女答曰:"我是溪中鲫,暂出溪头食。食罢又还潭,云踪何处觅?"忽不见。'按,此事颇与东阳赠答相类,而诗似不出灵运之笔,恐属附会,聊载于此。"东阳溪:又名东阳江,在今浙江东阳、金华一带。

②缘:沿着,顺着。

③苕苕:同"迢迢",遥远貌。

## 其二

可怜谁家郎,缘流乘素舸①。但问情若为②,月就云中堕。

〔注释〕

①素舸(gě):不加装饰的大船。
②若为:如何,怎样。

# 宋孝武帝

宋孝武帝,即刘骏(430—464),字休龙,宋文帝第三子,庙号世祖。初封武陵王,历任湘、雍、徐等州刺史,都督诸州军事。后文帝为太子刘劭所杀,率兵进讨,至新亭即位称帝,杀刘劭。在位十一年。《隋书·经籍志》著录《宋孝武帝集》二十五卷,已散佚。其生平事迹见《宋书》卷六、《南史》卷二。

## 丁督护歌二首①

### 其一

督护上征去②,侬亦思闻许③。愿作石尤风④,四面断行旅。

〔注释〕

①这两首诗收录在《乐府诗集》之《清商曲辞·吴声歌曲》中,第二首作者作王金珠。《乐府诗集》引《宋书·乐志》:"《督护歌》者,彭城内史徐逵之为鲁轨所杀,宋高祖使府内直督护丁旿收殓殡埋之。逵之妻,高祖长女也。呼旿至阁下,自问殓送之事。每问,辄叹息曰:'丁督护!'其声哀切。后人因其声广其曲焉。"两首诗均表达了思妇送夫出征的悲伤与不舍。督护:武官名,晋置,凡居方面镇将,其部将都有督护。

②上:一作"北"。去:一作"时"。

③侬:我。思:一作"恶"。许:此。

④石尤风:逆风、顶头风。清吴兆宜注引《江湖纪闻》:"石尤风者,传闻为石氏女嫁为尤郎妇,情好甚笃。为商远行,妻阻之,不从。尤出不归,妻忆之,病亡。临亡,长叹曰:'吾恨不能阻其行,以至于此。今凡有商旅远行,吾当作大风,为天下妇人阻之。'自后商旅发船,值打头逆风,则曰石尤风也,遂止不行。妇人以夫姓为名,故曰石尤。"

## 其二

黄河流无极,洛阳数千里。坎轲戎途间①,何由见欢子②。

〔注释〕

①坎轲(kē):同"坎坷",道路不平。戎途:行军途中。

②欢子:女子对男子的爱称。

## 许 瑶

许瑶,又作许瑶之。生平不详。清吴兆宜注:"《乐苑》《诗品》有齐朝许瑶之。又云：许长于短句咏物。或即此也。"

### 咏楠榴枕①

端木生河侧，因病遂成妍。朝将云髻别②，夜与蛾眉连③。

〔注释〕

①此诗托物言情，借歌咏楠榴枕表达期盼与美丽女子亲近之意。楠榴枕：楠木疙瘩做的木枕。
②云髻(jì)：高耸的发髻，与下句的蛾眉均代指美丽女子。
③蛾眉：像蚕蛾触须弯曲细长的秀眉。

## 近代西曲歌二首

西曲歌产生在江汉流域的荆(今湖北江陵)、郢(今湖北宜昌)、樊(今湖北襄樊)、邓(今河南邓县)之间，因主要产生于宋、齐、梁三朝，故称为"近代"。多为五言四句，内容多表现水边商旅和商妇之别情，存一百四十多首。《玉台新咏》选五首，此处选两首。

### 石城乐①

生长石城下，开门对城楼。城中美年少，出入见依投②。

〔注释〕

①此诗收录在《乐府诗集》之《清商曲辞·西曲歌》中，共收五首，此为

第一首。《乐府诗集》引《唐书·乐志》:"《石城乐》者,宋臧质所作也。石城在竟陵。质尝为竟陵郡,于城上眺瞩,见群少年歌谣通畅,因此作曲。"诗歌描写了石头城中美少年相互依偎游乐的场景。

②依投:依偎投靠,表示亲热。

## 杨叛儿[①]

暂出白门前[②],杨柳可藏乌。郎作沉水香[③],侬作博山炉[④]。

〔注释〕

①此诗收录在《乐府诗集》之《清商曲辞·西曲歌》中,共收八首,此为第二首。《乐府诗集》引《唐书·乐志》:"《杨伴儿》,本童谣歌也。齐隆昌时,女巫之子曰杨旻,少时随母入内,及长为何后宠。童谣云:'杨婆儿,共戏来所欢。'语讹,遂成杨伴儿。"又引《古今乐录》:"《杨叛儿》送声云:'叛儿教侬不复相思。'"本诗描写了男女的幽会,诗中将二人比作沉水香与博山炉,表达了希望能像沉香与香炉一般亲密无间。清张玉毅《古诗赏析》:"上二写景,却含欢可来就意;下二则置欢怀抱之隐语也。取象亦巧。"清陈祚明《采菽堂古诗选》评曰:"悠雅古致,潆洄。"

②白门:南朝都城建康(今江苏南京)的宣阳门。

③沉水香:即沉香,一种木质香料。

④侬:我。博山炉:古香炉名,因炉盖上的造型似传闻中的海中名山博山而得名。

## 近代吴歌 七首

吴歌,即吴声歌曲,产生在以建业为中心的长江下游一带。《乐府诗集》引《晋书·乐志》:"吴歌杂曲,并出江南。东晋以来,稍有增广。其始皆徒歌,既而被之管弦。盖自永嘉渡江之后,下及梁、陈,咸都建业,吴声歌曲起于此也。"其内容多表现男女恋情,多为五言四句,语调缠绵婉转。《玉台新咏》选九首,此处选七首。

## 春　歌①

朝日照北林,初花锦绣色②。谁能春不思,独在机中织。

〔注释〕

①此诗收录在《乐府诗集》之《清商曲辞·吴声歌曲·子夜四时歌·春歌》中,共收二十首,此为第十七首。诗歌表现了女子见春景起春情的心绪。

②锦绣:本指色彩鲜艳的丝织品,这里形容春花的美丽鲜艳。

## 夏　歌①

郁蒸仲暑月②,长啸北湖边③。芙蓉如结叶④,抛艳未成莲⑤。

〔注释〕

①此诗收录在《乐府诗集》之《清商曲辞·吴声歌曲·子夜四时歌·夏歌》中,共收二十首,此为第十首。诗歌运用谐音、双关的手法委婉含蓄地表达了对爱情的渴盼。

②郁蒸:暑气蒸腾,闷热。仲暑月:即仲夏,夏季的第二个月,农历五月。

③长啸:撮口发出悠长清越的声音,古人常以此述志。

④芙蓉:荷花。如:一作"始"。

⑤抛:一作"抱",一作"花"。莲:谐音"怜"。

## 秋 歌①

秋风入窗里,罗帐起飘扬。仰头看明月,寄情千里光②。

〔注释〕

①此诗收录在《乐府诗集》之《清商曲辞·吴声歌曲·子夜四时歌·秋歌》中,共收十八首,此为第十七首。诗歌描绘了女子在秋夜望月怀人的情景,"秋风""明月""千里光",境界阔大,让诗人的情感变得苍茫、深沉和浓郁。

②千里光:即月光,希望月光能把自己的思念和情意传递给千里之外的情郎。

## 冬 歌①

渊冰厚三尺②,素雪覆千里。我心如松柏③,君心复何似④。

〔注释〕

①此诗收录在《乐府诗集》之《清商曲辞·吴声歌曲·子夜四时歌·冬歌》中,共收十七首,此为第一首。诗歌借景抒情,比喻贴切。渊冰三尺,素雪千里,酷寒之下,女主的心依旧如松柏般坚定,只是君心又像什么呢?透露出女子内心的隐忧。

②渊冰:深渊水面所结之冰。

③松柏:松树和柏树,皆长青不凋,象征了耐寒与坚贞。

④复何似:复似何,又像什么呢?

## 前　溪①

黄茑结蒙笼②,生在洛溪边。花落逐流去,何见逐流还。

〔注释〕

①此诗收录在《乐府诗集》之《清商曲辞·吴声歌曲》中,共收七首,此为第六首。《乐府诗集》引《宋书·乐志》:"《前溪歌》者,晋车骑将军沈玩所制。"又引郗昂《乐府解题》:"《前溪》,舞曲也。"诗歌中女子以茑花自喻,感慨青春如落花一样逐流去,一去不复返。

②茑(niǎo):一作"葛",寄生木,茎攀缘树上,叶作心形,花淡绿微红,果实球形,味酸。蒙笼:草木茂盛貌。笼,一作"茏"。

## 上　声①

留衫绣两裆②,迮置罗裳里③。微步动轻尘,罗衣随风起。

〔注释〕

①此诗收录在《乐府诗集》之《清商曲辞·吴声歌曲·上声歌》中,共收八首,此为第六首。《乐府诗集》引《古今乐录》:"《上声歌》者,此因上声促柱得名,或用一调,或用无调名,如古歌辞所言,谓哀思之音,不及中和。梁武因之改辞,无复雅句。"诗歌描绘了一位女子行走时衣裾飘飘的风姿。《上声》:一有"歌"字。

②留:一作"新"。两裆:亦作"裲裆",古时背心式的服装。前后各一片,一片挡胸,一片挡背,肩部以带相连。两汉时仅用作内衣,多施于妇

女。魏晋后则不拘男女,均可穿在外面,成为一种便服。

③迮(zé):仓促。

## 长乐佳[1]

红罗复斗帐[2],四角垂朱珰[3]。玉枕龙须席[4],郎眠何处床。

〔注释〕

①此诗收录在《乐府诗集》之《清商曲辞·吴声歌曲·长乐佳》中,共收八首,此为第八首。诗歌细致描绘了华美的床帐和枕席,却无法留得郎住,只能孤枕独眠。

②斗帐:小帐。形如覆斗,故称。

③朱珰(dāng):一作"珠珰",缀珠的装饰物。

④龙须席:用龙须草编成的席子。

## 近代杂歌一首

《玉台新咏》有近代杂歌三首,均属《清商曲辞·西曲歌》,此处选一首。因西曲歌多产生于南朝宋、齐、梁三朝,故称"近代"。

## 青阳歌曲[1]

青荷盖绿水,芙蓉发红鲜[2]。下有并根藕[3],上生同心莲[4]。

〔注释〕

①此诗收录在《乐府诗集》之《清商曲辞·西曲歌》中,题作《青阳

度》,共三首,这是第三首。《乐府诗集》引《古今乐录》:"《青阳度》,倚歌。凡倚歌,悉用铃鼓,无弦有吹。"诗歌运用谐音、双关的手法表达了对美满爱情的憧憬。清陈祚明《采菽堂古诗选》评曰:"萧散有古致。"

②芙蓉:荷花。

③藕:谐音"偶"。这里的"并根藕"与下句的"同心莲"均比喻夫妻心心相印。

④莲:谐音"连"或"怜"。

## 丹阳孟珠歌一首①

阳春二三月,草与水同色。道逢游冶郎②,恨不早相识。

〔注释〕

①此诗收录在《乐府诗集》之《清商曲辞·西曲歌》中,题作《孟珠歌》,共十首,此为第五首。《乐府诗集》引《古今乐录》:"《孟珠》十曲,二曲,倚歌八曲。旧舞十六人,梁八人。"诗中表达了少女对男子的爱慕之情。清陈祚明《采菽堂古诗选》评曰:"'草与水同色',语隽,与'青袍若春草'当同垂。"

②游冶:出游寻乐。

## 钱唐苏小歌一首①

妾乘油壁车②,郎骑青骢马③。何处结同心?西陵松柏下④。

〔注释〕

①此诗收录在《乐府诗集》之《杂歌谣辞》中,题作《苏小小歌》。《乐

府诗集》引《乐府广题》:"苏小小,钱塘名倡也。盖南齐时人。西陵,在钱塘江之西,歌云'西陵松柏下'是也。"钱唐:一作"钱塘",今浙江杭州。

②油壁车:即油壁车,因车壁用油涂饰,故名。

③青骢(cōng)马:毛色青白杂色的马。

④西陵:一作"西泠",地名,在杭州西湖边孤山下。

# 王　融

王融,见卷四《古意一首》作者简介。

## 拟　古①

花蒂今何在②?示是林下生。何当垂两髻③,团扇云间明④。

〔注释〕

①此诗题目一作《代藁砧诗》。运用大量谐音、比喻的手法表达了希望能够早日出嫁,与心上人一起幸福生活。

②花蒂(dì):花跟枝茎相连的部分。又称"柎(fū)",与夫音近,代指丈夫。

③何当:何时能。两髻(jì):喻指成双。

④团扇:喻明月,代指团圆。

# 谢　朓

谢朓,见卷四《同王主簿怨情》作者简介。

## 玉阶怨①

夕殿下珠帘,流萤飞复息②。长夜缝罗衣,思君此何极③!

〔注释〕

①此诗收录在《乐府诗集》之《相和歌辞·楚调曲》中。此题为谢朓首创,是一首宫怨诗,描写宫女的孤独与哀怨。清王夫之《古诗评选》:"虚实迭用,以为章法。太白之所得于玄晖者,亦惟此许,有法可步故也。"清陈祚明《采菽堂古诗选》评曰:"此首竟是唐绝,其情亦深。长夜缝衣,初悲独守。归期未卜,来日方遥,道一夕之情,余永久之感。"玉阶:玉石砌成的台阶,代指宫廷。

②流萤:萤火虫。

③何极:无尽。

## 金谷聚①

渠碗送佳人②,玉杯要上客③。车马一东西,别后思今夕。

〔注释〕

①此诗描绘了相聚之后的离别与相思。清陈祚明《采菽堂古诗选》评曰:"言别之怀,此为切至。"清沈德潜《古诗源》评曰:"别离情事,以澹澹语出之,其情自深。苏、李诗亦不作蹙蹴声也。"金谷:地名,在河南洛阳西北。郦道元《水经注》:"水出太白原,东南流历金谷,谓之金谷。水东南流经晋卫尉卿石崇之故居。"石崇在此建有别墅,名曰金谷园,曾与众名士饮酒赋诗,昼夜游宴,盛极一时。

②渠碗:用车渠壳作的碗。渠,车渠,海贝名,壳内白皙如玉,表面有渠垄如车轮之渠。

③要(yāo):通"邀",邀请。上客:贵客。

## 王孙游①

绿草蔓如丝②,杂树红英发③。无论君不归,君归芳已歇④。

〔注释〕

①此诗收录在《乐府诗集》之《杂曲歌辞》中。《楚辞·招隐士》:"王孙游兮不归,春草生兮萋萋。"此题为谢朓首创。诗人以乐景衬哀情,所有的悲情都融在了"芳已歇"中,表达思妇等待丈夫归来的悲伤。清王夫之《古诗评选》评曰:"亦可谓艳而不靡,轻而不佻,近情而不俗。"清陈祚明《采菽堂古诗选》评曰:"翻新取胜。'王孙''芳草'句,千古袭用,要以争奇见才。"

②蔓:蔓延,生长。

③红英:红花。

④歇:停止,尽。

## 同王主簿有所思①

佳期期未归②,望望下鸣机③。徘徊东陌上④,月出行人稀。

〔注释〕

①此诗收录在《乐府诗集》之《鼓吹曲辞·汉铙歌》中,题作《有所思》。同,和。此诗和王融《有所思》,描写思妇月夜怀人的情景。清陈

祚明《采菽堂古诗选》评曰："即景含情,怨在言外。法同唐绝,而调稍高。"
②佳期:男女约定的日期,这里指约好的归期。
③望望:瞻望貌。鸣机:织机。
④陌:田间小路。

# 虞　炎

虞炎,南朝齐会稽(今浙江绍兴)人。齐武帝时,以文才与沈约俱为文惠太子所重,官至骁骑将军。《隋书·经籍志》著录《虞炎集》七卷,已散佚。

## 有所思①

紫藤拂花树,黄鸟间青枝②。思君一叹息,苦泪应言垂③。

〔注释〕
①此诗收录在《乐府诗集》之《相和歌辞·楚调曲》中,题作《玉阶怨》。应为拟谢朓《玉阶怨》之作,但远不及谢诗。钟嵘《诗品序》:"学谢朓,劣得'黄鸟度青枝'。徒自弃于高听,无涉于文流矣。"
②黄鸟:黄莺或黄雀。间:一作"度"。
③言:助词,无义。

# 沈　约

沈约,见卷五《登高望春》作者简介。

## 襄阳白铜鞮[①]

分首桃林岸[②],送别岘山头[③]。若欲寄音息[④],汉水向东流。

〔注释〕

①此诗收录在《乐府诗集》之《清商曲辞·西曲歌》中,题作《襄阳蹋铜鞮》,共六首,其中梁武帝三首,沈约三首,此诗为沈约三首中的第一首。《乐府诗集》引《隋书·乐志》:"梁武帝之在雍镇,有童谣云:'襄阳白铜蹄,反缚扬州儿。'识者言:'白铜蹄,谓金蹄,为马也。白,金色也。'及义师之兴,实以铁骑,扬州之士,皆面缚,果如谣言。故继位之后,更造新声,帝自为之三曲。又令沈约为三曲,以被管弦。"这首诗描绘了女子在桃林岸与情郎话别的情景。
②分首:分离。首,一作"手"。
③岘(xiàn)山:山名,在湖北襄阳县南,东临汉水,为襄阳南面要塞。
④音息:消息。

# 施荣泰

施荣泰,生平不详。

## 咏王昭君[①]

垂罗下椒阁[②],举袖拂胡尘[③]。唧唧抚心叹[④],蛾眉误杀人[⑤]。

〔注释〕

①此诗收录在《乐府诗集》之《相和歌辞·吟叹曲》中。诗歌表现了昭

君的不幸与哀怨。

②椒阁:以花椒涂壁的阁楼,常指后妃、贵夫人的居处。

③胡:这里指匈奴。

④唧唧:叹息声。

⑤蛾眉:像蚕蛾触须弯曲细长的秀眉,这里代指美貌。

# 高　爽

高爽,见卷五《咏镜》作者简介。

## 咏酌酒人①

长筵广未同②,上客娇难逼③。还杯了不顾④,回身正颜色⑤。

〔注释〕

①此诗表达了对不卑不亢、不容侵犯的斟酒侍女的仰慕和称赞。清陈祚明《采菽堂古诗选》评曰:"即事,故有致。"酌酒人:给客人斟酒的侍女。

②筵(yán):宽长的竹席,多指排成长列的宴饮席位。

③上客:贵客。

④了:完全。

⑤颜色:脸色。

# 何　逊

何逊,见卷五《日夕望江赠鱼司马》作者简介。

## 南　苑①

苑门辟千扇,苑户开万扉。楼殿间珠履②,竹树隔罗衣。

〔注释〕

①这是一首描写南苑的诗歌。清陈祚明《采菽堂古诗选》评曰:"不言怨而怨可知。"南苑:京都建康(今江苏南京)皇宫中南面的苑囿,从南朝宋以后,成为人们游览之地,见《南史·宋明帝纪》。
②间:一作"开",一作"闻"。珠履:用珍珠装饰的鞋。

## 闺　怨①

闺阁行人断,房栊月影斜②。谁能北窗下,独对后园花。

〔注释〕

①此为思妇诗,写闺怨,颇为含蓄。
②房栊:窗棂。

# 吴　均

吴均,见卷六《和萧洗马子显古意三首》作者简介。

## 杂绝句四首①

### 其一

昼蝉已伤念,夜露复沾衣。昔别昔何道②,今令萤火飞③。

〔注释〕

①诗题一无"绝"字。这四首诗均从思妇的角度描写离别相思之情。
②昔何道:一作"曾何道"。
③令:一作"夕"。

## 其二

锦腰连枝滴①,绣领合欢斜②。梦中难言见,终成乱眼花。

〔注释〕

①连枝:两树的枝条连生在一起。比喻恩爱夫妇。
②合欢:合欢花,夜间成对相合。常喻夫妻欢好。

## 其三

蜘蛛檐下挂,络纬井边啼①。何当得见子②,照镜窗东西。

〔注释〕

①络纬:即莎鸡,俗称纺织娘,夏秋夜间振羽作声,声如纺线。
②何当:何时能够。

## 其四

泣听离夕歌,悲衔别时酒。自从今日去,当复相思否?

# 王僧孺

王僧孺,见卷六《春怨》作者简介。

## 春 思①

雪罢枝即青,冰开水便绿。复闻黄鸟思②,令作相思曲。

〔注释〕

①此诗写女子春日的相思。冰雪消融之后柳条便青,溪水便绿,冬去春来,如此之快,时节飞速的转换更容易引起离人的无限哀愁。清陈祚明《采菽堂古诗选》评曰:"道春如秋。"

②黄鸟:黄莺或是黄雀。思:一作"声",一作"鸣",一作"吟"。

# 梁武帝

梁武帝,见卷七《捣衣》作者简介。

## 咏 烛①

堂中绮罗人,席上歌舞儿。待我光泛滟②,为君照参差③。

〔注释〕

①此诗可以看作是蜡烛的自白,想象奇特,从烛的角度来写宴会中的

男女,十分新颖。清陈祚明《采菽堂古诗选》评曰:"兰膏初泛,光景渐流,此境殊活。"

②泛滟(yàn):烛光闪耀貌。

③参(cēn)差(cī):纷纭繁杂。

## 咏　笛①

柯亭有奇竹②,含情复抑扬。妙声发玉指,龙音响凤皇③。

〔注释〕

①这是一首咏物诗,赞美了笛子的材质和声音,引发人们对吹笛人的无限遐想。

②柯(kē)亭:地名,在今浙江绍兴西南,产良竹。

③龙音:指龙笛的声音。凤皇:同"凤凰"。这里指凤凰的鸣叫,借指美妙的笛声。

## 皇太子

皇太子,见卷七《圣制乐府三首》作者简介。

### 杂题三首

#### 梁尘①

依帷濛重翠②,带日聚轻红。定为歌声起,非关团扇风。

〔注释〕

①此诗描绘了一位歌女高妙的歌声,其歌声高亢悠扬,自然撼动梁尘。梁尘:即梁尘飞。《太平御览》引汉刘向《别录》:"汉兴以来,善歌者鲁人虞公,发声清哀,盖动梁尘。"后以"梁尘飞"形容歌曲高妙动人。

②濛:迷茫朦胧貌。

## 夜夜曲[①]

北斗阑干去[②],夜夜心独伤。月辉横射枕,灯光半隐床。

〔注释〕

①此诗收录在《乐府诗集·杂曲歌辞》中,作者作沈约。逯钦立辑校《先秦汉魏南北朝诗》:"按,《玉台》七已有简文和沈约《夜夜曲》,则此篇自以作沈约为是,《玉台》盖误。"这是一首思妇诗,泣烛相伴,孤独悲伤。清陈祚明《采菽堂古诗选》评曰:"光中有怨。"

②北斗:北斗星。阑干:横斜貌。

## 新燕[①]

新禽应节归[②],俱向吹楼飞[③]。入帘惊钏响[④],来窗碍舞衣。

〔注释〕

①这是一首咏物诗。诗人描绘了新燕飞入歌舞楼,与舞女们互动的情景。"惊"与"碍"字突显了燕子的活泼与淘气。

②应节:适应节令。

③吹楼:歌舞楼台。

④钏(chuàn):手镯。

# 萧子显

萧子显,见卷八《乐府二首》作者简介。

## 春闺思①

金羁游侠子②,绮机离思妾③。春度人不归,望花尽成叶。

〔注释〕

①此诗描写了思妇独居深闺的相思之情。清陈祚明《采菽堂古诗选》评曰:"情不能堪。"
②金羁:金饰的马笼头。
③绮机:华美的织机。

# 刘孝绰

刘孝绰,见卷八《夜听妓赋得乌夜啼》作者简介。

## 遥见美人采荷①

菱茎时绕钏②,棹水或沾妆③。不辞红袖湿④,惟怜绿叶香。

〔注释〕

①此诗描绘了美人采荷的情景,写得生动有趣。

②钏(chuàn):手镯。
③櫂(zhào)水:划桨时溅起的水。櫂,船桨。
④不辞:不推辞,不怕。

# 庾肩吾

庾肩吾,见卷八《咏得有所思》作者简介。

## 咏舞曲应令①

歌声临画阁②,舞袖出芳林。《石城》定若远③,《前溪》应几深④。

〔注释〕

①此诗描写歌舞,对仗工整,让舞曲充满了韵味。清陈祚明《采菽堂古诗选》评曰:"'定若''应几'字法,初唐所为钻仰。"应令:应皇太子之命而和的诗。
②画阁:绘饰华丽的楼阁。
③《石城》:即《石城乐》。《乐府诗集·清商曲辞·西曲歌》收无名氏《石城乐》五首,并引《唐书·乐志》:"《石城乐》者,宋臧质所作也。石城在竟陵,质尝为竟陵郡,于城上眺瞩,见群少年歌谣通畅,因此作曲。"
④《前溪》:即《前溪歌》。《乐府诗集·清商曲辞·吴声歌曲》收无名氏《前溪曲》七首,并引《宋书·乐志》:"《前溪歌》者,晋车骑将军沈玩所制。"

# 王台卿

王台卿,生卒年不详,梁武帝时曾任刑狱参军,南平王世子萧恪任雍州刺史时,与江仲举、蔡远、庾仲雍四人为其宾客,俱被接遇。四人并有蓄积,时人歌曰:"江千万,蔡五百,王新车,庾大宅。"

## 同萧治中十咏二首①

### 荡妇高楼月②

空度高楼月,非复五三年。何须照床里,终是一人眠。

〔注释〕

①萧治中:生平不详。治中:官名。
②此诗描写思妇月夜独眠的情境。荡妇:荡子之妻,荡子即游荡在外不归的男子。

### 南浦别佳人①

敛容送君别②,一敛无开时。只应待相见,还将笑解眉。

〔注释〕

①此诗描写女子送人的愁绪。南浦:南面的水边,常指送别之地。
②敛容:收敛笑容。

# 江伯摇

江伯摇,南朝梁人,生平不详。《南史·庾肩吾传》载,(肩吾)初为晋安王萧纲国常侍,王每徙镇,肩吾常随府。在雍州被命与刘孝威、江伯摇、孔敬通、申子悦、徐防、徐摛、王囿、孔铄、鲍至等十人抄撰众籍,丰其果馔,号为"高斋学士"。

## 和定襄侯八绝楚越衫①

裁缝在箧笥②,薰鬓带余香。开看不忍著③,一见落千行。

〔注释〕

①这是一首怀人诗。游子客居他乡,看到妻子缝制的新衣,思念和伤感涌上心头。楚越:楚国和越国。比喻相距甚远。
②箧(qiè)笥(sì):置物的竹箱。
③著(zhuó):同"着",穿。

# 刘　泓

刘泓,南朝梁人,生平不详。

## 咏繁华①

可怜宜出众,的的最分明②。秀媚开双眼③,风流著语声④。

〔注释〕

①这是一首歌咏美人的诗。繁华:比喻青春年华或容貌美丽。阮籍《咏怀》(十二):"昔日繁华子,安陵与龙阳。"因此这首诗可能咏的是娈童。
②的(dí)的:分明貌,这里指光亮鲜明。
③秀媚:秀丽妩媚。

④风流:美好的风韵。著(zhuó):附着。

# 何曼才

何曼才,南朝梁陈之际人,生平不详。

## 为徐陵伤妾①

迟迟衫掩泪②,悯悯恨萦胸③。无复专房日④,犹望下山逢⑤。

〔注释〕

①这是一首代妇遣怀诗。诗歌为一位失宠的女子代言。失宠后,女子终日以泪洗面,忧伤萦绕心头,情深意切。徐陵:详见卷八《和王舍人送客未还闺中有望》作者简介。
②迟迟:眷念貌。
③悯悯:忧伤貌。
④专房:专宠。
⑤下山逢:古诗《上山采蘼芜》中有"上山采蘼芜,下山逢故夫"之句。

# 萧　骤

萧骤,南朝梁陈之际人,生平不详。

## 咏袙複①

的的金弦净②,离离宝褋分③。纤腰非学楚④,宽带为思君⑤。

〔注释〕

①这是一首咏物诗,诗人描写当时女性穿的肚兜。由袙複的款制写到了女子的细腰,又由细腰写到了思君,层层推进,角度新颖。清陈祚明《采菽堂古诗选》评曰:"大雅。"袙(rì)複(fù):女子的贴身小衣,围在胸腹,俗称肚兜。
②的(dí)的:分明貌。弦:丝线。
③离离:清晰貌。宝縗(cuì):衣褶。
④纤腰非学楚:《韩非子·二柄》:"楚灵王好细腰,而国中多饿人。"
⑤宽带:衣带变宽,即身体变瘦。

# 戴暠

戴暠,南朝梁陈之际人,生平不详。

## 咏欲眠诗①

拂枕熏红帊②,回灯复解衣。傍边知夜久③,不唤定应归。

〔注释〕

①这首诗细腻地描绘了女子睡前的动作和心理,具有很强的生活画面感。
②红帊(pà):即"红帕"。红色的帕子。
③傍边:旁边,指未归的丈夫。傍,同"旁"。